46號樓的囚徒

BLOCK 46

Johana Gustawsson
喬安娜・古斯塔夫森
林琬淳／譯

Evil remembers ......

致我的父母
歐笛樂與尚—路易
是他們讓我嚐到文字甘美與辛勤的滋味

「對於深淵實在沒什麼好話可說，
我在裡面徘徊了七年，被盲目之人和下地獄者圍繞，
他們如靈魂著魔般，發狂暴怒，
極力反抗所有人類遺存的尊嚴。」

——尤金・柯岡（Eugen Kogon）

二〇一三年十一月七日，星期四

三支手電筒的光線照亮了坑洞。

坑洞是完美的矩形，長一公尺三十公分、寬五十公分，完全量身訂作。

他拿起鏟子，挖了土往坑裡倒，才鏟一次，土就幾乎覆蓋了雙腿，唯一從土裡露出來的只剩腳趾頭；腳趾如卵石般光滑、如寒霜般冰冷，這讓他忍不住想用指尖摸一摸。

又冰又滑。

他再次鏟起潮溼的土往腹部倒，一些土散落胸腔下方，就在肚臍周圍，其他的往兩邊滑落。只要再鏟個幾次就行了。

這一切輕而易舉。

忽然之間，他扔下鏟子，手套上還有泥土，他用戴著手套的手摀住雙耳。

「快閉嘴！」

他怒斥，因憤怒咬緊牙齒使得兩頰緊繃僵硬。

「閉嘴！閉嘴！閉嘴！不要再叫了！閉嘴！」

他在坑洞邊跪了下來，用雙手摀住那毫無血色的唇。

「噓、噓，我說了……」

他的鼻尖摩擦過冰冷的臉頰。

「好啦……好……我唱……我會唱你要聽的那首兒歌。我唱『Imse Vimse』[1]給你聽，可是你要安安靜靜的，聽懂了沒？」

他站了起來，扯了扯褲子，抖掉上面的塵土。

「小小蜘蛛兒爬上排水管……」

他邊唱又拿起鏟子，鏟了土往上半身倒，土沉入下巴到鎖骨間的切口。

「一場雨下來，沖下小蜘蛛……」

滿滿一鏟子的土往臉上倒，土散落在額頭上，蓋住了頭髮，陷進眼眶裡。

「太陽出來了，曬乾了雨水……」

土隨著兒歌的節奏如雨落下，落在大理石般蒼白的軀體上。

他填滿最後一層土，壓緊後又整平，然後以藝術家自負的姿態，誇張地用入冬落下的葉子覆蓋在上面。他倒退幾步，眼睛仍然直盯著墳墓看，接著轉過身，用腳尖踢開幾片落葉。

他清理鏟子，手上還戴著手套，他把手電筒放進專屬套子裡，脫下手套，晃一晃甩掉塵土，然後把工具一樣一樣放進背包裡。

就在背起背包時，他忽然聽到長尾小鸚鵡的叫聲。他之前聽過，這種充滿異國風情的鳥曾逃離謝珀頓製片廠，攝影棚位在素里，據說鳥是在《非洲女王號》拍攝期間飛走的，而這部電影讓鮑嘉在一九五一年贏得奧斯卡獎。不過事實是片裡根本沒用到這種鳥，而且電影的拍攝地點其實是在埃爾沃斯。所以這隻該死的鳥到底是從哪裡來的？

他停了下來，在深夜裡尋找蘋果綠羽毛的蹤跡，但只聽到樹葉在不遠處沙沙作響。

他真的該買一副有夜視功能的望遠鏡，不能再繼續用手電筒，實在太危險了。他必須計畫得更周到，而且一定要避免再掉以輕心。

他從羽絨外套的口袋裡拿出一支手電筒，只開了弱光，接著就上路了。

英國倫敦，漢普斯特德村，艾蕾克希家

二〇一四年一月十一日，星期六，下午三點

陽光形成一道光束，照射進庭園裡，而狐狸就著這道光取暖；二十分鐘前，這隻狐狸從灌木叢間鑽了進來，之後就再也沒有移動過。隔了三座庭園之遠的地方，有兩個小女孩光著腳丫跑來跑去，微風吹動兩人鬈曲的紅髮，讓人不禁想，她們怎麼都不會著涼？

艾蕾克希坐在書房裡，書房的窗戶對著底下一排庭院，她伸伸懶腰，調整了一下背後的靠枕，然後再次按下磁帶錄音機的開關，蘿絲瑪莉．衛斯特單調的聲音頓時在房裡流瀉開來。

兩個月前，艾蕾克希去了牛頓監獄，監獄位在諾森伯蘭郡；她在監獄裡和蘿絲瑪莉．衛斯特面對面坐著，艾蕾克希看著這位凶手小巧玲瓏的雙手——這雙手曾被毒打、凌虐、綑

1　兒歌〈小小蜘蛛兒〉的瑞典語歌名。

綁、強暴。蘿絲瑪莉低下頭看著雙手，一邊對艾蕾克希說，她是怎麼殺死自己的女兒。

忽然，艾蕾克希嚇了一跳，父母模糊的影像出現在螢幕上，她關掉錄音機。

「你看你明明就不會弄……」母親不耐煩說，「要按這裡才對，看吧。」

接著視窗變一片空白，通訊也斷了。艾蕾克希覺得十分有趣，她回撥給父母。

「嗨，」她說，父親的臉同時占據了整個螢幕。

「噢……瑪杜，閉嘴啦！妳看看，我們的小寶貝出現了。我親愛的艾蕾克希，妳好嗎？」都已經三十七歲了，她仍舊是父親的「小寶貝」。

「妳怎麼沒有在外面？」母親接著說，嘴巴一邊靠近攝影機，「聽說倫敦今天天氣很好，嗯，這個意思大概是說，有幾道陽光透出雲層吧。如果妳不趁機享受，今年可能就不會再有機會了！」

「妳看不出來啊！她沒出門是因為要把書寫完，編輯和她約定兩個月內把書寫完，妳難道不知道嗎？」

「可是她需要呼吸新鮮空氣，你看看她那臉色。」

艾蕾克希翻了個白眼。為什麼會說到我的臉色？我的臉色又怎麼了？

「我的外甥和外甥女在哪裡？」艾蕾克希問，試圖轉移話題。

「他們在玩收到的禮物。」

「禮物？你們在慶祝什麼？」

「慶祝國王啊，『Els Reis Mags』（三王節）[2]。」父親用完美的加泰隆尼亞語回答。「這些小孩應該要知道自己是從哪裡來的，他們有四分之一的……」

「西班牙血統，好啦，我知道，爸。」

「才不是！是加泰隆尼亞血統，他們是四分之一的加泰隆尼亞人。小寶貝，妳的書寫到哪裡了？」

「比昨天多五頁，爸，我要先掛了，我還得繼續……」

「我做了『fideuá』[3]，親愛的，要我幫妳留一點嗎？」母親問。「我可以冷凍起來，等妳下次回來吃。說到這個……妳什麼時候回來？買好火車票了沒？」

「媽，我還不知道……」

「妳不想吃我煮的『fideuá』嗎？」

「當然想，媽，我很想吃妳煮的『fideuá』，可是我不知道什麼時候才能回去看你們。我要繼續工作了……幫我親一親所有人。」

「至少也和妳姊還有查維耶說兩句吧……」

「我昨天和他們說過話了，媽，好了，再見……」

艾蕾克希對著螢幕飛吻了幾下，打斷母親的抱怨並關掉Skype。

她拖著腳步走到廚房，替自己再倒了一杯咖啡然後拿起手機，手機被她故意「忘」在冰

2 類似西班牙的兒童節，每年一月六日舉行。三王指的是東方三賢士，象徵帶禮物從東方來到伯利恆耶穌出生的馬槽。

3 海鮮燉麵，來自西班牙東海岸瓦倫西亞的料理。

箱旁邊，因為怕寫作中禁不起誘惑。她只准自己在補充能量的時候看手機，至於補充的是咖啡因還是乳酪，那就得看心情了。

艾蕾克希因為驚訝而睜大眼睛，十七通未接來電，號碼是倫敦的室內電話，還有四通留言。她直接按下號碼回撥。

「我是艾蕾克希．卡斯泰勒，你打過電話給我……」

「艾蕾克希，是我，阿勒芭……」

阿勒芭．維達勒，個性和打扮一樣五彩繽紛的西班牙人，通常和你說話的時候，會讓你覺得彷彿在用話語擁抱你，可是她今天的聲音裡失去了所有熱情，聽起來不但生硬，音色還因擔憂而乾裂。

「這是我店裡的電話，我要讓手機保持暢通，以免……噢！不！不要碰櫥窗！」阿勒芭顯然在發怒。

另一個人悶聲咕噥了幾句反駁的話。

「『我』才是公關經理，而且我叫你不准碰這個櫥窗，真要命！艾蕾克希，不好意思，這裡亂成一片，就算事先策畫再多也沒用，一到活動當天還是亂七八糟……」

阿勒芭重重嘆了一口氣。

「Dios mío（我的老天），艾蕾克希……」

「阿勒芭，發生了什麼事？」

德國
一九四四年七月

火車爬著坡漸漸慢了下來。

囚犯用力拉開車廂門的同時，從喉間發出了低沉的悶哼，聽起來像獸的聲音。其他人伸長了脖子享受迎面而來的寒氣，彷彿這突如其來的冷空氣能解渴般，紓解那燒得喉嚨都痛的乾渴。

他等了幾分鐘，就像枝頭的麻雀先延遲起飛的時間，然後倏地消失在漆黑夜空裡。等火車完全停下來，其他人接連跳下車。

忽然響起接續的悶聲，森林頓時染上了黃色的斑點，原來是設置在燈塔上的泛光燈正通報著搜捕時間到；光線越過了樹林、穿越了樹枝，連底下的小樹叢也不放過。

「Ich habe sie! Ich habe sechs von ihnen![4]」

馬上接在這句話後面的，是機關槍斷斷續續的子彈聲，用德語吼叫發布的命令混雜爆裂聲響，直到四周再次靜下來，這份寧靜居然比狂風般席捲車廂的子彈聲還要嚇人。

安利希．埃博納想著不知道有多少人倒下了，有多少人逃過一劫，又有多少人受了傷，

4 德語，這裡！有六個！（編注：本書中描述集中營情節的德語對話，為避免干擾作者行文節奏，譯文皆採加註處理。）

在傷口帶來巨大的痛苦中慢慢死去。也許這樣還比較好，他隔壁的人用英語低聲說，反正不管怎樣，死亡都在這趟旅程的盡頭等著他們。安利希對這點有疑慮：還有什麼事能比待在這節車廂裡更糟的呢？這原是裝載動物的車廂，裡面沒有水，空氣也不流通，車外的溫度還超過二十五度[5]。

車廂原先設計乘載四十人或八匹馬，現在裡面卻塞了一百四十二人，至少旅程開始時是一百四十二個活人。

西班牙老頭是第一個死掉的，啟程不到幾個小時就死了，他兒子一發現他已經沒有呼吸就哭了起來。兒子拭去父親下巴的唾沫，然後呻吟著把他抱在懷裡，死者發紫的臉左右搖晃，像在跳著死亡之舞。接著兒子開始拍打車廂的牆壁，又轉向身旁的人，他脫下鞋子，用鞋跟狂打鄰座乘客。沒人敢動一下，大家對他施暴的行為幾乎毫無反應。倏地他停手了，就像他忽然動手一樣讓人措手不及，憤怒再強也抵擋不了疲倦。

在那之後，其他人也撐不下去了，不過因為所有人靠得很緊密，死掉的人被周圍大批乘客擠著，就算死了仍直挺挺站著。安利希其實沒有真的見到死人，但他聞得到死人的味道。死亡的氣味充斥在車廂裡，混雜著汗味和屎味，人類的體臭味還原到動物的狀態，有如瘟疫般傳播開來。車廂裡只有一個糞桶，出發之後就再也沒清空過，到現在已經過了三十六個小時了。

安利希把身體重心換到另一隻腳上，他身旁的囚犯試著掙脫四周人的強抱，就在掙脫之前，這傢伙還舔了安利希脖子上流下的汗珠。安利希現在看得見他了，他小步小步走向糞桶，是為了舔滿溢出來的尿，他的臉因噁心而皺成一團。納粹軍靴踩著碎石的沙沙聲打斷了他的動作。

車廂的門開了，兩名黨衛隊士兵站在門口，右邊的走上前，手裡握著槍。

「Ausziehen![6]」

沒人敢動，車廂裡大多數的乘客都不會說德語。

「Nackt, verdammte Scheisse![7]」

安利希知道他如果翻譯出士兵的話，就有可能當場被射殺，因此空間雖擁擠，他還是迅速脫光了衣服。

身旁的人很快照做，雖然手腳都麻了，大家還是因為尷尬而用手擋住生殖器。

「Die Anziehsachen sur ersten Reihe weitergenben![8]」

其他乘客都斜睨著他，想知道接下來該怎麼做。安利希把他的衣服交給前方乘客，就這樣一路傳到最前面的人手裡，那人就站在士兵面前。

所有衣服都傳到了車廂外，衣服成堆散落地面，士兵掏出魯格手槍，槍靶是離他最近的

5 德國七月的平均溫度為攝氏十三至二十三度。
6 德語，脫掉！
7 德語，你們這些狗屎，給我全脫光！
8 德語，衣服傳給第一排的！

囚犯，他用槍口抵著囚犯的額頭，然後扣下扳機。其他人的尖叫聲蓋過了槍聲，爆裂的腦和血肉、骨頭飛濺到所有人身上，尖叫來自他們純粹的驚恐。

「Kein Entkommen mehr.[9]」

另一個士兵關上車門，火車又再度啟程。

❋

列車在隔天下午到站。

煞車發出吱嘎的聲響與令人困惑的叫喊聲融為一體——那叫喊聲中混合了凶猛的狗吠和用德語嘶吼的命令。

車廂門一開就看見一群士兵，其中三個手裡握著狗鍊，鍊子牽的是嘴邊冒著白沫的狼狗，牠們迫不及待衝向初來乍到的人群。

「RAUS![10] RAUS!」

第一排囚犯小心翼翼地向前移動，槍托與棍棒如雨般落在囚犯頭上、肩上，劈啪作響，他們舉起手來以示抗議；軍官解開狗鍊，放狗去處理那些再也爬不起來的人。

「RAUS!」

隨著囚犯走出車廂，死人也像布娃娃般接連在月臺倒下。

踐踏著屍體的，是存著苟活希望的人，他們同時試圖避開棍敲棒擊。

警棍只落在安利希的肩膀和膝蓋，他也躲過狼狗攻擊，跑著加入了排隊的行列。

進入營區的路程似乎永無止盡，在炙熱的陽光下，瘸著腳的囚犯五人一列排成隊伍，隨著交響樂的節奏，安利希和其他人在隊伍裡行進。

現在所發生的一切沒有任何邏輯，不管是這趟旅程、旅程中的殘酷暴力和死了的人，還是耳邊的音樂與眾人的裸體；大家都不再羞於裸露而遮遮掩掩，彷彿已經接受了放棄人性的命運。還有沉默。在不合時宜的音樂背後，那屈服讓步的沉默。警衛並沒有強制所有人閉嘴，只不過沒人敢開口說話——恐懼麻痺了他們的知覺，恐懼取代了疼痛和飢渴，也取代了身心的極度疲憊。

這些男人的妻子兒女都到哪裡去了？安利希的雙親在哪裡？他在大學裡的同事和朋友在哪裡？這趟旅程猶如地獄，而旅程的目的地又在何方？他無意中聽見黨衛軍提起埃特爾斯堡森林，他們現在應該在圖林根州的威瑪附近；歌德最喜愛的就是威瑪的山丘，他會在毛櫸樹間邊散步邊想著夏綠蒂・馮・史坦因。

黨衛隊在閘門前停了下來，領導隊伍的士兵大聲朗誦鐵門中央上刻的字句：

「Jedem das Seine!」

這句話的拉丁文是「Suum cuique」——「各得其分」。「當人們還在為死者哀悼，這舉動就像是我們有心情放鬆、並分享字裡行間的諷刺似的。」安利希想。

---

9 德語，誰都別想逃！

10 德語，出來！

忽然，有人聲嘶力竭尖叫起來。

安利希往左挪，看見一名黨衛軍站著，手握拳舉得老高，而一個裸身的男人在地上，身體蜷曲成一團呻吟著。

「Aufstehen![11]」

男人仍倒在地上，全身因痙攣而顫抖。

「Aufstehen, du verdammte Ratte![12]」

士兵的手落下，在男人身上猛擊，這時安利希終於知道士兵拳頭裡握的是什麼了——石頭。士兵用石頭不停砸著那可憐人的頭，直到石頭敲碎腦骨並嵌進腦袋裡才停手，接著他在屍體旁邊繞了一圈，又重新加入隊伍前方的行列中。

隊伍再度前進，短棍擊打聲和興高采烈的音樂聲是行進節奏，隊伍隨著節奏前行。

安利希感到焦慮如一顆卡在喉間的球不斷擴大，他試圖吞下這股焦慮。他看著自己腫脹的腳，心想到底什麼時候才有食物吃、有水喝，他想像著清涼的水流入喉間，嘴裡不自覺分泌出唾液。

十分鐘之後，他們在超大的棚子前停了下來，休息的時間應該快到了。

可是一進到裡面，安利希沒有看見大家所期待的衣服或食物，他因震驚而無法動彈、惶恐不安。他身後的一名囚犯推他向前，前方有個深髮色的男子，男子手裡拿著電動推刀；推刀重複在安利希的頭顱上來回，他柔細的金髮帶著疼痛優雅地掉落在棕色的髮簇上，那是先前累積下來的。

男人理完安利希的頭之後，接著又拿剃刀刮除了安利希的腋毛、手毛、胸毛和腳毛，當剃刀碰到陰莖四周時，安利希閉上了眼。羞辱掏空了他所有力氣。男人檢視他耳朵的時候，安利希也順從地轉頭，他還張大了嘴，讓他們檢視自己乾涸的喉嚨，安利希的嘴唇乾裂，裂到都流血了。

接下來，安利希被帶到一座巨大的浴池，途中還遭受短棍接二連三痛擊，有個士兵從背後踢了他一腳，他就這樣被踹進浴池裡。安利希很快就認出苯酚的味道，他覺得皮膚像著了火似的，一名黨衛軍微笑著叫他把全身都浸入水中，他只好照辦。安利希閉起眼睛和嘴巴，直到有人示意了他才起來。等抵達沖冷水的下一站時，安利希忍不住張大了嘴，他幾乎忘了全身有多麼刺痛。

火車上那人說得對，這趟漫長旅程終點等著他們的，是地獄，可是這座地獄規畫慎密、井然有序。

11 德語，脫掉！

12 德語，該死的耗子，給我站好！

英國倫敦，漢普斯特德村

二〇一四年一月十一日，星期六，下午四點四十五分

艾蕾克希把緊身洋裝從大腿往上拉，乍看幾乎接近衣不蔽體，她在洋裝有限的活動範圍內，盡可能優雅地爬上計程車；從位在二樓的公寓穿著高跟鞋跑下樓梯讓她滿身大汗，就算已經鑽進車子裡了，也沒有比較好，不過當屁股碰到座椅的時候，她還是因為如釋重負而深深嘆了一口氣。

「到新龐德街一七五號，謝謝。」艾蕾克希邊說邊把裙襬往下拉。

計程車司機沿著菲茨約翰大道，一直開到大道路上繼續直行，幾分鐘之後，車子就在攝政公園裡穿梭。

艾蕾克希盯著車窗外看，仿白色大理石的成排別墅由約翰·納西設計，建築輪廓與碳黑的天空形成對比。這個時候公園已經被黑夜籠罩，倫敦的冬季帶有斯堪地那維亞的氣息。

計程車為了禮讓慢跑的人停下來，艾蕾克希的目光隨之移動，她看著這幾個穿著運動鞋的女戰士，眼神中帶著敬佩，或甚至有一絲羨慕。她們踏著勝利的步伐，無視夜晚的溼冷天氣，甚至冒著雨前行，雨讓這天傍晚蒙上一層灰色調的色彩。艾蕾克希發著抖拉緊了大衣的領子，衣領掠過耳環，她戴了一對珍珠耳環，珍珠鑲在玫瑰金的耳針上，這是她朋友莉內雅·比利克斯的設計。

艾蕾克希感到吞嚥困難，用手揉了揉緊縮的喉間。

莉內雅替卡地亞設計了一套珠寶，今晚要向一小群客人獨家展示，莉內雅原本今天早上就應該到新龐德街上的珠寶店和阿勒芭會合，可是她沒有出現，而且一直找不到人。雖然莉內雅的時間觀一向「很有彈性」，但她絕對不可能錯過商務會議。

「小姐？」

計程車已經停在卡地亞門口了，艾蕾克希付了車資，她在費勁下車的同時為了避開水坑，只好不雅地大開雙腿、一舉跨過。艾蕾克希的腳才剛碰到紅毯，一把雨傘馬上就在她頭上撐了開來，一路護送她踩著紅毯走到店門口。

阿勒芭的先生保羅．維達爾在店裡等著，他面對著雙開大門，門後是十分壯觀的長階梯。保羅左右腳不停換著重心，看起來就像池塘邊的高蹺鴴，不過以他這樣身高的男人來說，動作卻出乎意料地優雅。保羅一見到艾蕾克希就喜笑顏開，給了她一個短暫卻溫柔的擁抱，再以輕巧的臉頰吻作結——為了今晚的場合，保羅已經啟動「店經理」模式。

他們一站開，保羅就嚴肅地在艾蕾克希的耳邊小聲說：「還是沒出現。」

艾蕾克希的喉嚨又再度縮緊。

真要命，莉內雅到底在哪裡啊？

保羅很快轉換回原本輕快、商業化的態度，迎接等在艾蕾克希身後的俄羅斯客人。

「女士，請容我替您帶路到董事會會議室，好嗎？」

說話者的聲音宛如銀鈴般，清脆悅耳卻十分謹慎，艾蕾克希轉身一看，一位黑髮的纖細女子正以最誠摯的方式對著她微笑。艾蕾克希極度聚精會神地跟著她，小心翼翼踏出每一步，並留心不讓高到不行的高跟鞋踩空。

樓梯最上方的平臺處有一扇鏡門，敞開的門通往挑高的房間，艾蕾克希很快就注意到阿勒芭，她正在和一對亞裔夫妻談話。

可以的話，艾蕾克希其實很想挨在好朋友身旁坐下來，然後像青少年那樣熱烈討論莉內雅，借保羅開玩笑的比喻來說，就是「像連通器那樣你來我往」，分享彼此的焦慮，把她的不安加注在阿勒芭的恐慌之上，讓恐懼攀升，兩人再一同構思戲劇化的理論，那誇張程度可連好萊塢都不敢恭維，接著兩人再一起大笑，因為莉內雅這時穿著出人意料的服裝出現了，她濃密的金髮梳成包頭盤在頭頂，而且因為錯過飛機氣憤不已……然而，阿勒芭今晚似乎連一秒鐘都沒辦法騰出來給艾蕾克希，阿勒芭在客人間穿梭，連喘口氣的時間都沒有，更別說要和艾蕾克希說上話了。

艾蕾克希只好自己想辦法處理緊張的情緒，莉內雅最後一定會出現的。

一名仙女般的女侍者端來香檳，艾蕾克希拿了一杯，邊喝香檳邊怯怯地走進會議室裡，入喉的第一口帶著輕盈而細緻的氣泡，溫柔地撫過味蕾。

艾蕾克希環視房間，豪華的家具、牆上雕鏤的非凡突飾，還有厚重的窗簾垂在人字形磨光地板上，一切都讓人想起法國偉大的歷史，彷彿戴高樂將軍還在這個房間裡徘徊；戴高樂將軍在二戰時流亡倫敦，這裡曾經是他的書房，有些人甚至相信，他六月十八日那場知名演講的講稿，就是在這間房間裡寫下的。

房間正中央擺了一個巨大的四方體，罩在上面的紅色天鵝絨布似乎懸浮在空中，這應該就是莉內雅作品的展示臺了。房間的各個角落都放了金色的圓形鳥籠，裡面呈現的是珍妮．杜桑設計的奢華珠寶。這位來自布魯塞爾的女設計師曾為可可．香奈兒製作包包，在那之後便領導卡地亞的高級訂製珠寶系列超過四十年之久。

艾蕾克希把空香檳杯放在銀托盤上，然後靠近鳥籠，鳥籠裡展示了美洲豹系列裡最經典的首飾。

「各位先生、各位女士……」

保羅要開始演講了，三十來位的客人順從地轉向他。

「卡地亞今晚非常榮幸，要向您介紹由莉內雅．比利克斯設計並手工製作的新系列，這是上市前的獨家首展，莉內雅．比利克斯是我們的新設計師，這個系列是為了慶祝法國解放七十年而設計的，卡地亞不只見證歷史……」

艾蕾克希用眼神搜索阿勒芭，阿勒芭則是聚精會神聽著丈夫的演講，她身旁站著一位蓄白長髮的男子，粗壯的身材優雅地藏在名牌西裝裡；艾蕾克希認出那是鑽石商理查．安賽姆，他同時也是莉內雅的「畢馬龍[13]」。

艾蕾克希不停換腳轉移身體重心，減輕穿高跟鞋的不適。

莉內雅應該是錯過飛機了，她一年裡總要把自己「流放」到法爾肯貝里兩次，法爾肯貝里位於瑞典西岸。莉內雅把這樣的出走稱為「大牌的任性」，她在這段期間幾乎不和任何人

13 希臘神話中手藝精湛的雕刻家，十分崇拜美神維納斯。

聯絡。

艾蕾克希搖搖頭，試圖抹去腦中出現的警訊，並專注在保羅的演講上。

「……在德軍占領期間，珍妮·杜桑在巴黎和平路的卡地亞櫥窗裡展示珠寶，其中一件的造型是身帶法國國旗顏色的鳥被關在鳥籠裡。各位可以想見，這樣大膽的作風激怒了占領者，珍妮·杜桑也因此入獄了好幾天。她在一九四四年以同一隻鳥被放出籠子慶祝巴黎解放，這也是自由法國的象徵。」

保羅講到這裡，戲劇化地停了下來，同時環顧聽眾。

「所以在您今晚即將見到的作品裡，卡地亞也要頌揚珍妮·杜桑。這系列明天一早就會在巴黎向媒體展示，而且是在和平路的卡地亞專賣店櫥窗呈現，這也是人稱『美洲豹』的她，七十年前展示『籠中鳥』的同一道櫥窗。」

保羅優雅地揚起手，姿態宛若交響樂指揮家。

「有請了。」

展示臺的紅天鵝絨布自負地落下，彷彿一位令人渴求的女人，終於在愛人面前寬衣解帶，所有來賓都往展示臺聚集。

艾蕾克希正準備跟著人群移動，就在這時她瞥見莉內雅的男友彼得·坦普頓，他站在門邊，慌亂的眼神發狂似地掃著人群。

艾蕾克希的心狂跳，速度快到感覺整個胸腔都為此而震動。

英國倫敦，斯隆廣場，莉內雅．比利克斯家

二〇一四年一月十一日，星期六，晚上九點

彼得坐在公寓飯廳的椅子上，空洞的眼神從雙手移向餐桌中央的燭臺。彼得剛剛去了卡地亞，原本以為可以在那裡找到莉內雅，沒想到撲了個空，她居然沒出現在晚宴上。莉內雅從好幾個月前就一直念著這場晚宴，說這是她的慶功晚宴。也許她人還在瑞典？艾蕾克希提議，同時露出因焦慮而僵硬的笑容。也許的確是這樣。

彼得看著艾蕾克希，她還穿著晚宴的洋裝，電話靠在耳朵上，彷彿從房間的這一頭沿著一條隱形的線，在兩扇格子窗之間來回踱步。艾蕾克希眼睛緊盯著地板，聽對方說話的同時，她用拇指和中指捏下唇，等到換她開口時，她的手在空中揮舞，像在畫漩渦。

艾蕾克希用肩膀夾住手機，接著從矮桌上拿了一本記事本記下電子信箱地址，她謝過警官之後就掛上電話。

「彼得，你有莉內雅的照片可以寄給警方嗎？」

彼得轉頭看艾蕾克希，他的臉部肌肉抽搐，才不過短短幾個小時，他的臉頰就已經塌陷，曬成古銅色的膚色也變得暗沉。彼得有氣無力地起身，離開飯廳之後又拿著手機回來，然後把手機交給艾蕾克希。

就在這個時候，尖銳的門鈴聲響起，彼得拖著同樣疲軟的步伐走向大門。

彼得在幾分鐘之後回到飯廳，跟在他身後的是阿勒芭。

阿勒芭這時已經卸下身上的珠寶首飾，腳上的高跟鞋也已經換成芭蕾娃娃鞋了，只不過娃娃鞋的樣子幾乎和拖鞋沒有兩樣。阿勒芭棕色的中分髮在頸後綁起，讓人聯想到小學生。晚宴的殘妝看起來更是慘不忍睹：粉底已經陷進眼周的細紋裡，暈開的睫毛膏黑屑更加凸顯了黑眼圈。低馬尾拉長了阿勒芭原本就長而方的臉，殘敗的妝容強調出她驚恐的模樣，讓她看起來活像個服喪老嫗。阿勒芭一手扶著額頭，就像是在量體溫那樣。

艾蕾克希以略顯緊張的微笑迎向阿勒芭。

「我已經報警了，剛剛寄了兩張莉內雅的照片給他們。」

「他們確認過今早從哥德堡到倫敦的乘客名單了嗎？」

「警方正在查，會再回電給我。」

阿勒芭點點頭表示理解，她慢慢走向沙發，邊走邊環顧四周，眼神中不失禮貌。莉內雅和彼得四個月前搬來這裡，不過阿勒芭和艾蕾克希都沒參觀過新公寓。阿勒芭的目光落在一個相框上，相框放在紅木邊桌上，框內是莉內雅畫的王冠草圖。

阿勒芭移開視線，解開大衣釦子，接著又踢掉腳上的鞋，然後在沙發上把腳跟往屁股收，阿勒芭就這樣在抱枕間縮成一團。彼得又在餐桌旁原本那張椅子坐下，艾蕾克希則像是走鋼索的人，繼續在窗邊來回踱步。屋裡的每個人都保持沉默，猶如僵在舞臺上的演員，動也不動等著簾幕升起。

忽然間，艾蕾克希手裡的電話震動起來，她趕緊接起。幾分鐘之後她就掛斷電話，彼得和阿勒芭都用焦慮的眼神盯著她看。

「莉內雅的班機今天早上已經順利抵達希斯洛機場了，只是她不在飛機上。」

沉默猶如低垂而厚重的天空籠罩了整個房間。

阿勒芭起身，沙發發出舊門似的嘎吱聲。

「那他們有沒有……」

「有，」艾蕾克希打斷阿勒芭的話，「他們確認過了，莉內雅沒有登上今天的任何一班飛機，也沒有登上昨天的班機。」

英國倫敦希斯洛機場

二〇一四年一月十二日，星期天，晚上六點四十五分

艾蕾克希繫好安全帶之後，把手輕放在彼得手上。原本魅力十足的彼得現在看起來就像受了驚嚇的孩子；擔憂削弱了他的自信，肩膀也因此收緊，他定睛看著窗外。冰雹敲打著機翼，彷彿孩子把A320空中巴士當靶，嬉鬧著拿彈珠玩射靶遊戲。艾蕾克希和阿勒芭眼神交會，阿勒芭坐在走道的另一邊，她們用同樣悲傷的微笑交流，笑容中流露出渺茫的希望。

英國失蹤人口中心昨晚就開始和法爾肯貝里警方聯絡，他們也隨即派遣巡邏隊到莉內雅在瑞典的住所，結果沒有人應門。巡邏隊從窗戶往室內看，並未發現異狀。瑞典警方已經對莉內雅失蹤事件展開案前調查，調查後才能決定是否入內搜索。

彼得不願意在倫敦等待女友的消息，於是決定盡快親自到法爾肯貝里一趟，艾蕾克希和阿勒芭都不忍心讓他獨自前往面對。

他們決定了之後還得等到飛機上有空位，因為居住在全英國的兩萬五千名瑞典人，好像都忽然決定在同一個週末飛回祖國。

他們應該會在晚上十點左右抵達哥德堡，隔天一早──也就是星期一早上八點，法爾肯貝里警方等著他們到警局備案。

彼得的手在艾蕾克希的手底下握緊成拳狀。

「我該怎麼做才好？」彼得問，眼神始終沒有離開停機坪，「如果她……」

彼得喃喃說道，猶豫了一下便噤聲不語。

艾蕾克希輕撫彼得的手臂安慰他，她當然也可以說些讓彼得放心的話，像是告訴彼得她確定莉內雅現在絕對好好的，可是連艾蕾克希自己都受夠了這種老套的安慰話。他們都沉浸在不安的情緒中，那些安慰的話聽起來只顯得不夠真切，還不如藉由肢體碰觸給他一點鼓勵，至少也不那麼虛偽。

他們到現在還是沒有莉內雅的消息，這可不是什麼好兆頭，但這就是事實；事實像傷疤一樣，只要用手輕輕一摳，就會再次皮開肉綻。

「妳知道的，她一直以來都是這樣，」彼得盯著扶手繼續說，「她很享受自己的空間，每次只要到瑞典去，就不希望任何人打擾她。她在那裡偶爾會傳訊息給我，可是……要是我打電話給她或……妳也曉得……妳也曉得她在那裡的時候是什麼樣子……」

彼得舉起手撫平皺起的眉頭。

「艾蕾克希，妳覺得我應該早點開始擔心嗎？妳覺得我應該早一點報警嗎？」

「當然不覺得，彼得，你根本沒有理由要擔心，完全沒有你該擔心的道理。」

這就是彼得想聽的話，他被赦免了。

彼得放心點了點頭便往後一仰靠在頭枕上，然後閉上眼睛。

艾蕾克希轉向阿勒芭，阿勒芭在打盹，頭從一邊倒向另一邊。

艾蕾克希看了看手錶，正好七點，還要再等十三個小時才能搞清楚情況，還要再等十三個小時，才能開始尋求真相。

瑞典法爾肯貝里，托爾斯維克碼頭

二〇一四年一月十二日，星期天，晚上九點

迎面襲來刺骨寒風，黎納．貝斯壯局長卻不受影響，憑藉手電筒的燈光，大步走下覆蓋著白雪的沙丘。

沙丘下的遊艇小碼頭已經結了冰且空無一人，就像失聯多年的老朋友一樣難以辨別，嚴寒的冬季趕跑了船隻，也吞噬了舞動的濃密蘆葦。他們在接待處的小木屋旁搭起白色長形帳篷，左右兩側各站了一名身著制服的警察，這與托爾斯維克碼頭如畫般的風景顯得有些格格不入。

在沙丘腳下等著警察局局長的，是犯罪科學警察主任畢約恩・侯爾。

「天啊，黎納……我從來沒見過這種場景……」侯爾揉著結冰的鬍鬚喃喃自語。

貝斯壯清了清喉嚨。

「法醫到了嗎？」

「短期之內是來不了了，他剛好被派到哥德堡去。」

「他媽的……你們動手了嗎？」

「我們很快瞄了一下屍體，就又把『snipa[14]』放回原來的位置了。我想要手下從船身和四周開始下手，雖然我強烈懷疑能找到什麼有用的東西，畢竟積雪很厚。」

貝斯壯穿上連身防護衣、套上鞋套，並且往藍色乳膠手套裡吹氣之後戴上。

「你先請吧。」侯爾退到一旁，讓貝斯壯先過。

兩盞照明燈刺眼的燈光照亮了帳篷內部，帳篷中央有艘翻過來的小木船，船底的紅色龍骨朝上。

貝斯壯進入帳篷的時候，三名正在處理木船的技術人員稍稍抬起頭來，僅以簡單的手勢向局長致意。

「再給我們兩分鐘。」身材最矮小的人員說，說話時並沒有拿下面罩，眼睛也完全沒離開過原本在檢查的區域。

「你怎麼處理發現屍體那兩個年輕小伙子？」侯爾接著問局長。

「我把他們和烏洛夫松一起留在局裡，兩人看來受到了很大的驚嚇。」

「他們好像醉到不行，結果還是被嚇到全身僵硬，連頭髮都要豎起來了。但他們半夜在托爾斯維克碼頭做什麼？」

「還不就是想不受打擾喝個爛醉，這兩個年輕人偷了爸媽兩瓶伏特加，以為這裡是絕佳的藏身之處。」

「好吧，看來他們不是唯一這樣想的人……」

「好了，我們弄完了，」技術人員插話，「我們要把『snipa』翻過來了。」

另外兩名技術人員開始動手翻轉小船，貝斯壯和侯爾都往後站。

這艘船顯然經歷過嚴酷氣候與海浪拍打浸蝕，貝斯壯想到《安徒生童話》裡的拇指姑娘，船身讓他想到拇指姑娘用來當搖籃的胡桃殼。「這種聯想還真奇怪。」貝斯壯心想，同時看著船像盒蓋一樣被上抬翻起。

船底下躺著一名裸體的女子，她臉朝上仰臥，兩手緊靠著身體，雙腳併攏綁在一起。

貝斯壯在屍體旁蹲了下來，他隱約看見在薄霜底下的皮膚因寒冷而發青，茂密的頭髮經過細心梳整垂在肩上，有人替她理清了陰毛，還在她左手臂上刺了一個「X」的記號；她雙眼的眼珠被挖出，空洞的眼眶漆黑又不成比例的大，破壞了原本細緻的臉龐。她的喉嚨被垂直割開，傷口從下巴一路延伸到鎖骨間的凹陷處，頸部的皮膚像是沒扣上鈕子的上衣，赤裸

---

14 一種小木船。

裸敞開著，氣管也被切斷。

貝斯壯站起來走出帳篷，脫下防護服之後拿出手機，是時候重新集合部隊了，而且速度要快，他有種不祥的預感——潘朵拉的盒子已經被打開了。

瑞士哥德堡，蘭德維特機場

二〇一四年一月十二日，星期天，晚上十點十五分

艾蕾克希感到刺骨的嚴寒迎面襲來，憂慮在這幾秒內變得無足輕重，她唯一能感覺到的就是穿過靴底而來那一陣陣冰冷寒意，不停上竄蔓延到整雙腿。能夠只感受而不思考還真好，這種感覺就好像大腦忽然轉接到「不用腦」模式，終於可以解脫，可惜持續的時間不長。

艾蕾克希邊在原地跳，邊等彼得和阿勒芭上計程車，她尾隨他們進到車裡便關上車門。這趟飛行旅程很沉默，像永無止盡似的；阿勒芭一直睡到飛機降落，彼得則是不安的睡睡醒醒，清醒時盡是喃喃自語說些前後不一致的話。

艾蕾克希則是希望嘈雜的機場能轉移注意力，讓她暫時不去想莉內雅的事，可惜蘭德維特機場的氣氛令人昏昏欲睡，他們一下飛機就看見大批金髮地勤以漠不關心的神情迎接旅客，這種態度很難讓人產生親切感。也因為這樣，艾蕾克希才決定不顧寒冷走到室外，她決心在上計程車之前拋開所有負能量，上了車之後又得在車裡待上一個半小時。

三人各自沉浸在思緒裡，車外的平原由白雪織成的毯子覆蓋，照亮黑夜的是發出微藍光線的路燈。

彼得被夾在阿勒芭和艾蕾克希中間，他無精打采地盯著前方的道路，阿勒芭臉貼著車窗，像是在生悶氣的孩子。

計程車司機壓低了廣播的聲量，瑞典語出乎意料的音樂性在艾蕾克希耳裡聽來像搖籃曲，她在柔和的聲調中閉上眼睛，並用手指揉太陽穴。艾蕾克希其實從來沒聽過莉內雅講母語，莉內雅甚至也沒提過法爾肯貝里，或她在這裡都做些什麼事。只要有人問起她在瑞典的假期，莉內雅總是誇張地揮揮手，用十分地中海式的手勢逃避問題，接著再轉移話題。

「先生，不好意思……還要多久才會到呢？」

阿勒芭用帶著擦音腔調的英語問，眼睛始終沒有離開車窗外的道路，他們到目前為止已經坐一個小時的車了。

「再五分鐘。」司機以近乎德語的粗糙英語回答，這和他柔和的聲音形成強烈對比。

彼得突然用力拉扯安全帶，像是為了逃脫一樣，安全帶因此在他的胸膛上劈啪作響。

「我不行了！」彼得喘著氣說，「我沒辦法等到明天早上，我們現在就得去莉內雅家，馬上就去！」

阿勒芭用驚恐的眼神看著艾蕾克希，艾蕾克希抓住彼得的雙手，並緊緊握在自己手裡要讓他冷靜下來。

「彼得，我們沒有鑰匙啊……而且警方已經去過莉內雅家了，我們現在去也沒什麼用……」

「可是他們居然沒有進門偵查，他媽的，這也太奇怪了吧！莉內雅搞不好是身體不舒服，所以在……在等……」

急促的抽噎打斷了彼得的說話聲，他身體前傾，兩手握拳緊靠在張大的嘴邊，他試著抑制淚水卻徒勞無功。

艾蕾克希用顫抖的手拿出手機，然後報了莉內雅的地址給司機，司機擔心地從後照鏡瞄了他們一眼。彼得把頭靠在阿勒芭的肩膀上，再也止不住啜泣。

計程車慢了下來，在一條窄路上右轉，車身像要啟航的小船一樣搖搖晃晃。艾蕾克希的手機震動，她身體前傾、頭靠著前座的頭枕接起電話。

「是艾蕾克希．卡斯泰利嗎？」

艾蕾克希忽略對方說錯名字，粗魯地回應：「對。」

電話另一頭的人先是自我介紹，接著用流利的英語說了幾句話，艾蕾克希的額頭靠著前座頭枕，邊聽邊瞇起眼來，她請對方重複剛剛的話。忽然之間，痛苦和恐懼從艾蕾克希的胃裡竄升，直搗心臟並使她口乾舌燥。

死亡又再次降臨在她面前。

⁂

計程車在一棟黃色的大房子前面停了下來，房子是木造的，天空灑下的白雪在夜晚形成一扇白網格布簾，遠方的閃光燈有節奏地盤旋著。

艾蕾克希咬緊嘴唇抑制牙齒打顫，「我們剛剛在附近的小碼頭發現了一具屍體」，這就是瑞典警察在電話裡對艾蕾克希說的。瑞典警方發現了一具屍體。失蹤人口中心的人知道艾蕾克希在前往法爾肯貝里的路上，他們應該是把這個消息分享給警方，可是那位警員並不知道，他和艾蕾克希通話的同時，她人就在距離莉內雅家五百公尺的地方。警員先是結巴、遲疑，又和另一個拖長音調說話的男人用瑞典語交談了幾句之後，才叫艾蕾克希請司機送他們到另一個地方，地址離莉內雅住所不遠。

艾蕾克希掛斷電話並閉上眼睛，恐懼混雜著疲倦讓她幾乎喘不過氣來，她還來不及消化這項壞消息，卻得馬上向另外兩人解釋。艾蕾克希拒絕使用那些毫無意義的婉轉字眼，這只會讓人更痛苦不堪，她冷靜地對彼得和阿勒芭簡述電話裡的對話。彼得聽完，緩慢地點了點頭之後，就陷入令人不安的沉默之中。

阿勒芭先是瞪大了眼，幾秒鐘之後，又轉向布滿白雪的車窗。

瑞典警方發現了一具屍體。

計程車門開了，開門的是個矮壯男子，他身穿紅色派克大衣，大衣上印滿了雪痕。男子側身讓艾蕾克希通過，一陣雪花湧進計程車裡，同時掠過艾蕾克希的臉，她眨眼想弄掉掛在睫毛上的殘雪並下了車，彼得和阿勒芭也尾隨艾蕾克希。

一行人往門廊走去，男子在途中對大家說話，可是呼嘯的風聲吹散了他的話語。他們進門之後才一關上門，刺骨的寒冷就立刻消失無蹤。艾蕾克希脫下大衣，並請男子重複剛剛說的話。

「我叫克里斯蒂昂．烏洛夫松，我是法爾肯貝里警局的警探，我們幾分鐘前通過電話。」

「這樣啊，我知道了……」

彼得和阿勒芭像迷失的孩子等在艾蕾克希身後。

「這位是施泰倫．埃克倫。」

一名男子站在右手邊的拱形門下，門後就是廚房，他簡短地點了一下頭向艾蕾克希致意。

「在黎納．貝斯壯局長來見你們之前，施泰倫會先招呼你們。」

「那……」

烏洛夫松沒等艾蕾克希把話說完，就掏出手機往走廊走去，施泰倫開口轉移了眾人的注意力，他問艾蕾克希一行人要不要喝咖啡。

「我有話要對警探說，你們先去！」艾蕾克希說完就追上烏洛夫松，問：「你有沒有剛發現那具屍體的相關資料？描述或照片之類的？」

烏洛夫松驚訝地轉過身，他一邊結束手機另一頭對話，眼神從沒離開過艾蕾克希，接著很快掛上電話。

「我不能……」

「我只是想請你分享已知的資料，就算你們還沒辦法確認死……死者的身分也沒關係。」

沉痛的感覺讓艾蕾克希喉嚨一緊。

「我沒辦法告訴妳什麼，因為我也不知道詳細情形。」

艾蕾克希翻了一個白眼，又沮喪地嘆了口氣。

烏洛夫松用和剛剛一樣單調的聲音繼續說：「貝斯壯局長派我來施泰倫家，他叫我在這裡陪你們等，他隨時就會到。」

「你至少可以告訴我這位施泰倫是誰，還有我們為什麼要在他家等？」

「施泰倫・埃克倫曾是法爾肯貝里的警員。」

他們聽見了開門聲。

「一定是黎納到了……」烏洛夫松繞過艾蕾克希往大門走。

艾蕾克希看到一個壯碩的男人，他蓄著灰白短鬍鬚，身著海軍藍短大衣，臉上掛著深刻紋路，頭髮因融雪而溼潤；與其說是警官，黎納・貝斯壯看起來更像水手。

「Hej, Lennart,（嗨，黎納。）」烏洛夫松對他打招呼，「Det är Alexis Castelli, Linnéa Blixs vän. Hon kommer ifrån...（這是艾蕾克希・卡斯泰勒，是莉內雅・比利克斯的朋友，她來自……）」

「Ja, ja ja, visst Kristian.（啊，是的，克里斯蒂昂。）」

貝斯壯直視艾蕾克希的眼睛，並對她伸出手。

「妳好，我叫黎納・貝斯壯，我是法爾肯貝里警察局局長。」

貝斯壯握著艾蕾克希的手十分堅定，他伸出另一隻手搭上艾蕾克希的上臂，力道出乎意料地溫柔。

「請節哀……」

艾蕾克希雙腿一軟，還好貝斯壯及時扶住她，難以言喻的哀傷排山倒海而來，有如一頭飢餓的獸，急切地啃噬著艾蕾克希。

施泰倫家的走廊上有幾張靠牆放的椅子，貝斯壯趕緊扶艾蕾克希在椅子上坐下，他也在她身旁坐下來。

艾蕾克希駝著背、垂著頭看自己的膝蓋，她剛剛聽見了最害怕聽到的字眼。

瑞典法爾肯貝里，塢洛夫斯博，施泰倫．埃克倫家

二〇一四年一月十三日，星期一，凌晨一點三十分

克里斯蒂昂．烏洛夫松替自己再倒了一杯咖啡，他忘了那個馬臉女人的名字，她把杯子遞給烏洛夫松，一副他是她僕人的態度。烏洛夫松對這些大城市的女人沒有半點好感，尤其是眼前這個，全身上下充滿了銅臭味，她的包包和皮帶、鞋子全搭配得天衣無縫，還有那高高在上的姿態，好像在說：「光我的手鍊就要花掉你六個月的薪水了，所以去你的，窮鬼警察。」

烏洛夫松替貴婦倒咖啡的同時看著另一個女人——艾蕾克希，她實在美極了，施泰倫一直纏著她，這也不意外。她剛才在走廊上差點昏倒，深呼吸之後，就去和那個美男子說壞消息，美男子一聽就弱不禁風、癱倒在地，看來原本應該也是沒什麼種的傢伙，他當然可以到處找膽子，可是一定找不到，因為他的膽子都在那個正妹手上。正妹和馬臉給了他一顆藥讓他冷靜下來，還帶他到客房去躺下來。貝斯壯趁機解釋，他們在托爾斯維克碼頭發現的就是莉內雅．比利克斯，屍體赤裸而且受到毀容，她生前可是個名人，名人就名人吧，烏洛夫松可是從來沒聽說過這號人物。

「克里斯蒂昂！」

說曹操曹操到……自從烏洛夫松從哥德堡調來之後，貝斯壯局長就盯他盯得很緊。

「來了！」這死胖子還真是一刻不得閒，說真的，法爾肯貝里難得有真正的大事發生，這應該讓老頭子興奮到都勃起了吧。

烏洛夫松放下咖啡，快步走到大門口和貝斯壯會合。

「鑑識人員已經在受害者家採集完證據了，我需要彼得．坦普頓過去確認有沒有什麼東西不見了或是被移動過，還是多了什麼。」

「他在睡覺，她們給他吃了安眠藥。」

「這樣啊……那你去看看那兩個女的能不能在他起來前先幫忙。」

烏洛夫松點點頭又回到廚房。她們當然有點用，可是烏洛夫松才不要和瘦竹竿馬臉打交道，他要直接叫正妹過來，這樣就可以藉機和她多聊點了。

⁂

事情完全不如烏洛夫松預想的發展，一聽到要去檢查莉內雅．比利克斯家，傲嬌貴婦就勃然大怒，她認為所有人剛聽到好友死訊都還震驚不已，這麼做非常沒有人性，而且其實也沒什麼用，因為他們之中從來沒有人進去過那間房子。正妹向她解釋，只要對調查有幫助的事都應該盡力去做，就算她們從來沒去過莉內雅在瑞典的家，但至少她們很了解莉內雅，也許去了會注意到什麼不一樣的地方——某個細節、某樣物品出現或不見，都可能有幫助。總之，正妹就是叫貴婦不要往心裡去，他們全都應該二話不說配合警方調查。

法國妹說話很有技巧，馬臉聽了之後也平靜了下來，可惜壞事總是接二連三，懦夫就在這個時候醒了，害烏洛夫松不得不帶這兩個電燈泡一起走。

實在有夠衰，更別提烏洛夫松其實已經累壞了，現在是凌晨四點，他超睏的，只要能打個小盹，叫他做什麼都行。

烏洛夫松警探邊發抖邊關上車門，從施泰倫家出發之後，車裡就沒人說過一句話，現在的氣氛更是死氣沉沉。儘管極地酷寒，夜深沉地彷彿黏在皮膚上，這一小群人卻像更偏好待在室外。

站崗的警員幫忙開了莉內雅家的大門，開了電燈之後讓他們進屋，接著就立刻關上大門。艾蕾克希覺得他們三個好像參加了被壓榨的旅行團，導遊只想匆促結束行程。

艾蕾克希環顧四周，她雖然疲憊卻仍感到驚訝，走廊牆上貼的是橘色花樣的壁紙，廚房門對面有兩張不同樣式的椅子，分別放在金色木製五斗櫃兩側，椅子上散著羊毛帽、口紅、幾枚硬幣和廣告傳單。除了帶有迷幻視覺效果的磁磚，以及麗光板製的餐桌，廚房的裝飾和走廊是一樣的色調。艾蕾克希不敢相信這是好友的房子，裡面沒有一樣東西像她，莉內雅向來都買特定設計師設計的家飾，像是菲利浦・史塔克設計的扶手椅、阿納・雅各布森設計的桌子、榮恩・亞烈德設計的櫃子等等。

彼得像是看穿了艾蕾克希的心思，他用布滿血絲的眼睛憤怒地質疑著，他的手指輕撫軟木塞餐墊，上面還有麵包碎屑，然後就走出客廳。

艾蕾克希尾隨他走到狹小的浴室，莉內雅的盥洗包放在板凳上，板凳就在淋浴間旁邊，一支刷子和睫毛膏沒放好，半截露在盥洗包外面，看起來就像莉內雅剛用過一樣。

「我不懂……」彼得喃喃自語，「這一切實在太不像她了。」

艾蕾克希雖然認同，卻不敢在這麼明顯的事實上再加註評語，她領著彼得走到下一個房間。

突然之間，阿勒芭低沉而連續不斷的叫聲從大門口傳來：

「不，不，不，不！」

烏洛夫松率先跑去找阿勒芭，艾蕾克希和彼得也緊跟在後。

「妳發現了什麼？」烏洛夫松問。

「你希望我能在這裡找到什麼？你說啊！」阿勒芭噙著淚回答，「你覺得我可以找到殺手留下來的名片嗎？是嗎？這間屋子裡沒有一樣東西像莉內雅！完全沒有！」

「你們還沒上二樓去看！」烏洛夫松反駁。

「不用了，你們警察的蠢建議到這裡就夠了，我們都累了，而且我們今天受的驚嚇也夠多了，你聽懂了沒有？我受夠這一切了！快帶我們回飯店！」

阿勒芭說得對，艾蕾克希心想：是時候該結束這漫長的一天了。

德國布亨瓦德集中營
一九四四年八月

他們今天早上是被牛筋鞭子叫醒的，鞭子隨著軍官的辱罵聲反覆落下。

安利希及時爬出臥鋪參加早點名，和安利希共用草褥的另外兩名男子因為動作不夠快，兩肋慘遭短棍毒打。看著他們倆瘦骨嶙峋的身體爬下木板搭成的床架，安利希覺得好像看到了試圖逃離靈骨塔的活死人。

安利希偷偷活動筋骨，雖然來到這裡不過幾個禮拜，他卻已明顯感到極度的身心俱疲，除了白天地獄般的生活，晚上也根本沒辦法好好休息：累壞的囚犯個個頭對腳、腳對頭並排躺著，身邊擠的是素昧平生的陌生人，睡覺時伴隨著眾人集體散發出的臭氣、痛苦喘息與呻吟、打鼾、惡夢驚叫；有人痢疾發作沾染了整個床鋪，他們忍受蟲咬，因為床墊裡到處爬滿了跳蚤、床蝨和頭蝨。夜晚就和白天一樣生不如死。

安利希營房裡的一名囚友在搜身前吞下了結婚戒指，然後藉由一次又一次的排便回收戒指，這囚友把集中營裡的手段稱為「泯滅囚犯人性」，安利希覺得這話說得還太含蓄了一點。這就像是要診斷疾病卻忽略病徵，囚犯不只被迫失去人性，還要忍受飢餓口渴、遭受剝削虐待，人格也被貶低。在布亨瓦德集中營的每個動作、每個步伐、每個指令，都是死神永無止盡的痛苦壓迫。

不過安利希還沒經歷到寒冷，一個波蘭人向安利希保證，吹過集中營的風就像黨衛隊用的魯格手槍一樣致命，他管這風叫「惡魔的呼吸」。波蘭人因為得了潰瘍，胸部上滿是坑坑疤疤，只要一講到冬天，這傢伙就會大哭，他為凍死在地上的囚友泣不成聲，也是他用鏟子讓這些屍體與地面分離。

牛筋鞭子為了將囚犯趕出營房再次揮舞起來，盥洗時間到了，安利希只有半小時的時間鋪床、洗澡、著裝和吃早餐，他趕緊跑向洗手臺。

每次喝湯[15]信號響起的時候，安利希老是在等廁所的排隊隊伍裡，要是沒有及時趕到營房，他的那一份糧食就會被沒收。這已經是安利希連續第六天放棄梳洗，他快步離開了排隊的人群。

安利希把一塊走味的麵包和被稱為「咖啡」的飲料放在木桌上靠近桌角的位置，他把麵包分成幾小塊，先用舌頭弄溼麵包、讓麵包碎開，再放到嘴裡慢慢咀嚼品嚐，接著才喝一口那替代咖啡的飲料。等到吞下最後一口早餐時，安利希回想前一天在採石場工作結束前接收的命令——早點名之後到二號告示牌報到。為什麼？安利希完全不知道。

安利希用舌頭沾溼食指指尖，藉此回收桌面縫隙裡的四小塊麵包屑，然後才走出營房，飢餓還在他肚子裡隆隆作響，恐懼則掐緊了喉頭，安利希往集合場走去。在接下來這個小時裡，安利希會和其他囚友站在一起，聽黨衛隊軍官清點集中營裡的人數，這個小時也極有可能就是安利希人生裡的最後一個小時。想到這裡，安利希很驚訝地發現自己居然有種鬆了口

15 集中營早餐會供應五百毫升的菜湯或咖啡。

氣的感覺，昨晚衝向倒刺電網那傢伙之所以這麼做，就是因為很清楚在這裡難逃黨衛軍的機關槍，他的做法也許是正確的決定。

「脫帽！戴帽！」安利希很熟悉接下來的命令，心跳因恐懼而加速。

「被傳喚的囚犯到大門集合！」

安利希昂首闊步走到二號告示牌處，他得要表現出矯健強壯的樣子才行，因為這樣就表示他還有用。

「勞務隊集合！」

安利希看著一大群骨瘦如柴的人聚集，他們隨著管弦樂團奏樂的輕快節奏排成一列五人的隊伍。

「20076！」

安利希轉過身去，一名大腹便便的士兵正在看清單，清單就夾在他肥胖的指間。

「遵命，長官。」

這名黨衛軍上下打量安利希，安利希襯衫上有尖角朝下的紅色三角形，當他看到三角形時便皺起眉頭，他走近安利希。

「媽的……德國人啊……」

黨衛軍脫下鴨舌帽，抓了抓額頭之後又把帽子戴回光禿的頭頂上。

「蠢貨，你知道嗎？對我來說，你們更糟，因為你們背叛了自己的祖國，這就像試著殺掉親娘一樣，你懂嗎？」

黨衛軍帶著酒臭的口氣讓安利希感到反胃。

「知道了，長官。」

「窩囊叛徒，把褲子脫掉。」

安利希顫抖著手把褲子褪到腳踝。

「蠢貨，身體向前傾。」

橡膠棍使勁在安利希屁股上打了十下，安利希咬緊牙並努力吞回溢上喉頭的膽汁。

「這是幫你媽打的，她早該這麼做了。」

黨衛軍氣喘吁吁地把短棍收回皮帶上。

「我可不能把你整得太慘，要是你不能好好享受下一站的款待，那就太可惜了。混帳東西，派你去焚化爐，換你去被『嗆』了。」

瑞典法爾肯貝里警察局

二〇一四年一月十三日，星期一，早上九點

黎納．貝斯壯拿了一杯咖啡給施泰倫。

「你最後一次看見莉內雅．比利克斯或和她說話是什麼時候？」

貝斯壯局長問，同時在辦公椅上坐了下來。

「去年十一月，她到我家吃晚餐，可是我不知道她這個月要來法爾肯貝里。」

「她很常來嗎？」

「我想她一年來個兩三次吧，每次待上兩三個禮拜，夏天有時候還會待到一個月。」

「都一個人來嗎？」

「這我就不知道了，我只知道她來我家吃飯的時候，從來沒有攜過伴。」

「她要來之前，通常會先告知你嗎？」

「對，我們會趁她在的期間碰面。」

「你跟她上床嗎？」

聽到這個問題，施泰倫一點也不訝異。

「黎納，我和她認識快要三十年了，要是我們真有這方面的『性』趣，也早就該發生了。」

「就是這樣我才問啊。」

「我們只是很喜歡一起吃飯，那件事發生的時候，她一直陪著我……你知道是哪件事……」

施泰倫的聲音變得低沉，貝斯壯喝下一整杯咖啡以掩飾尷尬。

「她和你談過男友彼得．坦普頓嗎？」貝斯壯邊問邊站起來，又倒了一杯咖啡。

「我是知道他們在一起啦，他好像從事人力資源相關工作，但莉內雅比較常聊她自己工作上的事。」

「你星期五從斯德哥爾摩回來的時候，有注意到她家的燈開著嗎？」

施泰倫搖了搖頭。

「或車道上有沒有停車？媽的，我還沒有時間確認她在這裡是否有車。」第二句話比較像是貝斯壯說給自己聽的。

「就我所知沒有，她通常從機場搭計程車過來，她在這裡不是走路就是騎腳踏車。」

「好吧……好了，烏洛夫松會幫你做正式筆錄，你曉得我不能直接介入吧。」

貝斯壯給了施泰倫一個擁抱，這個舉動說不上親密，反而更接近斯堪地那維亞式的打招呼。擁抱完之後，貝斯壯替施泰倫開了門並送他出辦公室。

施泰倫在警局裡走著，恰巧看到艾蕾克希從偵訊室走出來，烏洛夫松就跟在她身後；烏洛夫松自顧自滔滔不絕說著話，艾蕾克希則機械式地點頭回應，同時不停環顧四周。艾蕾克希清澈的藍眼睛仔細觀察每一樣事物，彷彿不想遺漏任何細節。

烏洛夫松最後終於走開了，艾蕾克希看見了施泰倫，她用疲憊的微笑向他打招呼。

「Hej，艾蕾克希，彼得還好嗎？」

這個問題讓艾蕾克希感到驚訝，同時又鬆了一口氣，她完全不想假裝自己肩膀夠寬闊，可以一邊給彼得支持、一邊給阿勒芭慰藉，還得應付父母，他們知道女兒捲進這樣駭人的事件都擔心得要命。施泰倫開口先問彼得的消息，無疑是給了艾蕾克希轉移話題的機會。

「他很震驚，而且累壞了，正在做筆錄。」

「妳也才剛做完？」

艾蕾克希點點頭。

烏洛夫松這時走了回來，兩手各拿一只馬克杯，就在艾蕾克希和施泰倫中間站定。烏洛夫松還脫掉羊毛外套，展現緊身毛衣下明顯的胸肌與二頭肌。這隻小狼狗還真是選錯時機求愛了，施泰倫心想，他伸手接過烏洛夫松手裡的杯子，然後遞了一杯給艾蕾克希。這出其不意的舉動讓烏洛夫松不得不暫時放棄引誘計畫。

「克里斯蒂昂，輪到我做筆錄了吧？」施泰倫說，他喝下一大口咖啡之後又提議：「我們走吧？」

烏洛夫松用充滿敵意的眼神打量施泰倫。

「這是老大的命令。」施泰倫辯解，還舉起左手表現無辜。

烏洛夫松展現男子氣概的意圖硬生生被打斷了，他只好對艾蕾克希尷尬地苦笑，接著叫施泰倫隨他一起到距離最近的偵訊室。施泰倫對艾蕾克希眨眼，艾蕾克希不禁露出微笑，然後施泰倫順從地跟著烏洛夫松警探進了偵訊室。

艾蕾克希把包包和大衣放在靠走廊的椅子上，她用雙手握緊杯子，這樣的姿勢讓她感到既熟悉又安心，她慢慢啜飲咖啡。

莉內雅死了，莉內雅被殺了，莉內雅死了。

艾蕾克希對自己重複這些字眼，彷彿這樣就能習慣這字裡行間令人心碎的沉重。她知道時間不能沖淡痛苦，時間只能讓他們學會和事實共處，因此她要加速腳步，勇敢面對眼前的事實。

艾蕾克希向貝斯壯提議認屍，這樣就不用彼得出面了，貝斯壯吞了一口口水，接著用低沉的聲音拉長聲調向艾蕾克希解釋，屍體腳踝上的刺青和左胸下方的胎記已經證實了死者的身分。這個回答完全摧毀了艾蕾克希，莉內雅的遺體應該是變形得太嚴重，警方才會不願意進行認屍。艾蕾克希閉上眼睛，她搖頭想趕走腦中不斷顯現的恐怖影像。

「Ursäkta!（借過！）」

一名穿制服的女警推著帶滾輪的白板走過來，艾蕾克希顯然擋到路了，她隨即讓開，女警便一路推著白板走到兩扇雙開門前，她用髖部輕輕撞開門，這之後門還保持開啟幾秒鐘；這幾秒鐘足以讓艾蕾克希看見門後牆上釘著的照片，照片裡的金髮也足以讓艾蕾克希認出莉內雅，及肩金捲髮下是殘破、裸露的屍體，從各種角度拍攝，兩道深深的黑窪取代了眼睛，一道大開的暗紅傷疤從脖子上方往下延伸。

隨著門再度關起，艾蕾克希隱約瞥見貝斯壯正在和某人談話，她很快就認出了這個人，這個人會出現絕對沒好事。

艾蕾克希閉上眼睛、頭往後仰，就像是游泳的人在水底待太久之後，終於浮出水面那樣——她深深吸了一大口氣。

⁂

「局長，這要放在哪裡？」推白板的女警問。

「就放在那邊吧。」愛蜜莉．洛伊下命令，同時用手指了指房間裡唯一的窗戶。

女警沉默地看向貝斯壯等待確認，黎納．貝斯壯微微點了一下頭，表示女警可以照外來客的意思去做。女警不甘願地照做了，離開房間之前，她用不友善的眼神看了愛蜜莉・洛伊一眼。

雖然貝斯壯身為瑞典人並堅守性別平等，可是當蘇格蘭場的傑克・皮爾斯告知要派最優秀的犯罪側寫師過來時，貝斯壯完全沒料到要和一個女人工作。不過愛蜜莉・洛伊實在不太有女人味，即便個子不高，精瘦而充滿肌肉的結實身材卻挺嚇人的。

「你和皮爾斯說是在遊艇碼頭發現她的？」

愛蜜莉背向貝斯壯，一邊移動白板上的照片一邊提問，動作仔細且十分熟練，這樣省時精準的作業方式讓貝斯壯聯想到武術大師。

「沒錯，就在托爾斯維克（Torsviks småbåtshamn），碼頭位在塢洛夫斯博的一區，既粗陋又偏僻，『småbåtshamn』在瑞典語裡的意思就是『停靠小船的港口』，托爾斯維克碼頭專門給在塢洛夫斯博有度假小屋的人使用。」

「是誰發現死者？」

「兩個男孩。」

「幾歲？」

「一個十四、一個十五。」

「掩蓋屍體的小船又是誰的？」

「船屬於一名塢洛夫斯博的居民，他在二〇〇四年去世，膝下無子，房子已經被賣掉，這艘船從十年前就一直停在碼頭接待處旁邊。」

「我猜接待處冬天關閉？」

貝斯壯確認了這點。

「而且現場也沒有發現任何武器。」

「沒有，完全沒有。」

兩人沉默了幾秒，只有警局裡嘈雜的聲音當背景。

「給我可以記事的東西。」愛蜜莉忽然提出要求，眼睛始終盯著白板上拼湊的照片。

她不容置喙的語氣讓貝斯壯感到吃驚，但他還是像小學生一樣順從照辦。

「我需要死者陳屍地點的空拍圖、鄰近區域帶比例尺的地圖，上面要標註細節：房子、公寓、學校、加油站、超市、商店等等，那地區有的全都要標清楚；我還需要發現屍體當下現場拍攝的影片。」

「我們有的是照片，可是沒有影……」

「還有警方初步報告，裡面要有鑑識人員收集到的所有可能線索、發現屍體的相關資料、所有目擊證人和鄰居的口供，還有陳屍地點的社會經濟資料數據，也就是可以顯示當地居民和來往人群類型的資訊；我還要驗屍報告，報告裡要包含毒物檢驗和血清檢驗、法醫看法與結論，以及死者傷口清理後清晰放大的照片。」

貝斯壯翻了個白眼，法爾肯貝里雖然不比倫敦，可是他當然知道警方報告和法醫報告裡該有哪些項目。

「我要開始建立受害者的側寫，遊艇碼頭的確切地址是？」

「需要的話我們可以載妳過去。」

「不用，我自己去就行了。」

貝斯壯把地址給愛蜜莉，接著就看她穿上羽絨衣、背起背包。她的動作像貓一般輕巧。

愛蜜莉沒對貝斯壯再說任何一個字，離開的時候輕輕關上了門。

「好吧，」貝斯壯自言自語咕噥著，「我真心希望不是所有加拿大人都這樣，看來和愛蜜莉・洛伊小姐合作一定會很愉快。」

⁂

愛蜜莉調整了一下毛帽，好讓帽子能遮住耳朵，刺骨的寒冷讓她充滿活力，所有感官都醒了過來。愛蜜莉環顧托爾斯維克，碼頭邊空蕩蕩的沒有船，冰封的湖面不過就是灑上白色雪花的荒地，只有浮棧橋替這塊區域大致劃出界線——不太大的矩形向著北海，看來就像是從塢洛夫斯博沙丘和岩岸挖掘延伸而出的溝渠。

南方在愛蜜莉的左邊，放眼望去是白茫茫、看不見盡頭的空曠地，樹木經長期風吹都彎成了固定形狀，第一戶人家的位置距離約四百公尺，是一戶成「L」型的老舊農舍，外牆漆成深紅色——莉內雅的房子；再往內陸，往東約兩百公尺的地方，聳立著四棟黃色住宅聚集而成的小社區。北方在愛蜜莉的右手邊，沙丘上凌亂的雜草豎立有如一道城牆，隔開了塢洛夫斯博的碼頭和露營區；愛蜜莉就是從露營區走過來的，她把車停在海灘附設停車場，循捷徑走，捷徑沿著露營地向前擴展，繞過沙丘左側來到碼頭，整趟路程走起來兩分鐘，如果抬著四十七公斤的屍體走，可能要花上四到五分鐘。有人要是開車來這裡，趕時間又不想引人注目的話，這條就是最快到達港口的路。

主要道路在東邊，路邊停車之後從覆雪的空曠地走過來約三百公尺，愛蜜莉認為凶手不太可能走這條路，因為車停在大路邊容易引起注意。其他不管是從莉內雅家或小社區走過來，還是從燈塔停車場的方向（露營區以北兩百公尺）過來的路徑，應該也根本不需列入考慮。凶手倒是可以從海灘上走過來，可是冰霜和雪水會讓路上的小石子溼滑，這趟路反而更漫長危險、也更累人。不可能。凶手走的一定就是她剛剛走的那條路。

愛蜜莉原路折返回碼頭並繞過接待處，莉內雅的屍體就是在這裡被發現的——藏在被遺棄的小船底下，船就在這棟黃色小木屋和沙丘之間，此時已經被鑑識科警察帶走了。

愛蜜莉從背包裡抽出一個大牛皮紙袋，從裡面拿出一系列相片，她很快瞄過一遍，其中八張是小船的局部照——也就是掩蓋屍體那艘小船。愛蜜莉檢查了積雪的地面，大自然已經抹滅了恐怖的痕跡，血跡、線索和警方遺留下來的痕跡，現在都被白雪覆蓋而不見蹤影，大自然又重建了和平。愛蜜莉想像當時的犯罪現場，四周有白色帳篷圍起保護，還有聚光燈照射。

戴著橡膠手套的手抬起小船，船底下是一具裸屍，皮膚泛青，覆蓋著一層薄霜。愛蜜莉聞不到死屍腐敗的氣味，因為早已被寒風吹散。一頭金髮被整理過，整齊鋪在兩頰邊，一路落到肩頭，雙臂也被擺放成平貼身體，陰毛全部剃除，眼眶裡是漆黑的空洞，只有乾掉的血跡環繞，凸顯出眼窩輪廓，摘除雙眼的切口明顯而俐落，喉嚨整個被垂直切開，切口之深造成兩側皮膚向外捲起，裡頭的氣管被切除。

愛蜜莉抬起頭望向大海，海面被風吹得起伏不定。愛蜜莉不懂。不過，就算這一切對她來說毫無道理可言，對凶手一定有，所以她要一如既往地進行——藉由已知的事實逐步進入凶手的幻想之中，這是凶手犯案的關鍵，從有邏輯的部分進展至沒有邏輯的部分，從血腥的「作品」中，了解背後的「藝術家」。

瑞典法爾肯貝里，古斯塔夫布拉特餐廳

二〇一四年一月十三日，星期一，晚上七點

艾蕾克希在旅館裡實在待不住了，她決定去布拉特酒吧，轉換一下心情。布拉特是舊城裡的一家餐廳，艾蕾克希原本就和人約在那裡，但是約稍晚的晚餐時間。她想先在那裡喝一杯，如果順利的話，這段用餐時間也許能讓她得到一些解答。

失去莉內雅的第一天，艾蕾克希就在極度悲傷與疲憊中擺盪度過，她試圖抓緊幻象，彷彿在某一刻裡，失去友人那超現實的場景能短暫脫離真相。「人死了並非就不在了，」阿勒芭曾對她說，「而是祕密存在著。」可是對艾蕾克希而言，與永遠缺席的深淵相比，如此存在的祕密更讓人難以忍受。

侍者在艾蕾克希面前放下一杯里奧哈葡萄酒，艾蕾克希凝視著酒裙優雅的紫色光澤沉思。

今天早上離開警局時，彼得對艾蕾克希和阿勒芭說，他應該在瑞典多留幾天，處理莉內雅的遺物，她們倆齊聲堅決反對這個主意。阿勒芭提醒彼得那天凌晨到莉內雅家的痛苦經驗，他們連樓都上不了，也讓那次的造訪戛然而止；艾蕾克希也附和，他們應該一起承擔這場悲劇帶來的重擔，因此艾蕾克希自願負責清點莉內雅家裡留下的遺物。想到這裡，艾蕾克希記得當時彼得一聽到，似乎整個人就要崩潰而不支倒地。

艾蕾克希於是提議獨自留在瑞典，並堅持阿勒芭和彼得先返回英國，因為他們在倫敦一定還有很多事要做，而艾蕾克希頂多需要兩、三天，就能搞定莉內雅家剩下該處理的事，然後她就會回去了。

彼得在她們的堅持下，終於同意接受這樣的安排，所以下午就和阿勒芭到機場了，只留下艾蕾克希獨自面對心魔。

「妳喝什麼？」

艾蕾克希嚇了一跳，雖然問話聲不大，幾乎接近耳語。

「愛蜜莉！我喝里奧哈，謝謝，妳還好嗎？」

艾蕾克希邊說邊挖苦地笑了笑，她從愛蜜莉無動於衷的眼神中，察覺到一絲短暫的興味。

愛蜜莉脫下毛帽和羽絨外套，又把背包掛在椅背上，用背包上的腰帶扣住椅子扶手固定，然後在艾蕾克希對面坐了下來。

「妳可以在吃飯的時候一邊問我問題，點餐好嗎？」

愛蜜莉最後一句話純粹是形式上問一問，艾蕾克希拿起放在盤子上的菜單。

艾蕾克希在三年前認識了愛蜜莉，那時她在為一本書蒐集資料，書的內容和蘇格蘭連環殺手強尼·班奈特有關；蘇格蘭場幫她和愛蜜莉牽線聯絡，因為愛蜜莉是參與這個案子的五位犯罪側寫師之一，或稱「行為科學調查顧問」，這是在英國的稱呼。

愛蜜莉從加拿大皇家騎警轉調過來，她是唯一成功和班奈特建立、發展出特殊關係的側寫師，在愛蜜莉引見艾蕾克希給班奈特之前，艾蕾克希曾長時間與愛蜜莉面談，兩人從傅爾沙頓監獄離開後就再也沒見過面。

侍者送來她們的餐點，愛蜜莉二話不說就吃了起來，她仔細用叉子捲起每一口醃鮭魚，送進嘴裡沒嚼幾下就吞下肚，而且始終緊盯著盤子看。

艾蕾克希尊重愛蜜莉刻意營造的沉默，小口吃著自己的番紅花燉飯，可惜她不太能享受這道菜細緻的香氣和味道。

艾蕾克希想到莉內雅時，通常出現的是她快樂、淘氣的神情，然而這些影像被莉內雅破碎軀體的照片取代了，這讓她難以承受。

為了甩開這些駭人的影像，艾蕾克希必須有所反應，問題在她腦中糾結，艾蕾克希必須找出答案，這也是她向愛蜜莉提議共進晚餐的原因，她希望從愛蜜莉身上挖出調查進展。

艾蕾克希觀察愛蜜莉用餐的節奏，一邊盤算該怎麼拋出第一個問題，面對愛蜜莉的時候，拐彎抹角這招絕對不管用，可是如果艾蕾克希說錯話，愛蜜莉也很有可能吃到一半就起身走人。

「妳想知道什麼？」愛蜜莉忽然這麼問，同時吞下一口酒。

艾蕾克希喉頭一緊，她最不喜歡的一直都是愛蜜莉那帶刺的語調，而且今天聽起來格外刺耳。

「我在警局裡看到莉內雅的照片。」艾蕾克希以乾澀的聲音回答。

那些照片彷彿歷歷在目，就在這一瞬間，艾蕾克希腦海中記起照片上的每個細節。

「而且我還看到妳和貝斯壯說話。」艾蕾克希補充。

愛蜜莉用叉子叉起一塊鮭魚和馬鈴薯，接著小心翼翼蘸了蒔蘿醬汁，醬汁在盤內一角攤成一片。

「莉內雅是被連環殺手殺害的，對不對？」艾蕾克希堅持著繼續問下去。

愛蜜莉抬起頭來，以冰冷的眼神直視艾蕾克希。艾蕾克希看不出來愛蜜莉是生氣、打量她，還是純粹看著她而已。

「因為這樣妳才會來瑞典吧？」艾蕾克希緊盯著愛蜜莉的眼睛追問。

「沒錯。」愛蜜莉回答，一邊把刀叉分別放在盤子兩側，然後擦了擦嘴。

艾蕾克希不停眨著眼，彷彿有陣強風迎面吹來，她已經準備好要和愛蜜莉正面交鋒了。她之前就絞盡腦汁，想好了要和愛蜜莉對決的策略和戰術，可是艾蕾克希沒有一刻相信愛蜜莉會直接回答她。

「在倫敦也有……」

「不好意思，我沒聽到妳剛剛說什麼。」艾蕾克希道歉，把心思轉回對話中。

「在倫敦也發現了幾具屍體，屍體上出現一樣的毀屍手法。」

艾蕾克希因恐懼而睜大雙眼，她嚥了一口口水，舌頭抵住上顎。

「可是沒有人……我是說……沒聽到有人在說這件事……」

「因為我們什麼都還沒對媒體透露。」愛蜜莉邊倒水邊回答。

愛蜜莉把水杯推往桌子的另一邊，推到艾蕾克希面前，艾蕾克希順從地拿起水杯，入喉的第一口就平息了喉間燃燒的烈火。

「謝謝。」艾蕾克希低聲說，與其說她是為了這杯水道謝，倒不如說是感激愛蜜莉對她的信任，這完全出乎艾蕾克希的意料之外，愛蜜莉保持沉默，等艾蕾克希把水喝完。

「可是妳……妳是怎麼得知莉內雅的事？」艾蕾克希打起精神問。

「貝斯壯打電話給他在哥德堡國家刑事調查部的同事，想知道國內或這一區還有沒有發現相同犯罪特徵的受害者，結果沒有，所以他又聯絡了國際刑警組織在斯德哥爾摩的辦公室，他們把貝斯壯轉接給蘇格蘭場。」

「有多少人……」

「在倫敦有兩名，現在還要加上莉內雅。」

艾蕾克希微微點了點頭。

「可是……妳認為是同一人犯案嗎？或是凶手有搭檔？」

愛蜜莉的臉沉了下來，她若有所思了幾秒，眼神漂浮在艾蕾克希一邊肩膀上方。

「我也不知道，這正是問題所在。」

二〇一四年一月十三日，星期一

他把車熄火，打開背包，拿出了雙筒望遠鏡，並且把望遠鏡貼在廂型車的染色玻璃上窺望，她站在上下滑窗邊，正好開始寬衣解帶，彷彿是在等他到來。他很喜歡她的胸部，小巧渾圓、高挺聳立。

她上了床，用手和膝蓋爬行前進，就像條母狗。為什麼她每次都要這樣做？看人模仿動物的樣子無法讓他勃起，這姿勢到底有什麼好教人興奮的？是因為其中的屈從感嗎？主人和狗的概念不是有點老套嗎？所以是為什麼呢？視覺效果嗎？她做這個姿勢的時候，胸部就像兩顆鬆軟的洋梨，小腹也無力地下垂，而且還看不到她的陰部。反正那男人根本也沒在看她，另一個女的把古柯鹼倒在自己奶頭上，男人正在用力吸吮著。

忽然間房間的門開了，羅根就站在門口，羅根的母親根本就沒注意到他，她的頭在另一個女人的兩腿之間，正忙著呢。羅根等了幾秒鐘，接著把拇指放到嘴裡，然後關上門就離開了。看來今晚他是沒辦法在自己的床上睡覺了……正確說來，那是他和妓女母親共用的床。沒錯，羅根，媽媽有客人啊，到現在你應該早就曉得要怎麼做了吧。

他把望遠鏡轉向房子裡的另一個房間，他知道羅根會去冰箱拿飲料，他在放學回家途中會買晚餐回來，飲料是套餐附的，接著羅根會打開電視，在沙發上蜷曲成一團。然後他會在睡夢中尿褲子，母親會狠狠揍他一頓，再把尿溼的衣褲湊到他鼻子前，這女人真不知道對狗有什麼心結，總之，這樣的場景一直重複上演。

他看了看錶，羅根的母親和朋友計時收費，以三十分鐘為單位，這已經是她今晚連續接下的第四個客人了，看來男人應該會待滿一個小時。一切順利的話，再過二十分鐘，這男人就會離開，兩個女人會再到大路上招攬客人，大路距離這裡走路大概十分鐘；然後，羅根的母親會在另一個女人家結束今晚的行程，凌晨三點左右回到家，不洗澡甚至不看兒子一眼就攤倒在床上。

大約八點時，她會在早晨明確的亮光中醒來，接著找羅根算帳，她會痛打羅根，而羅根會找機會脫逃，他會跑到浴室裡，把自己反鎖在裡面，而母親會大力敲門敲個五分鐘，敲到她放棄為止。之後她會出門，臨走前還大力摔門，活像個鬧脾氣的青少女。

等到她明天早上起床時，會因為前一天整晚吸食古柯鹼，瞳孔還持續放大，可是小羅根已經不在那裡了。

瑞典法爾肯貝里，警察局

二〇一四年一月十三日，星期一，晚上十點

愛蜜莉從硬質紙板文件夾裡拿出照片，每張照片上都標示了「1」、「2」或「3」，這是愛蜜莉根據案件做的分類標記。她把照片掛到白板上，依照主題分門別類掛好，接著坐到會議室的桌旁，面對白板。愛蜜莉的筆記本攤開放著，眼神注視著影像向她述說的故事——

幾個禮拜前，有人在倫敦寫下這個故事的第一章。

就是十二月十四日那個禮拜，愛蜜莉在早晨五點五十分被手機鈴響吵醒，她打開擴音，一邊著裝，一邊聽倫敦警察廳的史考特巡佐說話。他解釋大家在漢普斯特德荒野的犯罪現場等她，是偵緝高級督察傑克．皮爾斯指名要找她來的。

愛蜜莉謝過史考特巡佐，就在掛電話之前，又若無其事向他問了犯罪現場的ＧＰＳ座標，他很順從地提供了，口氣裡沒有一絲不悅。不管偵緝高級督察傑克．皮爾斯怎麼想，愛蜜莉沒有理由坐在家裡枯等著有人來陪同前行。

愛蜜莉穿上高筒球鞋、拉起派克大衣的拉鍊，又把大衣上的帽子拉下來蓋住頭。她把一個黑色的小盒子放進背包前袋裡，然後就出門了，手機握在手裡。

她快步走進弗萊斯克步道，無視清晨惱人的溼冷空氣，繼續朝威爾步道走，越過希斯路之後，手持手電筒進入漢普斯特德森林（多數人稱此地為「漢普斯特德荒野」）。晨霧棉絮般的觸角伸展開來，上入張牙舞爪的樹枝，下至帶荊棘的灌木叢，甚至滿地薄脆的枯葉都被包圍纏繞著。愛蜜莉察看手機，她離犯罪現場不遠了。她選了右邊一條既崎嶇又滿是泥濘的捷徑走，以輕快的小步伐下坡，毫不在意衣鞋上的泥漬。愛蜜莉瞥見東方約五十多公尺處有舞動的手電筒閃光，幾秒鐘之後，她就蹲下越過警方拉起的藍白警戒線，並且揮舞著委任證，喊道：「我是犯罪側寫師洛伊」，因為當下有位過度熱心的巡佐手已經放在警棍上，要阻止愛蜜莉進入了。

巡佐一聽便脹紅了臉，立刻向愛蜜莉道歉，並不好意思承認因為愛蜜莉的裝扮——汗跡斑斑的褲子、高筒鞋、毛帽和背包，讓他誤以為她是無家可歸的遊民。

「史考特巡佐在哪裡？」

愛蜜莉耳邊響起皮爾斯的聲音，眼前的巡佐還來不及回答，皮爾斯又說：「天啊！愛蜜莉……妳怎麼沒有等他一起？」

皮爾斯走到艾蜜莉面前，一頭濃密的灰髮因為來不及梳理而顯得十分凌亂。

屍體就在距離十公尺的地方等著她，愛蜜莉急著想看，連正眼都沒瞧上皮爾斯。

皮爾斯舉起雙手，做出投降的動作。

愛蜜莉從背包裡拿出封起的塑膠袋，她撕開袋子，從裡面拿出連身防護衣、無塵網帽、口罩、手套和鞋套，愛蜜莉穿上整套裝備，眼睛因沉思瞇成一條線。

「沒問題的，愛蜜莉，我叫鑑識科的人等妳來了才准碰屍體。」皮爾斯告知愛蜜莉，彷彿看穿了她的心思，「他們已經準備好要搭帳篷了，一位七十二歲老太太的狗發現了屍體，老太太是已經退休的音樂老師。」

愛蜜莉轉過身去看皮爾斯，一側的眉毛因懷疑而上挑。

「狗是德國牧羊犬，還滿大隻的，老太太和牠在一起應該什麼都不怕，就算天黑了也敢出門。老太太就住在那邊，每天早上五點都會過來荒野散步，一年四季都一樣，不過冬天的時候，她通常會待在沒有樹木的小徑上。那時一發現狗不見，她就緊張起來，接下來循著叫聲找到狗，只見狗在呻吟，還不住舔舐地上的東西；老太太靠近一看才發現那是頭骨，顱頂的部分從土裡露出來，於是她馬上回家報警。」

愛蜜莉點點頭表示收到資訊，她拉一拉乳膠手套稍作調整，然後就往掩埋屍體的地點走去。

泥地上鋪滿了褐色落葉，因為受到雨水浸淋而變得溼軟。愛蜜莉先看到了狗挖出的洞，彎下腰才又看見卡在潮溼土地中捲曲的頭髮。

愛蜜莉朝技術人員豎起大拇指打手勢，其中個子最高的也用相同的手勢回應她，並示意同事聚集，一群人往埋屍地點移動。「嗨，愛蜜莉。」他們簡單、快速向愛蜜莉打過招呼之後，就跪下來小心翼翼地挖掘。首先出現的是頭骨和棕色捲髮，再來是額頭、鼻子，小巧的鼻頭就像個粉色按鈕；空洞的眼窩看起來不成比例的大，雙唇微微張開；接著是垂直切割開來的頸部，切痕由下巴延伸到胸骨柄。蛆在小小的鼻孔裡鑽進鑽出，從眼眶中探頭探腦，在嘴唇上爬行，又沿著頸部切口邊緣從一端爬到另一端。

技術人員一點一點清掉頭顱上的泥土，就像掀開了原本遮住屍體的泥巴毯子，因腐敗而變形的軀體也就此展露；等到他們從泥地裡挖出屍體上半身，愛蜜莉站在挖掘地外緣，從上方彎下身拉住這孩子的左臂，她小心動作，就像怕會傷了他似的。愛蜜莉撢去塵土之後，發現了她要找的記號——一個「Y」字形的標記，就和另一個小男孩手臂上刻的一模一樣；他們一個月前發現了第一個男孩屍體，地點距離這裡不過一百公尺。

⁂

愛蜜莉起身繞過會議桌，站到白板前看上面的照片：三位彼此互不認識的死者，前兩名死者的父母很確定，他們的孩子從來沒有交集，也從來沒見過莉內雅．比利克斯；三名死者的雙眼皆被摘除，頸部從下巴到胸骨柄都仔細被切開，氣管也都被切斷。兩個男孩的手臂上被刻上「Y」，莉內雅則是被刻上「X」，「X」的刻痕較前兩者要深。凶手是以性別做記號嗎？這也太容易了，不過很有可能。凶手還剃除了莉內雅的陰毛，並且野蠻地在她手臂上刻字，難道他仇視女性？想在小男孩長大前先下手，讓他們免於受到較弱異性（女性）的殘害？可是倫敦和法爾肯貝里兩地之間又有什麼關聯？而且出現模仿犯的機會微乎其微，因為大眾媒體對倫敦發生的謀殺案毫不知情。

愛蜜莉又重新輪流檢視每張照片。

如果犯案的凶手有兩個人呢？這對搭檔雖然一起行動，對受害者的喜好卻很不同：在倫敦橫行的喜歡小男孩，在法爾肯貝里動手的偏好女人。

愛蜜莉靠坐在會議桌邊緣，她對這樣的解釋並不滿意，這些想法拼湊不起來。因此，愛蜜莉必須忘掉推測，繼續收集資訊才行，到最後一定能從中得出結論。

下一步要做的事：明天一早到莉內雅．比利克斯家，挖掘更多細節以便深入了解這第三名死者。因為到目前為止，愛蜜莉唯一能確定的就是——不管是誰把莉內雅的屍體藏在小船底下，這個人絕對非常熟悉法爾肯貝里。

德國，布亨瓦德集中營

一九四四年八月

黨衛軍緊緊跟在安利希身後，安利希越過點名場，往有方形煙囪的建築走去，煙囪不分日夜，持續吐出濃厚的黑煙。他不會是第一個被活活燒死的人。他們那一棟裡年紀最大的叫喬瑟夫，喬瑟夫曾說有車隊載了四百個孩童，依他看來，都是要被載去焚燒的孩童，負責人正是那名口吃的黨衛隊軍官，他很喜歡把嬰兒拋到空中當靶，然後拔槍射擊。

安利希已經感覺不到屁股上的傷口了，那是被短棍打出來的，而腎上腺素戰勝了疼痛感。安利希又一次想挑釁黨衛軍，藉此加快自己的死期——也許黨衛隊士兵會掏出魯格手槍，朝安利希的頭開槍。可是在布亨瓦德集中營裡，沒人能夠知曉自己會怎麼死去，如果士兵不願意當場槍斃你，反而偏好折磨你一陣子，這樣比起來，活活被燒死也許是比較好的替代方案。

那個有啤酒肚的黨衛軍在火葬場前面，把安利希交給臉上滿是傷疤的囚犯接手。

安利希跟著傷疤臉進去，火葬場裡不但寬廣，還有挑高的天花板，中央聳立的是兩座紅磚搭起的外牆，高兩公尺半，裡面各配備三座火化爐。

「我在點名前才剛解決運屍人昨晚送來的『東西』，你們稱他作『Leichenträger』吧。」臉上滿是斑痕的男子用英語向安利希解釋，聽起來帶點法語腔。「你叫什麼名字？」

安利希因為焦慮，喉嚨像打了結，他試著吞口水，卻感覺氣管裡像有針在刺。

「安利希。」他低聲說。

「我叫亞蘭，我不知道大家怎麼和你說火葬場的，但能選的話，我更想回採石場工作。我最好趕快向你解釋這裡的流程，這樣我們才能上工，不然『Leichenträger』很快又要到了。」

安利希看著亞蘭，露出驚訝的神情——原來火葬場是安利希的新任務，他是來工作，不是要被燒死的！安利希啜泣了起來，兩手握成拳狀靠在嘴邊，解脫的感覺讓他全身鬆懈下來，同時也喚醒了疼痛，從肚子延伸到大腿，安利希把這種痛楚視為恩典。

亞蘭友善地拍了拍安利希的背。

「沒事的，夥伴，沒事的。我們最後總會離開這裡……先從絞刑室開始吧。」

亞蘭領著安利希來到地下室。

「今天只需要處理絞刑室的屍體就好，酷刑室和解剖室裡都沒有他們留下的『東西』，至少目前沒有……小心你腳踩的地方，年輕人，還有，用嘴巴呼吸。」

階梯的終端是長方形的房間，安利希在最後一階上僵住不動。

不管是通道、營房、廁所還是黨衛隊，在布亨瓦德裡放眼望去，每處都滲出死亡的氣味；然而，單就這個房間來說，根本就是集中營恐怖暴行的具體化身。挨餓受苦的男人、女人與孩童，成群前行來到這不可避免的最終站，他們只能想著眼前的下一步、下一秒，再想下去就會陷入發狂境界。

安利希面前是數十具吊死的屍體，裸身或衣衫襤褸，全都掛在掛鉤上，掛鉤固定在天花板上，兩者距離不過幾公分，就像一個個肉塊；死者的臉龐因恐懼和痛苦而扭曲變形，彷彿還活著一般。

「我們要把屍體搬到推車上，然後再推進電梯裡，」亞蘭事不關己地繼續說著，「接下來，我們就在樓上等電梯上來，不過這個程序要分兩次進行，因為電梯每次只能載二十五到三十具屍體；正常來說其實是十八人啦，可是這裡的伙食你也曉得⋯⋯來吧，幫我一把，我抬腳，你比較高，抬上半身，手放在他們腋下搬，不用麻煩把他脖子上的繩子解開了。」

安利希繞過地上幾灘尿液、糞便和血水，動手解下第一具男屍，屍體的重量讓安利希大吃一驚，他往後退了幾步，雙腳打開才穩住自己。屍體靠著安利希的胸膛，頭落在安利希的肩窩上，彷彿在懇求安利希的擁抱；比起這樣怪異的擁抱，屍體腐臭的味道更讓安利希一陣噁心反胃。

「小伙子，還好嗎？」亞蘭問，走過來幫安利希直起身子，「他們比看起來還要重，對吧？你不要放手哦，我去抬腳，知道了嗎？準備好了嗎？」

安利希對他微微點了點頭，兩人一起把屍體抬到推車上。

等到全部四十五具屍體都送到樓上，兩人把屍體堆在火化爐旁，沉重的爐門呈半月形，亞蘭打開第一個火化爐的門，令人窒息的熱氣便一湧而出；亞蘭脫下條紋襯衫，安利希也照做。

「我示範給你看怎麼做，」亞蘭說，又遞給安利希一把長柄鉗子，「你用鉗子夾住屍體的腳，我抬脖子，然後把屍體送進去，知道了嗎？不要浪費時間，之後還要換爐子燒。」

安利希的眼神迷失在彼此糾纏的大批屍體裡，最後停在一張發青的臉上——那人舌頭腫起外露，眼睛瞪大而眼球凸出。

「喂，德國佬，快動手吧，就是現在。」

安利希照亞蘭的話執行，他用沉重的鉗子夾緊屍體的腳踝，然後兩人合力把屍體往火化爐裡抛，接著再搬下一具屍體。

就在他們燒到第十二具屍體的時候，火爐裡傳出淒烈的慘叫聲。

安利希完全愣住了，心臟幾乎要從嘴裡蹦出，亞蘭閉上雙眼，咬緊牙根。

「有時會發生這種情形，好了，我們繼續。」

「天啊，這些吊死的人還沒處理完啊？」

運屍人站在入口大門的門框裡，寬闊的身形占據了整個門寬，他用法語和亞蘭交談。

「比利時佬，你今天早上的進度延遲了！再加上我帶來給你的『貨』，你得再忙上好一陣子了。跟你一起的是誰啊？也是你老鄉？」

「不是，他是德國佬。」

「噢，媽的，真是個可憐蟲。」

他用英語繼續對話。

「孩子，你幾歲？」

「二十四。」

「我說啊，你那個刺青還真厲害。」他用手指了指安利希的肩膀說，「你知道嗎？要是你早幾年來布亨瓦德，皮很有可能被剝下來，用來做希姆萊客廳的燈罩。」

安利希盯著他，不懂他為什麼會這樣說。

「你從來沒聽過那個婊子嗎？指揮官科赫的老婆。」

安利希搖搖頭。

「喂，亞蘭，好好教一教這孩子！」

運屍人強而有力的雙手用力一拍。

「賤女人伊爾斯．科赫看到有漂亮刺青的囚犯，就像看到狂犬病發的狗一樣，不殺不行，然後她會取刺青部位的皮膚做燈罩、書皮，甚至裱框送給朋友掛在客廳。好了，課上完了，回到正事，『貨』全都在外面了，這還只是五十號樓的量，今天可有你們忙的了。」

亞蘭和安利希各推了一臺推車，跟著他走到門外。

安利希定睛看著屍體就像乾柴一樣，在門口堆成一座小山，每一個都像隨便修補過的破布娃娃。

⁂

等到安利希離開火化場去參加晚點名的時候，燒焦血肉的味道已經牢牢附著在他的身上。

集中營裡兩萬名囚犯以百人為單位，隨著音樂整齊排列成正方形。管弦樂隊死氣沉沉地行進，樂隊隊伍後面跟著兩名囚犯，他們拉了一臺推車，車上是一名裸男，男子低著頭，眼睛緊盯著雙腳。樂師疲憊的手指頭演奏著〈我會等待〉，有那麼一瞬間，安利希彷彿聽見了希娜・凱蒂[16]溫柔的嗓音迴盪。

兩名黨衛隊士兵護送裸身囚犯來到廣場中央豎立的絞刑架。

這名囚犯還吊在繩子上、兩腿在空中亂蹬的時候，晚點名開始了。

一名黨衛軍照著登記簿上的號碼輪流點名，足足點了四個小時，在這段期間裡，有五十五個男人因為體力不支倒地，隊伍裡鄰近的同伴必須扶起並支撐他們，一直撐到黨衛軍終於點完所有人為止。

安利希和同伴回到營房時，年紀最長的囚犯喬瑟夫把一只黃麻袋拖到桌上，他的皮膚薄得像紙，胸腔從底下明顯透出，蒼白的臉上卻透出勝利的光彩。

牢房裡的人都知道喬瑟夫從廚房帶了些什麼回來，他們迫不及待流著口水、趕緊就坐；擺在他們面前的是半滿的湯盤，清湯裡漂浮著幾塊罕見的爛馬鈴薯小丁。

喬瑟夫發給每個人一把馬鈴薯皮，有些人放進湯裡，其他人把馬鈴薯皮和麵包放在桌上，喝一口湯、吃一口皮這麼輪流吃著。

捷克人米哈爾等所有同伴離席之後才開始享用豐收——今晚輪到他了，桌上殘留的麵包屑和其他食物殘渣統統歸他。

喬瑟夫和一群囚犯坐在雙層臥鋪的床尾，安利希加入他們。

「安利希，你知道我們都以為今晚見不到你了……」喬瑟夫露出悲傷的微笑對安利希說。

「他們把我派到火化場去了。」

喬瑟夫做了一個鬼臉。

「我打賭你比較想和我們一起留在採石場工作。」

胸前布滿潰瘍的波蘭人搖著頭說。

「至於我嘛，倒是很想代替你去火化場。他們今天活埋了一個傢伙，只因為他腳軟站不起來。」

安利希又想到被他們活活送進火爐的那個男人，還有他痛苦的嚎叫聲。

「你們知道他們在五十號樓裡做什麼嗎？」安利希問，腦裡仍迴盪著尖叫聲。

「四十六號樓和五十號樓是醫學實驗單位，」波蘭人解釋，「我們這些可憐蟲在那裡被當成實驗白老鼠，讓他們進行延長優越人種壽命的研究。你星期天下午閒晃的時候，一定有注意到五十號樓，就是窗戶刷成石灰白那棟。在裡面工作的一個傢伙說，他們在研究斑疹……什麼的。」

「斑疹傷寒。」安利希糾正他。

「對啦，就是這個，裡面有六十來人在研究這個，每個都脫光光還把毛剃光，據說計畫由另一個瘋子負責，那人就是黨衛隊突擊隊大隊領袖丁——舒勒。但要說到四十六號樓，我就真不知道他們在裡面做什麼了，好像也沒人知道。」

16 Rina Ketty，義大利歌手，其演唱的經典歌曲〈我會等待〉（J'attendrai）在二戰時期備受同盟國士兵傳唱，寄寓人民等待和平的到來。

「四十六號樓是死亡候見室，」米哈爾插話，他剛從桌子那邊走過來，「人一進去就出不來了。」

瑞典法爾肯貝里，塢洛夫斯博，莉內雅家
二〇一四年一月十四日，星期二，早上八點

艾蕾克希邊翻包包邊在原地踩小碎步，想藉此對抗透入牛仔褲的寒氣。儘管烏洛夫松提醒過她，艾蕾克希還是把護照忘在旅館了，最後只好拿駕照給站崗看守莉內雅家的警員看。

兩人一語不發，等待的這一分鐘感覺像永無止盡，年輕的警員拿駕照上的照片比對艾蕾克希的臉，又查了上級留下來的清單，最後才讓她進門。艾蕾克希用所有會的敬語向警員道謝，那是她在英國生活七年來所學到的，接著走進莉內雅家。

艾蕾克希獨自一人站在朋友家裡，屋子的主人卻不在場，這感覺既奇怪又不舒服，還很不自然。艾蕾克希幾乎等著下一秒就在樓梯口看到莉內雅衝下來的樣子，沒想到這時傳來的聲音讓她嚇了一跳。

「艾蕾克希！」

艾蕾克希轉身，愛蜜莉就站在廚房門口，廚房在走廊的盡頭。

「貝斯壯說妳今天要來莉內雅家收東西，這樣剛好，我回警局之前有問題想問妳。」愛蜜莉轉身進了廚房。

艾蕾克希搖了搖頭，跟在愛蜜莉身後也進了廚房：這女人怎麼能那麼沒社交技巧又沒同理心啊！真令人不可置信，還讓人有點替她擔憂，她這樣社交生活會順利嗎……（如果她有社交生活的話！）

愛蜜莉直挺挺地站在料理檯後面。

「莉內雅是個怎樣的人？」

「愛蜜莉，我們不能換個地方談嗎？也許到警局再說……？」

「我越快得到答案，調查就越快有進展。」

愛蜜莉是很精明能幹的心理學家，說話快、狠、準，艾蕾克希心想，才一眨眼的時間，愛蜜莉就能找到明確的字句，讓艾蕾克希心生罪惡感。

艾蕾克希站在廚房中央，既不敢坐下，也不敢把身體往任何一邊靠。

「莉內雅精力充沛、非常熱衷工作、風趣外向，就算對著牆壁，她也能喋喋不休說上一整天。」

「她很常來法爾肯貝里嗎？」

「一年兩次，每次待兩三個禮拜。」

「和誰一起來？」

「每次都是一個人來。」

愛蜜莉輕輕地皺了眉頭。

「而且，莉內雅在這裡的時候幾乎不和外界聯絡，連對彼得也一樣，她就像來這裡隱居。」

「她什麼時候買下這棟房子？」

「兩三年前吧，我想。」

「她在瑞典有親戚嗎？」

「就我所知沒有。」

「她的工作內容是什麼？」

「莉內雅在倫敦替卡地亞設計高級珠寶首飾。」

「她的一天都怎麼過？」

「她……她會畫畫，有時候會在店裡指導銷售人員，或是和有特殊訂製需求的客人見面。」

「她從什麼時候開始做這份工作？」

「還不到一年吧，這是她職涯發展的一大步。上個禮拜六，也就是三天前，她原本應該參加第一次發表會。」艾蕾克希語帶哽咽地說。

「她之前是做什麼？」

艾蕾克希清了清喉嚨。

「她替另一個珠寶品牌工作，可是不能用自己的名字發表作品。」

「她從什麼時候開始在倫敦定居？」

「噢，很久了，她一開始在中央聖馬丁藝術與設計學院[17]讀書。」

「在那之前呢？」

「住在瑞典，但我不清楚確切住哪裡。」

「她和彼得·坦普頓交往多久了？」

「兩年。」

「他們住在一起嗎？」

「同居四個月了。」

「是一對一的交往關係嗎？」

「我想應該是……」

艾蕾克希的眼神迷失在愛蜜莉身後。

「其實莉內雅不太聊這件事……她只會說工作的事。」

「他們在一起的時候，相處情況怎麼樣？」

「彼得很體貼又溫柔。」

「那女方呢？」

「她……」

17 Central Saint Martins College of Art and Design，隸屬於倫敦藝術大學，擁有許多傑出校友，被譽為世界四大時裝設計學院之一。

隨著回憶湧上心頭，艾蕾克希露出一絲笑容。

「她看起來很幸福。」

「她有敵人嗎？最近有沒有遇見奇怪或不尋常的人？還是發生讓人印象深刻、出乎意料的事？」

艾蕾克希搖了搖頭，否定了愛蜜莉的每個問題。忽然，她皺起眉頭，像是想起了什麼。

「抱歉，我完全忘了提起這件事：莉內雅有個前夫，一個瑞典人，最近幾個月剛搬到這附近。」

瑞典法爾肯貝里，警察局

二〇一四年一月十四日，星期二，早上十點二十分

克里斯蒂昂・烏洛夫松關上會議室的門，同時吃起了肉桂捲。

「洛伊小姐、局長，早。」

貝斯壯閉著眼，捏了捏眉間，這警探參加晨會又遲到了。

「你們不介意我倒杯咖啡吧？」

愛蜜莉保持紋風不動。

烏洛夫松在局長旁邊坐下，又把早餐擺在桌上。

「你們在說的史文生是誰啊？」烏洛夫松邊問邊抖落掉在襯衫上的糖粒。

「莉內雅・比利克斯的前夫，」貝斯壯試圖用不帶感情的語調回答，「他從幾個月前搬來法爾肯貝里。」

「從來沒聽說過這個人。」烏洛夫松又喝了一口咖啡之後說，「法爾肯貝里可不是熱熱[18]，洛伊小姐，這裡有超過兩萬名居民，我們不可能認識每一個人，而且妳知道在瑞典，有多少人姓史文生嗎？」

「克里斯蒂昂，」貝斯壯用不耐煩的語調說，「我們在說的是雕刻家，卡爾・史文生。」

「住海邊大房子的那個嗎？就是靠收集玻璃瓶碎片賺錢的那個史文生？噢，媽的，世界還真是小的不可思議……」

「所以我才在跟愛蜜莉說，我們認識卡爾・史文生，他是知名的雕刻家，而且……」

「而且還是超級派對狂，喝酒喝得有點多，還特別偏好年紀只有他三分之一的小女孩。」

烏洛夫松接著幫貝斯壯把話說完，同時吞下最後一口肉桂捲。

從烏洛夫松進門之後，愛蜜莉就沒開口說過一句話，這時她用眼神尋求著貝斯壯的確認。

「差不多是這樣沒錯，史文生曾經因為酒駕被攔下來，我們還好幾次發現他和未成年少女在一起……」

18 Rörö，位於瑞典西岸，隸屬布胡斯省，當地只有兩百六十九名居民。

「她們幾歲？」

「介於十三到十五歲。」

「他曾經因為與未成年人發生性行為或強姦被逮捕？」

「這混帳東西每次都有辦法當漏網之魚，」烏洛夫松說，接著起身去倒咖啡，嘴角露出一抹輕蔑的微笑。（貝斯壯用憤怒的眼神瞪了烏洛夫松，他卻渾然不知。）「他從來沒被逮捕過，也沒有人對他提出控訴。」

「施泰倫．埃克倫除了是莉內雅的鄰居，到底又是何方神聖？」愛蜜莉用毫無起伏的聲調繼續追問。

「這真是個好問題！」烏洛夫松愉快地說，接著又坐回原來的位置上。

「För guds skull（看在老天的分上）！烏洛夫松！」貝斯壯怒斥。

烏洛夫松往後一靠，讓身體沉入椅子中，愛蜜莉不需要有人來解釋這是什麼意思。

貝斯壯忍不住嘆了一口氣。

「愛蜜莉，想來杯咖啡嗎？」貝斯壯問，這次換他起身倒咖啡。

愛蜜莉搖搖頭。

貝斯壯在赫加奈斯牌的午夜藍馬克杯裡倒了咖啡，還加了一點牛奶。

「施泰倫是警局的前警員，他以前在法爾肯貝里工作，隸屬在我之下，後來被派到哥德堡去調查白人人口販賣的案子。幾個月後，施泰倫的搭檔、搭檔的妻子和兩個女兒都被謀殺，下手的是他們當時追查的東歐黑幫，而且凶手就在施泰倫面前滅口。」

瑞典法爾肯貝里，塢洛夫斯博，莉內雅家
二〇一四年一月十四日，星期二，下午兩點

愛蜜莉離開之後，艾蕾克希就從書房開始收拾，她把發票和文件分開擺放在一邊，接著去檢視廚房和客廳。彼得只想留下莉內雅畫的草稿，還說家具、書、餐具、衣物和小擺飾等剩下的物品要全數捐給慈善機構。

艾蕾克希並不期待做這件事，她很清楚整理這些物品會喚醒的痛苦，每項物品都會讓她想起深愛的摯友，碰觸它們就像在擁抱莉內雅已逝的靈魂。值得慶幸的是，艾蕾克希並不覺得自己正待在好友家裡，不管是廚房牆上的橘色瓷磚，還是客廳與飯廳裡令人眼花撩亂的掛毯與不成套的家具，全都不像莉內雅的風格，這讓艾蕾克希的任務變得容易了些。警方倒是沒有留下太多痕跡，大概只在木製牆板、特定地點的開關和門把上面殘留黑、白粉末，結果反倒添了幾許復古氣息，直接融入這出乎意料的裝潢中。

樓上的客房很小，只容得下一張床和一個窄小的五斗櫃，但看出去就是燈塔和海景，窗外沒有遮蔽物，美景一覽無遺。莉內雅的房間則散發鄉村氣息，考慮到房子濱海，這點出乎意料。床上蓋了一張拼花格紋薄毯，牆的下半部鑲板，田園風格的壁紙一路延伸至天花板。鮮黃色的窗簾為窗戶增添了色彩，右邊的床頭櫃上擺了哈里・馬丁松和楊・庫盧的小說，左邊放了一只皮製雜物盆，床的對面是嵌了白木的衣櫃。

艾蕾克希打開櫃子的門，感覺心臟要跳出來似的：紅色大衣、銀色魯布托高跟鞋、絲質

無袖上衣和條紋褲——應該是莉內雅搭配好要在卡地亞晚宴上穿的衣服。艾蕾克希一件一件檢視衣架上的衣服，看過的就把衣架往另一邊推，櫃子裡的衣服都那麼小件，看起來就像是小孩的衣櫃。莉內雅的確有人們對瑞典人的刻板印象——金髮、碧眼，不過她那只有一百五十五公分的身高，可能就不那麼「瑞典」了。

忽然間，艾蕾克希皺了一下眉頭，櫃子最右邊吊了兩件褲子、兩件T恤和一件毛衣，看起來都太大了，不像是莉內雅的衣服。艾蕾克希確認了標籤，牛仔褲尺寸是四十二號，上衣則是L號。

艾蕾克希跌坐在床緣，「這是男人的衣服。」而彼得之前從來沒踏進這個房子。

「卡斯泰勒小姐？」

艾蕾克希嚇了一跳，站崗的警員從半開的門後探出頭來。

「有人說想見妳，是一個叫施泰倫．埃克倫的人，局長給了我一張今日訪客清單，他的名字不在清單上，所以我不能讓他進來，很抱歉。因為我是新人，沒有犯錯的空間，妳應該能體諒……」

「我知道了，謝謝你。」

極度的疲憊感席捲而來，艾蕾克希嘆了一口氣，又帶著憂慮看了衣櫃最後一眼。她跟在警員身後離開莉內雅的房間，覺得彷彿把莉內雅的祕密情人也留了下來，而且還無人監視。

施泰倫在門外等著，寒風猛吹他的臉龐，還把防寒外套上的帽子吹得不停拍動，他仍無動於衷。

「Hej，艾蕾克希，我剛去了警局一趟，貝斯壯說我可以在這裡找到妳。」

「你有調查的新消息嗎？」艾蕾克希擔心地問。

「完全沒有……我只是想問妳要不要喝咖啡，轉換一下心情，喝完妳隨時想繼續，我馬上開車載妳回來。」

施泰倫來得正是時候，艾蕾克希的確需要理一理腦中的思緒。

艾蕾克希拿起放在玄關的包包便上了車，一分鐘之後，他們就抵達施泰倫家。才進門，艾蕾克希的心就揪了一下，她彷彿又看見自己跟著烏洛夫松穿過走廊，然後見到高大的貝斯壯，他用溫柔的聲音告訴艾蕾克希好友已逝……艾蕾克希閉上眼睛搖搖頭，阻止自己再想下去。

「來吧，到廚房比較舒服。」施泰倫提議。

艾蕾克希的目光忽然被巨大的玻璃窗洞吸引住，她慢慢走向廚房料理檯。施泰倫的房子就蓋在海灘邊，離海距離剛好夠遠，能擁抱海洋的壯麗；但是又夠近，讓人能保持對其敬畏之心。帶著泡沫的黑色浪花輕撫覆蓋白雪的卵石，為即將到來的日落揭開序曲。

施泰倫把馬克杯遞給艾蕾克希，然後在她身旁坐下來，他們一語不發看著夜幕降臨在海灘上，兩人對這樣的沉默都感到很自在。

幾分鐘之後，艾蕾克希手裡已經端著第二杯咖啡，她問施泰倫和莉內雅相識的經過，施泰倫向艾蕾克希敘述他們十四歲那個夏天，當下艾蕾克希不禁懷疑，莉內雅房裡那些衣服是否屬於施泰倫。

瑞典法爾肯貝里，塢洛夫斯博

二〇一四年一月十四日，星期二，下午四點

愛蜜莉在路邊的自行車道上快步走著，道路被雪覆蓋，風吹得雪花紛紛起舞，像群小飛蟲在空中飄動翻轉。肌肉緊繃，思緒打結，沮喪的感覺有如毒液，在愛蜜莉的血管裡蔓延開來。

她先前要求了一些特定文件，貝斯壯稍早給了她大部分，其中包括莉內雅．比利克斯陳屍地點的空拍圖、鄰近區域附比例尺的地圖、警方初步報告（包括屍體被發現時的狀況），還有塢洛夫斯博的社會經濟資料數據；但愛蜜莉一直在等驗屍報告，鄰居口供裡目前也只有施泰倫．埃克倫的說詞。

施泰倫，那個很積極的前警員，現在在做房地產。這點出人意料又很罕見，只看貝斯壯的報告還不夠，愛蜜莉想親自見見他。

愛蜜莉想著便小跑步起來，藉此釋放一點壓力。

倫敦的男孩謀殺案和莉內雅的案子到目前為止，依舊晦暗不明，手上掌握的資訊十分雜亂，不斷干擾愛蜜莉建立兇手（一人或多人）的側寫。然而，莉內雅的死其實帶給她十分寶貴的資訊，只是她還沒梳理清楚，到底哪些只是生平軼聞、哪些才是關鍵元素。

愛蜜莉首先該做的，就是深入研究莉內雅．比利克斯的側寫，艾蕾克希．卡斯泰勒向她描繪出的形象很有意思，愛蜜莉那天早上在死者家裡也有小小的發現；這位側寫師現在在等不

及要聽聽施泰倫會怎麼說莉內雅，還有看他揭露自己的個性。

愛蜜莉慢下腳步、調整呼吸，然後按了施泰倫家的門鈴。

愛蜜莉沒有事先告知，因為她喜歡讓人措手不及，這樣才能看到他們在日常生活中真實的樣子，也不留時間讓他們有機會偽裝自己。

施泰倫．埃克倫打開門，一手還拿著馬克杯，愛蜜莉想起她剛到警局的時候，見過施泰倫一面；很高大，有著方正的肩膀和下巴，還有一雙淺色的眼睛——會讓人忍不住注意的那種男人。

愛蜜莉很快自我介紹之後就進了門，並且出於對瑞典習俗的尊重脫了鞋。愛蜜莉從起居室看見艾蕾克希，她在開放式廚房裡，手肘靠在料理檯上，手托著臉；愛蜜莉對艾蕾克希微微點頭示意，臉上絲毫沒有驚訝的神情。

艾蕾克希覺得自己就像說謊被拆穿的孩子，她感到雙頰發燙，還得清一清喉嚨之後才能回應愛蜜莉。

「施泰倫，很抱歉跑到你家打擾，」愛蜜莉致歉，嘴角露出天真的微笑，「我試著要擬出受害者的側寫，所以需要你幫忙……」艾蕾克希盯著愛蜜莉看，有點看傻了，她從來沒見過愛蜜莉這麼溫和圓滑的樣子。

「我讓你們談吧。」艾蕾克希說，同時從高腳椅上下來。

「如果施泰倫不介意的話，我也不介意你留下來。」愛蜜莉插話對施泰倫說。

艾蕾克希瞪大了眼，她完全不敢相信，愛蜜莉居然發動魅力攻勢？

施泰倫搖搖頭，神情一貫輕鬆自在。

施泰倫問愛蜜莉要不要喝咖啡，她接受了，於是三人走到飯廳桌子，面對海景坐了下來。

艾蕾克希雖然很高興能留下來，但還是覺得不自在，所以特意在她和施泰倫中間空了一個位置，而且把注意力全都集中在手上的馬克杯。

「如果我沒搞錯，你和莉內雅．比利克斯是老朋友了吧？」

愛蜜莉語帶同情地說，艾蕾克希得忍住不翻白眼。

「我們從青少年時期就認識了，夏天還和父母一起在博斯塔德度假；博斯塔德是西岸靠近南方的城市。」

「你們住在那附近嗎？」

「沒有，我當時住在斯德哥爾摩，莉內雅住北雪平。」

「你怎麼會來法爾肯貝里定居？」

「我第一次派駐就是來這裡，那是二十年前的事了，我很喜歡，所以就留下來了。」

「莉內雅呢？」

「莉內雅二十多年前就離開了瑞典，她只會回來度假。沒記錯的話，將近三年前，她在這裡買了房子，那之前她回來會待在博斯塔德，住她爸媽家；他們去世之後，莉內雅就把房子賣掉，買下這間農舍，她都說那是她的『魔幻小屋』。裡面的裝飾她完全沒改動過，因為還在等有錢和必要的精力好好整理，我們原本說好今年春天要進行。」

施泰倫說最後一句話的時候眉頭深鎖，接著垂下眼注視著咖啡。

痛苦的感覺讓艾蕾克希透不過氣，她不懂怎麼每個人都能一派輕鬆地談論莉內雅的過去。

「你們原本打算一起翻修嗎？」

施泰倫沉默地看著愛蜜莉，幾秒鐘之後才說：「不是，莉內雅想要『我們』負責工程。」

「『你們』是指……？」

愛蜜莉的眼睛因懷疑而瞇成兩道細線。

「我是建築開發商。」施泰倫邊解釋邊起身。

他走到廚房料理檯後面，拿了咖啡壺回來替所有人倒咖啡。

「我負責的一家營建公司提供翻修服務。」

「你認識莉內雅的前夫嗎？」

這突如其來的話鋒一轉讓艾蕾克希打了個寒顫，施泰倫倒是不為所動。

「認識，之前我們一群年輕人會一起度假，卡爾也在其中。」

「你和他還有聯絡嗎？」

施泰倫直起身子說：「沒有。」

「他是怎樣的人？」

「焦躁易怒、自以為是、聲名狼藉的變態。」

施泰倫說出口的每個字都那麼尖銳，就像斷頭臺的利刃一樣殘酷。

「你認識彼得・坦普頓嗎？」

「我和他、莉內雅在倫敦吃過一次飯，之後就是前幾晚見到他那次。」

「你對他的印象怎麼樣？」

「很好。在倫敦的那次，我覺得他很友善、坦誠，不過星期天見到他的時候，他看起來因為伴侶去世而痛苦不堪。」

「莉內雅有沒有對你說他們交往的情形？」

「她不會對我傾吐感情層面的事。」

「就你所知，她有沒有和別人上床？」

施泰倫看起來既不驚訝也沒有不快。

「我還真是完全不曉得，就算有，她也從來沒對我提過。」

當然了，艾蕾克希心想，愛蜜莉也發現了，莉內雅的衣櫥裡有男人的衣服。所以才問出了艾蕾克希也一直盤據在腦海中的問題。

瑞典法爾肯貝里，塢洛夫斯博，托爾斯維克碼頭

二〇一四年一月十四日，星期二，下午五點

沉重的夜幕凍結了空氣，讓這刺骨的寒冷更加鮮活。

愛蜜莉快步走在塢洛夫斯博海灘邊的空曠地，艾蕾克希奮力趕上愛蜜莉的步伐，畢竟艾蕾克希沒有足夠的耐力，身上也沒有適當的裝備，以應對在零下十五度的冰雪中快走。寒冷讓她呼吸急促，儘管穿了好幾層衣服，潮溼的空氣還是有辦法穿透附著，艾蕾克希覺得衣服緊黏住皮膚，可是會變成這樣也只能怪她自己——要離開施泰倫家的時候，艾蕾克希堅持要陪愛蜜莉到遊艇碼頭。愛蜜莉想要對照空拍圖和比例尺地圖，重新檢視一次托爾斯維克碼頭。

對於莉內雅的謀殺案，艾蕾克希腦中有許多問題揮之不去，而愛蜜莉是唯一能替她解答的人。不過和愛蜜莉交談可能不會太愉快，因為要忍受她那酸澀的語調和陰沉孤僻的個性，但還是值得這麼做，艾蕾克希可以明天再到莉內雅家把東西收完。

從愛蜜莉手電筒發出的燈光掃射地面，替她們開路，四周唯一發出的聲響，就是兩人鞋子從緊實冰層上用力抬起的聲響。

艾蕾克希因疼痛咬緊牙根，每走一步都得把膝蓋抬到胸部的高度，才有辦法從雪裡拔出腿前進，大腿肌肉已經開始無力，這都在提醒她有多麼需要加強運動。

反觀愛蜜莉，她則是用令人惱怒的敏捷步伐前進，艾蕾克希看著她征服雪地，自如的姿態同時結合了戰士與貓科動物。艾蕾克希不禁自問，稍早在施泰倫家的時候，愛蜜莉為什麼要表現出虛情假意的樣子？（她實在很不想用「誘惑」來形容。）愛蜜莉對施泰倫有意思嗎？但這也沒什麼不行吧？

她們終於走出空曠地來到碼頭，艾蕾克希看到冰封平臺上散布的浮棧橋。她們往右邊走，繞過浮棧橋來到沙丘旁的小木屋。

艾蕾克希從手提袋裡拿出水瓶，一口氣就喝掉半公升，想藉此平息如火燒般的肺。

「妳還想再喝一點嗎？」愛蜜莉問，伸手打開背包。

艾蕾克希低聲說：「不用。」接著用手背擦嘴。

「我不知道妳原來這麼友善。」艾蕾克希鼓起勇氣說，「妳剛剛在施泰倫家的表現讓我大吃一驚。」

「大家好像對這樣的手法反應比較好。」愛蜜莉以堅定的口吻回答，然後用牙齒咬住一支小手電筒。

接著又從背包裡拿出牛皮紙袋，從紙袋裡抽出一疊照片，愛蜜莉就著手電筒的光線旋轉照片定位，艾蕾克希看出那是海灣和海灘的空拍圖，也就是莉內雅棄屍地的照片。

艾蕾克希因焦慮瞪大了眼，她憂心忡忡地看了四周一眼，她正站在殺害莉內雅的凶手曾行經之地，她腳踩過的地方，就是凶手拖行全裸的莉內雅毀屍的地方。

照理說，艾蕾克希應該已經很習慣犯罪現場了，為了蒐集書的資料，她看過無數血腥又恐怖的照片，當時她能以旁觀者的姿態冷眼看待，因為她並沒有受那些案件所苦，只有其中兩件除外：一件是七年前發生的謀殺案，另一件，就是今天發生在莉內雅身上的事。

艾蕾克希的心臟狂跳不已，她忽然作嘔，身體往前一傾，吐出湧上喉頭的膽汁，隨後又吞了好幾次口水，希望能壓下口中不願消散的噁心味道，就在這時，艾蕾克希彎下腰，彷彿重力也和她作對，她覺得神經緊張而不受控制。

艾蕾克希感到背上一陣輕撫，愛蜜莉的手鼓勵著她盡情釋放，艾蕾克希於是任自己沉浸在悲傷之中，淚水如浪潮般席捲而來，吞沒了她。艾蕾克希忘了寒冷，雪花灼燒著她的手和臉，還附著在眉梢與髮間，她就一直這樣到身體抽搐的間隔時間越來越長，最後終於消逝為止。

艾蕾克希直起身子，擦了擦臉大口吞下冰凍的空氣，希望藉此趕跑憂傷，接著跟上愛蜜莉；愛蜜莉這時已經爬上沙丘，沙丘的另一頭是停車場，她們的車就停在那裡。

艾蕾克希在車裡蜷縮成一團，等著愛蜜莉發動、開暖氣。

她們一路沉默到旅館。

站在房門口，艾蕾克希又想到盤桓在腦海中的問題，可是愛蜜莉早了她一步，說：「休息吧，我們明天再談。」

二〇一四年一月十五日，星期三

他把手放在男孩的頭頂，用指尖梳理不願服從的幾簇髮絡，這樣的頭髮對小男孩來說太長、太軟了。

他傾身把臉埋在男孩雜亂的髮簇裡，髮梢蓋住了太陽穴，頭髮的味道已經變得有點刺鼻，可是他知道只要他深吸一口，鼻腔裡最終會捕捉到甜美的氣味，還帶著一點香草味。

他貪婪而大聲地吸氣，男孩的髮搔弄著他的鼻尖，他微笑，那是溫柔而驕傲不已的笑容。

他不停撫摸著男孩的頭，嘴靠近那小巧的耳朵，完美的橢圓形實在美妙極了。

「我知道你不想洗澡。」

他不安的眼神從鐵桌轉向澡盆，他從來就不喜歡這個部分，洗澡這些有的沒的，花的時間太長，又枯燥乏味。

「可是現在還不是時候，你可以在這裡再躺一會兒，你知道的。」

他的舌頭舔過男孩乾裂的嘴唇。

他應該鼓起勇氣告訴「另一個人」，現在輪到他了，換他訂立規則。他挺起胸膛，襯衫底下的胸肌凸起。沒錯，就是這樣，現在由他來制定遊戲規則了，而且只由他一人決定。他今晚就要對「另一個人」說。就是今晚。

他靠得更近，近到嘴唇輕觸那小耳朵的耳垂。

「他一定會很不高興，可是我動手你也會不高興，所以我決定不幫你洗澡了。」

他用鼻尖在男孩身上畫出隱形的線，從男孩的眼角一路延伸到下巴。

「我先把你處理好，然後……然後就順其自然吧，你覺得怎麼樣？」

他脫下男孩的髒睡衣和內褲，讓衣物慢慢從男孩纖細的腿滑下，眼前便出現男孩白皙的皮膚，某些地方泛青。

接著，他的身體因擔憂而繃緊，每次都在這個時候就聽到他們的聲音，他們同時呻吟，彷彿說好了要齊聲吶喊。他們不是在哭，不對，他們是在尖叫。

他用手背輕撫男孩的腳底，非常柔嫩，而且還很軟，有著細緻的起伏。也許這個男孩不會說什麼，也許他會理解為什麼……

突然間，他整張臉因痛苦而皺成一團。

男孩的叫聲尖銳刺耳，讓他無法忍受，男孩的怨言有如尖利的爪子，一聲一聲撕裂他的耳膜；撕裂著他、切割了他，像是要把他活活剝開。

然後其他人也全都一起加入。

瑞典法爾肯貝里，麗茲烘焙坊
二〇一四年一月十五日，星期三，正午十二點

艾蕾克希其實不餓，她吃是為了回應抗議的胃，以及持續不斷的偏頭痛。她剛吞下法式葡萄乾麵包，不過這個版本帶有肉桂味，現在又品嚐起另一樣名字無法發音的甜點，雖然很難媲美純正的法式奶油可頌，可是這些瑞典小點也很不錯。

在兩口茶間隔的時間裡，艾蕾克希答應要陪愛蜜莉到莉內雅前夫——卡爾．史文生家，愛蜜莉和她約在烘焙坊碰面。

這一天開始得並不順利，天一亮艾蕾克希就醒了，醒來的時候覺得一陣噁心，悲傷彷彿在喉間打了結。她不知道自己前一天怎麼能容許眼淚潰堤？不過至少愛蜜莉在場，她那平靜的力量讓艾蕾克希感到安心，也許是因為這樣，艾蕾克希才願意讓自己沉浸在悲傷之中。

滾燙的熱水澡讓艾蕾克希覺得振作一點，接著她搭上計程車到莉內雅家，完成昨天未完成的整理工作。四個小時之後，艾蕾克希終於收完了，但肚子也空了，而且腦袋快要爆炸，所以艾蕾克希決定回飯店之前，先在城裡吃一點東西。

手機響了，艾蕾克希用手指滑過油膩的觸控螢幕接聽。

「艾蕾克希，我會說是妳打來的，知道嗎？」母親低聲說。「伯赫，伯赫！你女兒打來祝你生日快樂了！看吧！」

艾蕾克希完全忘記今天是父親的生日了。

「嗨！親愛的。」

「爸，生日快樂！」艾蕾克希愉快地說。

「寶貝，謝謝……妳過得還好嗎？工作進行得怎麼樣了……」

母親搶過電話：「妳在哪裡啊？怎麼那麼吵？妳和誰在一起？」

「我在麗茲，一家……」

「妳在麗茲嗎？麗茲酒店嗎？為什麼不在家？」

「媽……」

「我跟妳說過，去旅行都要告訴我，不然我會很擔心。妳在倫敦嗎？什麼時候回家？」

「媽……」

「他們找到凶手了沒？這整件事實在是太恐怖了，連我們這裡都在談論。」

「媽，我不是在麗茲酒店，而是一家叫麗茲的烘焙坊。我人還在瑞典，正在吃早餐。」

「瑞典的烘焙坊？好吧，妳還真有勇氣，瑞典的糕餅應該超級甜膩！不過至少妳有吃東西，寶貝，這已經很不錯了。」

母親沉默了一下，艾蕾克希聽見外甥女尖細的聲音，要求和她的「姨姨」說話，艾蕾克希露出微笑。嘴角愉快地舒展開來。

「姨姨嗎？」

「小親親，妳好啊。」

艾蕾克希閉上眼聽寶貝外甥女報告一天的行程，她想像小女孩的樣子，嘴巴貼著話筒，一邊講話一邊拉裙子，又或者試圖扯下頭上的緞帶，艾蕾克希的姊姊總是在外甥女頭上綁緞帶。小女孩向艾蕾克希解釋，她已經決定要當男生了，因為這樣就可以站著尿尿，像弟弟那樣，不過麻煩的是，這麼一來她就不能穿洋裝了，因為小男生是不穿洋裝的。

她知道男生有時候可以穿裙子，就像什麼「格蘭人」一樣，可是他們只穿格子裙，她喜歡的卻是有小花的裙子，也喜歡愛心，也喜歡圓點點，可是不喜歡小豆豆，因為小豆豆不好吃。

艾蕾克希沉浸在外甥女的世界裡，接著她又和外甥說了話，聽著他稚嫩撒嬌的聲音，溫柔而甜蜜，這十多分鐘的對話讓她覺得心靈很平靜。

艾蕾克希答應他們會帶一點瑞典的雪回去，之後便掛上電話。

德國，布亨瓦德集中營

一九四四年十月

安利希經過那棵垂死的橡樹前，伸手把襯衫的領子拉高豎起。

納粹砍光了埃特爾斯堡的森林，又選了風吹得最強的坡面建造布亨瓦德集中營，唯一逃過一劫的就是這棵樹——為了紀念歌德而保存下來，畢竟歌德爬上山丘來過這裡很多次。儘管如此，這個主意還是怪得很，他們用鐵絲網圍繞德國的藝術象徵……集中營的建造者應該沒想到這之中驚人的諷刺意象。

八月二十四日，橡樹有部分受到轟炸而燒焦了，看起來的樣子，與在集中營小巷裡遊蕩的囚犯相互呼應。

「Schweinehund!」[19] 一名黨衛軍忽然對著囚犯大叫，這個囚犯只是剛好經過同一條路。

安利希加速前進，每樣東西都中了希特勒的毒，就連安利希的母語如今傳進耳朵裡，聽來都十足野蠻。

年輕的安利希開始默默背誦狄奧多．史篤姆的幾段話，他回想《茵夢湖》、《海岸》和《白馬騎士》，並從這些著作隨機抽選記得的片段，像品嚐佳餚般細細品味每字每句。

安利希來到茅房的時候，腦海裡充滿了世上最細膩的樂曲，安德烈亞斯、強納斯和威廉都在，他們邊聊天邊等安利希，旁邊還有幾個囚犯，看起來時日不多了。

安利希和同伴打過招呼，眼神與其中一位不幸之人交會；這囚犯的眼睛因遭受痛苦蹂躪而瞪大凸出，屁股也因為剛上過廁所還骯髒不堪，骨架從灰色皮膚底下明顯凸起，他赤足在汙穢的「爛泥」裡走動——裡面是糞便和尿液的混合物，散布在便槽四周。

集中營囚犯一週來唯一的休息時間在星期天下午。就在八月的某個星期天午後，安利希認識了安德烈亞斯、強納斯和威廉，他們都是挪威人，進集中營之前和安利希一樣就讀醫學系。

他們之所以選擇這個惡臭的地方進行星期天固定聚會，是因為黨衛軍從來不會來到這裡。

一如往常，開始用英語交談之前，三個挪威人會習慣性地逗安利希，笑他挪威語沒有進步。

「老兄，你真應該放棄挪威語選其他語言來學的，瑞典人聽得懂你在說什麼，可是他們絕對會當面嘲笑你到不行！」安德烈亞斯開玩笑說，還眨了一下眼睛。「說真的，如果有朝一日出去了，你真的要到瑞典定居嗎？」

「如果出得去的話……」

「老兄，我們一定出得去啦，但與其逃跑，你不是更應該留下來幫忙重建家園嗎？」

「我的祖國已經爛到骨髓裡了，安德烈亞斯，就拿這個集中營來說好了，你要怎麼解釋？要怎麼解釋這樣的人間煉獄？這裡面有人計算了地窖天花板的高度，只是為了要像掛豬

---

19 德語，混蛋！

肉那樣吊死人，還有人打造了火化爐，方便同時焚燒三具屍體。擴張雅利安人種統治權這種瘋狂的計畫，不是光靠希特勒一個人就想得出來的，很多很多德國人不但跟進，還對這項計畫做出貢獻。」

「也有很多和你一樣的德國人啊，老兄，他們有膽識表態拒絕納粹主義和希特勒的狂熱思想。其中很多人因此喪命，還有一些就和你一樣被關在這裡，或關在其他集中營裡，你們可以在這一切結束之後成為重建的主力。」

安利希沒有回答，他的思緒遠遠飄出鐵絲網外。

「我們在斯堪地那維亞半島冷得要死，你曉得吧。」威廉附和，「威瑪的冬天和我們那裡比起來，根本小巫見大巫。」

「你媽確切來說是哪裡人啊？」強納斯插話，一邊捲起袖子。

哀傷籠罩了安利希，他的眼神因此陰鬱了起來：安利希的父母在被送往布亨瓦德的路上過世，悲傷在安利希喉中糾結成一團，他用力嚥下口水，試圖壓抑情緒。

「延雪平，在南部。」

「你爸呢？他也是瑞典人？」

「不是，他是德國人，但他在法爾肯貝里的布蘭登堡出生。」

「法爾肯貝里？靠！不會吧！你知道嗎？瑞典西岸也有個城市叫法爾肯貝里。」

安利希聽了兩手一拍，說：「各位，這個啊，就叫天意！」

只見安德烈亞斯的臉倏地一沉。

一陣劇烈的疼痛使安利希動彈不得，接著他就失去知覺了。

⁂

劇烈的抽痛從安利希的肩膀一路蔓延到指尖，他勉強睜開雙眼，兩名黨衛軍拖著他走在礫石路上，安利希就像是被捕獲的獵物。

安利希抵抗著後頸如電流般的刺痛，把頭緩慢地從左邊轉到右邊。山毛櫸樹林在他四周伸展開來，樹葉微微顫抖，安利希看見一整排小屋，並且很快就辨認出目的地：「Revie」——營裡的醫護室，他們一定是走在黨衛軍的專用路徑上。

黨衛軍在距離入口兩公尺的地方鬆開手，安利希就這樣被扔在泥巴地上。

「臭豬，脫鞋！」

安利希看了看自己刮傷流血的腳，腳上並沒有穿鞋。

其中一名黨衛軍假裝露出失望的神情。

「媽的，真可惜啊！」

他知道安利希想再得到一雙新鞋有多麼困難。

「蠢貨，醫生在裡面等你，跟他說是黨衛隊突擊隊大隊領袖弗萊舍的命令，由黨衛隊高級小隊領袖赫斯送『包裹』來。」

赫斯點燃香菸，跟班拿短棍打了安利希兩下，催促他進醫護室。

一如往常，星期天的醫護室裡擠滿了人，裡面飄著令人作嘔的氣味，安利希感到一陣噁心。

安利希向一個男人報出自己的編號和赫斯的口信，這個男人瘦骨嶙峋，細長的脖子像漂浮在泛黃的襯衫之上，他是護士，應該也是囚犯，因為他聽完之後並沒有咒罵安利希，只叫他在原地坐著等；安利希面對一張床，床上有個男人裹著浸溼的被單。

三個小時後，醫生終於出現了，安利希被病患的喊叫聲吵醒，醫生拳打腳踢把病患們趕到一邊，像是想在斷了線的人偶群中闢出一條通道。

醫生在安利希對面的床前停了下來，他解開這可憐蟲身上的被單，病患痛苦吼叫著，牙齒格格打顫；這個囚犯的脛骨上有一道縱向的切口，傷口已經化膿，醫生指示長頸的護士清理患處，他則拿起手術刀對付傷口。

病患開始尖叫，但是很快就安靜下來，這可憐蟲應該是痛到昏了過去。醫生又繼續處理了這一片血肉模糊幾分鐘，接著把後續縫合的工作交給護士。

「20076！」醫生邊洗手邊喊。

安利希起身。醫生用食指和中指由上往下在空中畫了一下，示意安利希脫掉衣服。

安利希褪去衣物，心想在這恐怖統治下，自己已經變得有多麼像動物——「我為什麼會來這裡？」這樣的疑問絲毫沒有閃過安利希腦海之中。

醫生冰冷的手在安利希身上進行觸診，粗魯的方式就和安利希剛到布亨瓦德時經歷過的相同，一樣是陌生人觸摸做診斷，安利希的感受卻已有所不同。集中營的日常生活使身體隱私蕩然無存，在鐵絲網裡，私生活和羞恥心毫無立足之地，畢竟所有人只能忙著活下去。

粗略檢查之後，醫生在紙上寫了幾個字，叫安利希把紙條拿回去給黨衛隊高級小隊領袖赫斯。

安利希謹慎地穿起潮溼的衣服，上面還沾滿了排泄物，那是他在茅廁倒下時沾上的。他走出醫護室，把摺起的紙條交給赫斯，過程中完全不敢打開紙條看寫了什麼。

「走吧，蠢貨，是時候該回去了，但既然你現在是清醒的，就得走蠢豬專用的路。還有，蠢貨，我跟你說，你要用爬的回去，邊爬邊學豬叫，這樣才符合你的身分。」

赫斯說完就大笑了起來，跟班也學著他笑。

安利希知道從集中營到醫護室的另一條路，那是混著爛泥的泥土地，路上還橫亙著枯樹枝與盤根錯節的樹根。

安利希四肢著地展開這段痛苦的路程，一路上伴隨著毒打聲和他模仿的豬叫聲。

等他們終於走出森林，赫斯命令安利希起身，他身上沾滿了泥巴，又冷又怕，雖然站了起來，邊走身體仍止不住打哆嗦，手掌和腿都傷痕累累，後背與喉間彷彿有火在燒。

兩名黨衛軍帶安利希繞道而行，他們走進點名場，在正中央的大箱子前停下來；刺耳的慘叫聲從箱子裡傳出，略小的開口用尖刺的鐵絲封住，安利希看見裡面有個男人蜷縮成一團。

箱子內側嵌有長釘，男人不管呈什麼姿勢，釘子都會刺進肉裡。

尿液從安利希的大腿內側順勢而下，不知道這兩個劊子手還準備了哪些花招要對付他？難道他們要把箱子裡的人換成安利希嗎？

黨衛軍踹了箱子幾下，又對著箱子咒罵了一番，接著繼續前行，箱內囚犯嘶啞的呻吟聲一直在安利希的腦海裡迴盪，直到他們在一棟建築前止步才停下來。

安利希注意到門上的號碼，恐懼在他的胃裡翻騰，他們正站在四十六號樓前。

四十六號樓，死亡候見室。

瑞典法爾肯貝里，塢洛夫斯博，卡爾．史文生家

二〇一四年一月十五日，星期三，下午兩點

愛蜜莉把車停在寬敞的鋪砌車道上，盡頭是一棟瑞典典型的黃色木造別墅，十分壯麗。

前一天烏洛夫松上門時，卡爾．史文生拒絕開門，為了取得與莉內雅前夫交談的權利，愛蜜莉不得不先和一位臭臉女律師洽談，所以不僅卡爾知道他們要來，也有了準備的時間。愛蜜莉並不喜歡這樣，但她實在別無選擇。

卡爾一打開門，艾蕾克希難掩臉上的驚訝，她原本以為卡爾會是桀驁不馴的美男子，沒想到開門的這個男人看起來內斂自持。

愛蜜莉和艾蕾克希跟在他後面走進屋裡，室內現代的擺設與傳統外觀形成對比，三人一路走到溫室花園，花園外是寬廣無盡的沙灘景色。

卡爾在一張造型線條流暢的扶手椅上坐了下來。

愛蜜莉和艾蕾克希則坐在他對面的皮沙發上，沙發深度很深，上面擺了三個大型皮抱枕。

「說吧。」卡爾冷淡地說。

「先生，請節哀順變。」愛蜜莉回答。

卡爾面不改色。

「謝謝。」他矯情地低聲說。

愛蜜莉停頓了一下才再次開口。

「史文生先生，你可以談談莉內雅嗎？」

「妳們真的覺得我是最恰當的人選嗎？」卡爾回答，露出了僵硬的微笑。

「你在青少年時期就認識莉內雅了，也塑造了她在藝術上的品味，你……」

「噢，我做的可不只這樣，她原本想當空服員，妳們知道嗎？空服員……」

噢，天啊，艾蕾克希心想，原來是個自以為是的傢伙。

「是我灌注她靈感沒錯，我挖掘出她的天分。」

卡爾起身，從細長的水瓶倒了一杯水，接著在椅子的扶手上坐下，身體挺直有如字母「I」，彷彿想藉此掌控來訪的客人。

「她對我母親的珠寶很著迷，當時就會用鉛筆畫草圖，但我建議她不要只是抄襲，而是創作，一切就是從這裡開始的。我們一起去倫敦的聖馬丁學習，學費都由我父親負責。我們本來準備好要回瑞典了，她在這個時候爭取到鑽石商安賽姆的工作，但我得趕回斯德哥爾摩的雕刻工作室，因為已經有很多訂單在等著我，我們會結婚不過是為了維繫一段正在消失的感情。我回來了，她留在那裡，接下的事妳們都知道了。」

真是個自以為高尚又自負的白痴，愛蜜莉心想，她知道，只需要稍微滿足卡爾的自尊心，他就會供出愛蜜莉需要的資訊。

「你知道她在法爾肯貝里買了房子嗎？」

「當然知道，但這不是我來定居的原因。問我的話，我會說是她想親近我，她知道我父親向一個以房養老[20]的老人買了這棟別墅，但是不用等太久就能回收房子。那老頭果然去年就去世了，死前都一直住在這裡。」

艾蕾克希咬著嘴唇忍住插話的衝動。

「你和莉內雅還保持良好的關係嗎？」愛蜜莉繼續問。

卡爾聽了繃緊下巴，嘴角也往下拉。

「我們已經不說話了。」

「她曾試著再和你聯絡嗎？」

「沒有。」

「你呢？」

「和她聯絡嗎？要做什麼？」

「你的工作室也在這棟房子裡吧？」愛蜜莉用活潑的語氣轉移話題。

卡爾那雙藝術家的眼睛瞬間亮了起來，因興奮發出童稚的光彩。

「就在隔壁的穀倉裡。」

「你願意帶我們參觀一下嗎？」

「小姐們，想參觀的話，就要請妳們帶搜索令回來了。」

⁂

離開卡爾．史文生家之後，愛蜜莉就再也沒開過口。

艾蕾克希的頭靠著車窗，凝視著風景沉思；厚重壓低的雲層給她天還未亮的錯覺，樹木被積雪壓得彎曲，就像老人背上負載著歲月的重量。

「妳想知道什麼？」

艾蕾克希嚇了一跳，愛蜜莉的聲音把她從抒情遐想中殘酷地拉回現實，艾蕾克希整理雜亂的思緒。

「很抱歉打斷妳昨天晚上在碼頭的調查……」

「不要緊，我今天早上又去了一次。妳想知道什麼？」

「我不知道妳有沒有辦法回答……」

愛蜜莉保持沉默，眼睛直直盯著前方道路。

---

20 vente en viager，是法國特有的房屋買賣制度，獨居老人可將房產以終生形式賣出，買家在付了頭期款以後必須每月支付特定金額，直到賣家去世；賣家在房屋賣出之後仍可住在屋內直到終老。

「妳可以告訴我那兩個女人的狀況嗎？就是在倫敦發現的兩名死者。」

「其實是兩個小男孩。」

「兩個小男……」

艾蕾克希一直以為愛蜜莉之前提到的受害者，都是介於三十到四十歲的金髮女性，就像莉內雅那樣，也許頭髮更長一點，但她完全沒預料到會是男孩……艾蕾克希閉上眼睛幾秒鐘，試著消化這突如其來的資訊。

「他們身上都有一樣的傷口？」

愛蜜莉點了點頭。

艾蕾克希感到胸口一陣巨大的苦楚，她想著這些孩子所遭受的不人道的痛苦、父母和家人無盡的哀痛，還想到自己的外甥和外甥女。

忽然間，噁心的感覺湧上心頭，悲痛淹沒了艾蕾克希，可是她要堅強起來，絕不能在愛蜜莉面前崩潰第二次。

艾蕾克希拉下車窗幾公分，寒風如同一記冰冷的耳光，打得艾蕾克希恢復鎮定。

「妳認為凶手是有相同犯罪特徵的兩個人，可是作案手法不同？」艾蕾克希冷靜了一分鐘之後問，聲音有些沙啞。

「有可能。」

「然後莉內雅驚動他們了？」

「驚動，又或者認出他們。」愛蜜莉的眼睛始終沒有離開道路。

艾蕾克希感到背後直冒冷汗。

警方很明顯懷疑是莉內雅身邊的人幹的。

二〇一四年一月十五日，星期三

他把手術刀放在不鏽鋼托盤裡，藍色的吸水紙一碰到沾滿血的刀片和刀柄就收縮起皺。牆壁上結滿水珠，經過他改造的那些人因擔憂與恐懼而嘔吐，眼淚大如雨滴，直往下淌，一路流到地板；等到終於不哭的時候，他們就用帶著驚恐與控訴的眼神盯著他看。可是現在他們不看了。現在，一切都安靜下來。這是溫柔而令人安心的沉靜。小男孩閉嘴了，眼裡也不再充滿恐懼。

男孩的喉嚨被他割開，他在男孩的眼睛上和喉嚨開口處纏繞紗布，再用消毒紙巾幫男孩擦拭額頭、鼻子和臉頰，男孩的臉頰有如帶著深色紋路的大理石。接著，他又幫男孩擦拭肩膀、胸膛與肚臍，他小心翼翼地用棉花棒吸乾肚臍中的血，丟掉浸溼的棉花棒之後，把乾淨的消毒紙巾繞在手指上，用指尖清理男孩的耳腔、鼻翼和肚臍的皺褶，這樣就完成了清潔的最後手續。

然後，他脫掉白色的連身服、面罩、鞋套和手術帽，走進小小的廚房區，廚房區就設置在工作坊的旁邊。他從陶製小碟裡拿起一顆橄欖，小口小口吃掉，又切了一片萊姆片，他總是會在水槽邊放一顆萊姆。

他把萊姆片放進玻璃杯裡，又在杯中倒滿氣泡水；他閉起眼睛喝了一大口，氣泡在舌上顫動，又在口中跳躍。

天啊，他渴得要命！

瑞典法爾肯貝里，古斯塔夫布拉特餐廳
二〇一四年一月十五日，晚上七點

艾蕾克希氣喘吁吁地衝進布拉特餐廳，儘管餐廳距離旅館不過幾分鐘路程，卻足以讓艾蕾克希從頭到腳凍僵。

她原本要出來買披薩，心想外帶回旅館房間裡吃，不過臨時改變了主意。艾蕾克希想起這家餐廳裡豐盛的麵包籃，加上如童年般溫柔的燭光，於是決定變更計畫。

餐廳裡幾乎沒人，艾蕾克希選了張小圓桌坐下來。她點了薄切扇貝，又叫了一杯普依芙美紅酒佐餐。就在這個時候，貝斯壯走進餐廳裡，身旁的女伴幾乎和他一樣高。

貝斯壯一眼就看到艾蕾克希，並且馬上向她打招呼，艾蕾克希也揮手示意，接著又繼續啜飲紅酒，慶幸可以一個人用餐。

正當準備咬下籃子裡最後一塊黑麥小麵包時，艾蕾克希瞥見貝斯壯的女伴朝自己走來，

她步伐輕盈，親切的微笑使她整張臉都明亮了起來。

「妳好，艾蕾克希，我叫蕾娜，我是貝斯壯的太太。」

艾蕾克希只好放下麵包與蕾娜握手。

「妳要不要過來和我們一起吃呢？我知道今天是妳在這裡的最後一晚，看妳獨自用餐實在過意不去。」

艾蕾克希別無選擇，她不能拒絕這項邀請，只好盡量表現出高興的樣子，並且帶點遺憾地離開了小圓桌。

「施泰倫馬上就會到了，妳不介意吧。」蕾娜補充，一邊在貝斯壯身旁坐了下來，貝斯壯這會兒正在講電話。

這下可好了，艾蕾克希心想，忽然覺得心情大變且備感厭世。前一晚她幾乎可以說是從施泰倫家逃跑，因為艾蕾克希深信施泰倫就是莉內雅的情人，沒想到現在又不得不和他同桌吃飯。

「抱歉，艾蕾克希。」貝斯壯掛掉電話之後對艾蕾克希說，「我沒辦法勸退我太太，她不是那種願意接受人家說『不』的人，妳應該也看出來了？」

蕾娜微笑著拍了拍丈夫的手，接著招來服務生，點了一瓶艾蕾克希正在喝的酒。

施泰倫到的時候，服務生正在倒蘇維濃白酒。「Hej!」施泰倫向所有人打了招呼之後，就在艾蕾克希旁邊、面對貝斯壯的位置坐下。

「我們剛好遇到這位迷人的小姐獨自用餐，」蕾娜解釋，「我想她還是和我們一起吃比較好。你剛剛跑去哪裡了？」

施泰倫鼓起兩頰，一副束手無策的樣子說：「我和莫倫在一起。」

「他找你做什麼？」

「還不就是度假小屋的工程，他不想等到聖誕節，希望我們這個夏天就動工。」

「今年夏天嗎？可是我們已經有了斯德哥爾摩的兩個工地和一項海外工程了！」

「他聽不進去啊。」施泰倫嘆氣。

貝斯壯忽然大笑起來，說：「艾蕾克希完全聽糊塗了！」

艾蕾克希沒有反駁。

「蕾娜和施泰倫一起工作，而且妳絕對不會想知道，這對姊弟意見不合的時候是什麼樣子。」

艾蕾克希因為驚訝而瞪大了眼。

「噢，妳連這件事都不知道嗎？看來妳朋友愛蜜莉倒是不太八卦。」

「對不起，這是我的錯，」施泰倫插話，「我壓根兒沒想到要跟妳說……」

「歡迎加入我們的家族聚餐！」蕾娜邊替艾蕾克希倒酒邊對她眨眼。

瑞典法爾肯貝里，大飯店

二〇一四年一月十五日，星期三，晚上八點

愛蜜莉在腰間圍上浴巾，走出浴室之後就往床上坐，身上還帶著水珠。在她面前的是十二張分散攤開來的照片和筆記本。

皮爾斯在星期天半夜出現在她家的時候，愛蜜莉根本沒想到，他帶來的消息會是在瑞典發現的另一具屍體，而且毀屍特徵和漢普斯特德的受害者一模一樣，畢竟在英國的殺人凶手展現出十分強烈的地域性。然而，法爾肯貝里警方傳來的作案細節——切割氣管、摘除眼球，還有刻在手臂上的字母等種種元素，無疑都證實了一點：在倫敦幾千公里之外謀殺了莉內雅·比利克斯的凶手，絕對和愛蜜莉正在調查的案子有關聯。莉內雅的死完全改變了愛蜜莉的調查方向，現在她只能從頭開始。

愛蜜莉拿起一塊放在床頭櫃上的燕麥餅，小口小口靜靜地吃了起來。

離開卡爾·史文生家之後，愛蜜莉先送艾蕾克希回旅館，然後到警局拿驗屍報告和鄰居筆錄，貝斯壯要求這些文件都要翻譯成英文。正如愛蜜莉事先所預期，這些資料裡既沒有新線索，對案情也沒有太大的幫助，不過法醫的結論是用瑞典語寫的。於是愛蜜莉和貝斯壯待在會議室裡，由貝斯壯一頁一頁翻譯給她聽，他倒是沒有表現出不情願的樣子。

根據法醫判斷，莉內雅·比利克斯的死亡時間約在屍體被發現的一個禮拜前，這也就表示她是在一月四日、五日那個週末遇害的，莉內雅的電話紀錄完全沒能提供有用的線索，因

為她到了瑞典之後就再也沒用過手機。

和漢普斯特德的孩子一樣，莉內雅的死因也是窒息，法醫在她的脖子上發現膠水的痕跡，判斷應該來自膠帶，因此瑞典的法醫得出和英國法醫相同的結論：死者的頭被袋子套住，再用膠帶纏繞脖子封住固定。

摘除眼球、切除氣管、在手臂上刻字和清潔屍體都在受害者死後才發生，這點和倫敦的受害者也一樣。至於眼眶和喉嚨上的切口都來自手術刀，不管是在莉內雅或男孩身上，凶手的手法都十分精準俐落。

凶手以手術刀作為工具，受害者身上的切口看來又像手術傷口，貝斯壯因此提出凶手可能有醫學背景的建議，愛蜜莉聽了搖搖頭。殺人凶手對人體解剖的知識有時候和他們現實生活中真正的職業完全無關，反社會者和心理變態都有熱衷的奇怪癖好。

不過莉內雅和男孩身上都沒有性侵的痕跡，在莉內雅身上找到的纖維可以確定是來自她死前穿的衣服；就和前兩名受害者一樣，凶手並沒有在他們身上留下一丁點足以追蹤的證據，或者可以直接說，他根本沒留下任何痕跡。

愛蜜莉看著床上散開的照片，照片裡呈現了三處不同的犯案現場——所有元素是那麼一致，連莉內雅的陰毛被剃除這點也是，生殖器官四周光潔無毛的樣子，讓莉內雅看起來就像還沒開始發育的小男孩。

愛蜜莉從過往的經驗裡學到，與其在相異處著墨，最好還是把重點放在案子之間的相似處；然而這幾個案子的分歧點也不容忽視，就莉內雅的情況而言，相異處就是受害者的性別和年紀、手臂上刻的字母不是「Y」而是「X」，而且比起孩子手臂上的刻痕，凶手對莉內雅下手更重。

凶手沒有埋葬莉內雅的原因可以用地面結冰太硬來解釋，但為了掩人耳目，屍體還是被藏在小船底下。

愛蜜莉解開浴巾，呈跪姿把腳收到屁股底下伸展背部，同時用手指拉了一張照片過來，照片中是莉內雅躺在雪地上的樣子。凶手並沒有掩藏她的臉，也沒有剪掉她的頭髮，也許這可以解釋成凶手並不恨她，也不想私下報復她，不過這並不能排除凶手認識莉內雅的可能性。

愛蜜莉從床上跳起來，按下電熱水壺的開關燒水，又放了茶包在杯子裡。

作案手法的不同點讓愛蜜莉歸結出幾個大相逕庭的理論。

第一個理論，凶手有兩個人，一人受另一人操控，在瑞典的凶手犯罪身分尚未成熟，他不過是借用了「師傅」——也就是倫敦凶手的犯罪手法和幻想。

愛蜜莉在茶杯裡倒滿熱水，然後又回到床上坐好。

第二個理論，凶手只有一個人，倫敦的凶手和瑞典有某種淵源，所以來到這裡隨機「打獵」，結果遇到了完美的人選莉內雅．比利克斯。

第三個理論，一直以來凶手就是同一人，莉內雅剛好認識他，而且他們在瑞典遇到了。在最後兩個理論中，凶手原本遵循的模式因故改變——受害者變成女性，而且凶手無法將她下葬。

愛蜜莉小心翼翼喝了一口滾燙的茶。

無論如何，這（些）凶手在毀屍之後，還花時間清理屍體，然後埋葬受害者，這點證明了他（們）內心的自責，又或是對死者的尊重。

愛蜜莉將雙肩往後背伸展，藉此舒緩僵硬的肌肉。

她的眼光從切開的喉嚨移到黑暗空洞的眼眶，最後停在死者左手臂上的字母，字母在每個死者身上的方向都不一樣。如果以肩膀到手掌為軸的話，莉內雅手臂上的「X」直立在軸上，像是指著北方；第一名死者手臂上的「Y」偏右，指著東北北；第二名死者的「Y」字則朝著東南東。

但這些「方向座標」並不能提供下一具屍體的藏屍地點，也沒辦法告訴愛蜜莉下一名受害者的住址或確切身分。她沒辦法解釋這些不同點。皮爾斯派手下展開研究，卻也查不出所以然。

切除氣管的意義倒是比較容易解釋，凶手應該是受幻象所苦，藉此阻止受害者說話或大喊；挖出眼球就可能有不同的理由了，要不就是殺手受不了受害者驚慌失措的眼神，這讓凶手看清自己的舉動有多麼殘忍；要不就是凶手為了「保護」受害者而故意弄瞎他們，這樣一來，他們就不用看見令人難以承受的真相。哪種詮釋才正確呢？愛蜜莉目前一點頭緒也沒有。

她拿起筆記本重讀最近記下的想法，內容大多和莉內雅的前夫有關。卡爾在訪談時沒有一次提到莉內雅的名字，而是一直用代名詞「她」稱呼前妻，這表示出卡爾對莉內雅的反感。在這一點上，愛蜜莉同意施泰倫・埃克倫的觀點：卡爾・史文生是自戀狂。艾蜜莉提到工作室的時候，他就興奮得不得了。不過，他是個有所隱瞞的自戀狂，他的肢體動作洩漏了這點——雙臂交叉、眼神閃爍、緊咬牙根。當艾蜜莉提起要參觀工作室的時候，史文生的反應過於激動，他自我防衛的姿態像是覺得受到了威脅。

但是貝斯壯認為就當下的情況來看，檢察官不可能同意給他們搜索令。所以愛蜜莉只能等，等下一名受害者出現。

愛蜜莉把分散的照片收集成一疊，和筆記本一起鎖進飯店的保險箱裡，很快刷過牙之後，就鑽進被窩了。

關燈之前，愛蜜莉打開放在身邊的小黑盒子，往裡頭看了一下，接著就把小盒子放在床頭櫃上。

英國倫敦，漢普斯特德村

二〇一四年一月十六日，星期四，下午六點

愛蜜莉跨了三大步爬上斜坡，來到霍利布什門口，她點頭向站在門邊的大橋示意，大橋是這裡的保鑣，他回應了一句：「嗨，愛蜜莉。」聲音因多年菸癮而沙啞。

愛蜜莉一路走到酒吧後頭，隨後進了右手邊的小房間，坐在圓桌邊等候愛蜜莉的是偵緝高級督察傑克．皮爾斯，桌上擺著兩杯帶泡沫的生啤酒占位子。

「妳從希斯洛機場過來？」

愛蜜莉脫下派克大衣，在皮爾斯對面坐下來。

「我回家放下行李就過來了。」

喝了一口黑啤酒之後，愛蜜莉直視皮爾斯。

「我們還在清查旅客名單。」皮爾斯神態自若地說。

愛蜜莉緩緩點了點頭。

「真要命，妳知道光是這件事就有多累人嗎？瑞典一共有七座機場的名單要查，外加哥本哈根機場！妳知道一個禮拜有多少航班往返倫敦、瑞士和哥本哈根嗎？要查的名字多得不得了，這需要花時間啊。」

愛蜜莉像品嚐頂級波爾多紅酒那樣啜飲健力士啤酒，皮爾斯往椅背一靠，繼續低聲說：「目前我們什麼都沒找到，莉內雅身邊的人都沒出現在旅客名單上，不在場證明也都確認了：案發時阿勒芭和保羅・維達勒在倫敦，艾蕾克希・卡斯泰勒也是，彼得・坦普頓在洛桑，安賽姆在柏林；我們也查了從洛桑和柏林往斯堪地那維亞的航班，他們兩個的名字都不在名單上，所以這方面也沒有進展。妳從瑞典人身上查到些什麼？」

「施泰倫・埃克倫當時一個人在斯德哥爾摩，卡爾・史文生在法爾肯貝里家中，一名年輕女子證實了他的說詞。」

「史文生家就在附近，埃克倫也可以開車往返。」

「倫敦這群人也是啊，他們也可以坐船到瑞典。」

「我知道，愛蜜莉，我知道……」皮爾斯喝了一點黃金啤酒之後說：「施泰倫・埃克倫是貝斯壯的小舅子，對嗎？」

愛蜜莉默默地點頭。

「他就是妳提到的那個離職警察？」

愛蜜莉重複動作。

「妳覺得他是莉內雅・比利克斯的情人嗎？」

愛蜜莉搖搖頭。

「愛蜜莉！拜託！」皮爾斯阻止她說，「不要再點頭搖頭了，用說的，可以嗎？」

「我不覺得他是莉內雅・比利克斯的情人。」愛蜜莉直視上司眼睛，平靜地說。

「妳有空吃點東西嗎？」

「我不餓。」

皮爾斯把啤酒喝完就起身，他等愛蜜莉穿好外套，又尾隨她走到酒吧外面。他們在細雨中慢慢走著，不發一語，就這樣一直走到漢普斯特德高街，皮爾斯的車停在這裡。

愛蜜莉步行回到位於弗萊斯克步道的家，離高街不過幾百公尺。

進門之後，愛蜜莉把背靠在門上，手伸進大衣口袋裡，接著拿出一個小黑盒子，打開盯著裡面看了幾分鐘之後，又把盒子關上，然後放在矮櫃上，和鑰匙放在一起。

她現在餓了。

英國倫敦，蘭開夏法院

二〇一四年一月十七日，星期五，正午十二點

一陣強風掃過之後，天空變得清朗明澈，沐浴在夏日般的陽光中。終於可以把傘收起來了，倫敦客歡欣鼓舞往市區街道聚集，享受這突然降臨的好天氣。

艾蕾克希坐在哈許餐廳配有暖氣的露天座位，餐廳離阿勒芭辦公室不遠。艾蕾克希一看到阿勒芭就揮手示意，鋪石路仍然潮溼，阿勒芭小心翼翼地走下坡。

阿勒芭來到艾蕾克希桌旁，先把包包掛在椅子上，接著解開大衣釦子。

「我只是出來吃個午餐，大家卻一副我要到世界另一頭度假的樣子，真是不可置信。」阿勒芭大聲嘆了一口氣。「妳還好嗎？沒有太累吧？」阿勒芭問，順手從籃子裡拿了一根麵包棒。

「還好，我今天早上和彼得通過電話，他能在你們家待一陣子是好事。」

「我的天啊，這整件事實在很糟糕，太糟糕了……彼得完全不知所措，保羅強迫他繼續工作，我也不知道這是不是個好主意，總之……絕不能讓他落單就是了，而且更不能讓他單獨待在和莉內雅同居的公寓裡，這我絕對不允許。」

阿勒芭舉起食指，像節拍器一樣在她面前左右晃動。

服務生走過來替她們點餐，兩人都點了漢堡薯條配可樂。

「調查有什麼新進展嗎？」阿勒芭又拿了一條麵包棒。

「沒有。」艾蕾克希說了謊，同時把白色的餐巾放到桌上。

阿勒芭搖了搖頭，擺弄著手環說：「我還是不敢相信……『捏我，讓我知道不是在做夢』，妳應該聽過這種傻話吧？但這就是我現在的感覺，一切是那麼不人道，讓人失去了真實感。我總覺得莉內雅會忽然蹦蹦跳跳地出現在我辦公室裡，大喊：『Hola sangria!』（哈囉，水果酒）向我打招呼，這是她唯一會的兩個西班牙語單字……」

阿勒芭閉上眼睛，咬住上唇，忍住不讓眼淚掉下來。

艾蕾克希頹然坐倒在椅子上，因羞愧而弓起背，阿勒芭目前最需要的是安撫的擁抱，艾蕾克希卻無能為力，因為每當她想安慰阿勒芭，只會讓自己更為傷痛。

阿勒芭張開雙眼，重重地嘆了口氣，又再次大聲說：「艾蕾克希，妳沒看到辦公室裡的情況，到處都是唉聲嘆氣，真讓人受不了。這些小姐搞得像是她們自己家裡發生事故一樣，她們明明就和莉內雅不太熟，我快被這種情形搞瘋了。」

服務生端來漢堡，阿勒芭無精打采吃了幾根薯條。

「妳知道他們聯絡彼得了嗎？說不知道什麼時候才能交還莉內雅的屍體，所以莉內雅還在瑞典，真誇張，我們居然不能把她下葬……那我們該如何結束這場苦痛呢……這樣教彼得要怎麼好起來？這樣**我們**又怎麼能好起來？」

「我們是一輩子好不起來了。」艾蕾克希冷冷地反駁。

阿勒芭抬頭看艾蕾克希，暗暗咒罵自己說話失了分寸。

她們一語不發吃了幾口漢堡，直到沉默變得沉重，像滿布烏雲的天空。艾蕾克希先打破了沉默。

「妳在簡訊裡提到的紀念會是怎麼回事？」

「倫敦小屋梅費爾俱樂部聯絡了彼得，但其實接電話的人是保羅啦；他們提議舉辦晚會紀念莉內雅，時間訂在明天晚上，我想問妳的意見。」

倫敦小屋梅費爾俱樂部就像是莉內雅的第二個家，艾蕾克希之前經常陪她到那裡吃晚餐；事實上，艾蕾克希最後一次見到莉內雅，就是在俱樂部裡，莉內雅出發到瑞典之前，她們約在俱樂部喝熱紅酒。

「阿勒芭，這個主意很棒。」

在莉內雅最喜歡的地方替她舉辦紀念晚會，親友、同事都會到場，也許殺害她的凶手也會。

德國，布亨瓦德集中營

一九四四年十月

赫斯把安利希推進四十六號樓裡。

累壞的安利希直接跌在地上，黨衛隊軍官的橡膠棍也立刻落在安利希背上。

「夠了！」

一個年輕卻極富威嚴的聲音喊道，這兩個字就像子彈一樣在牆壁間彈飛。安利希抬起頭，看見一個穿白袍的男人，站在走廊盡頭的灰色鐵門旁邊。

「高級小隊領袖赫斯，這樣可以了，謝謝你，把20076交給我就行了。」

赫斯輕蔑地撇了撇嘴，走向走廊那端，並把醫護室醫生寫的那張紙條交給男人。

「黨衛隊突擊隊大隊領袖弗萊舍。」赫斯說，轉身之前還對男人行了軍禮。

弗萊舍揮揮手，邀請安利希跟著他走。

安利希走進一個房間裡，房間就和火葬場一樣寬敞，牆壁漆成白色，地板上鋪有褐色的磁磚，強烈的甲醛味刺激著安利希的鼻腔。

弗萊舍站在四張閃閃發亮的解剖桌前，攤開剛剛拿到的字條，仔細讀了起來。他金色的頭髮上了髮膏往後梳，與這充滿死亡印記的空間形成強烈對比。

「看來你身體很健康……」弗萊舍說，淡藍色的眼珠定睛看著安利希，「至少在醫護室的時候是這樣沒錯，帶你過來的路上，赫斯也沒放過毆打你的機會吧。」

他盯著安利希的破衣服看，上面沾滿了血漬與爛泥。

「你聞起來一身屎味，把髒衣服脫了丟進火化爐裡吧，就在你背後。」

弗萊舍抬了抬下巴指向房間的另一頭。安利希轉身，他進門的時候沒看到火化爐，解剖桌吸引了他所有的注意力；這裡的火化爐小多了，一次應該只容得下一具屍體，比起火葬場那四座工業用火化爐簡直是小巫見大巫。

安利希痛苦地小步走向火化爐，用最快的速度脫下衣褲，彷彿赫斯還在後面盯著他。

「那邊有水管，就在櫃子旁邊，去把身體洗一洗。」

安利希愣了一下，有點看呆了，倒置的水桶上放了一塊黑肥皂，他轉開水龍頭，盛水潑臉；水流到嘴邊時，安利希張開嘴喝了一大口，就算這樣也還是沒能安撫乾涸的喉嚨。

「我叫你『洗一洗』，拿肥皂起來用。」

儘管水冷得像冰，身上的傷口也痛得發燙，安利希還是細細享受這次沖澡，畢竟是出乎意料的機會，洗去了身上累積數月的汙垢，也彷彿重新拾回一點人性。

「用毛巾把身體擦乾。」

弗萊舍的聲音嚇了安利希一跳，他完全忘了弗萊舍的存在，趕緊拿起放在矮凳上的毛巾，小心翼翼攤開，純白的毛巾厚實又乾淨。

弗萊舍背靠著其中一張解剖桌，看著安利希擦乾身體。

「安利希，你知道我花了很大的工夫才把你弄來這裡，中間的過程實在一點也不容易。我在想，一個優秀的醫學院學生、外科實習生，為什麼會先後被派到採石場和火葬場呢？你應該要被派到醫護室或五十號樓，甚至是病理學部門才對。可是你沒有，看來他們比較喜歡讓你在森林裡或火葬場做苦力。」

安利希把毛巾放回矮凳上，弗萊舍順了順白袍的領子。

「你還是要懂得欣賞現實的諷刺性，被訓練來拯救同胞的人，最後變成送他們進火化爐的人。你要知道，我已經聽說了，你們燒的可不是只有死人。我提出的問題到上個禮拜才有了答案，那天我在營裡和埃倫貝克醫生吃晚餐，他對我解釋了原因。這整件事其實是一連串的意外，非常非常愚蠢，但戰爭期間的確很常發生這種情況，不是嗎？走錯一步就會改變人生道路的走向……黨衛隊突擊隊大隊領袖丁─舒勒發送紙鎮給同事，你的父親萊因哈德．埃博納醫生卻不願意接受這份禮物，甚至還為此大發雷霆。」

安利希感到悲傷與痛苦在胸口糾結成一團。

「不過這份禮物也的確有爭議，你父親收到的紙鎮其實是一顆萎縮的人頭，生前應該是猶太人，使用太平洋小島上的傳統方式去骨處理之後，再安裝在大理石底座上。可想而知，丁─舒勒一旦得知萊因哈德．埃博納醫生的兒子來到了營裡，當然就要『好好照顧他一下』，只不過是用他自己的方式。」

關門聲，應該是入口的門打開了又用力關上。

「黨衛隊突擊隊大隊領袖弗萊舍！」

響亮的聲音從走廊傳來。

黨衛軍只要開口，聲音裡總是帶著非比尋常的怒氣。

「漢斯，進來！」

一名肩膀與門同寬的黨衛軍走了進來，尾隨在後的囚犯也推著木推車進來。

弗萊舍用食指指了解剖桌，囚犯就把木推車上的四具屍體，一具一具小心翼翼地背在背上，然後分別抬放到四張桌子上，動作時還避免眼神交流。

弗萊舍示意安利希靠近。

安利希走到解剖桌前，發現這四具全是兒童的屍體，因暴怒毒打而殘破不堪，安利希仔細看著小男孩身上不人道的累累傷痕。

「謝謝你，漢斯。」

黨衛軍在行過常規禮之後就踏著大步離開了，囚犯也推著推車跟著走出去。

弗萊舍疲倦地嘆了一口氣。

「帝國不信任我的研究，他們唯一提供給我的就只有在布亨瓦德的實驗室和一名免費勞力，我還得從一群爛蘋果裡挑人，其實我的要求不多啊，私下對你說吧，事實上我根本不在乎助手是德國人或法國人，就算是猶太人也無所謂，只希望他要很能幹，有辦法完成我想在這裡達成的事。現在，我必須確認我選了對的人。」

弗萊舍拿起不鏽鋼盤交給安利希，盤子裡放了一把手術刀。

「安利希，讓我瞧瞧你的本事吧。」

英國倫敦，漢普斯特德村，艾蕾克希家

二〇一四年一月十七日，星期五，下午五點三十分

艾蕾克希刪掉剛寫好的一段文字。

她今天下午產能不佳，沒辦法，文字老搭不上思緒，就像被趕出巢的蜂群，不規則地分散開來，一直無法集結成形。艾蕾克希的思緒飄向托爾斯維克碼頭、莉內雅受殘害的屍體照片，然後再飛往她應該完成的這個章節，有關女殺人犯蘿絲瑪莉．衛斯特青少年時期的敘述，接著又回到漢普斯特德荒野，以及被掩埋在樹林裡的兩具男孩屍體，漢普斯特德荒野就在艾蕾克希家附近。

艾蕾克希搖搖頭，試圖驅逐這些揮之不去的影像，同時心不在焉地拿起放在電腦旁的茶杯。她喝了一口冷掉的奶茶，吞下之後忍不住皺眉。艾蕾克希煩躁地起身往廚房走去，她已經不知道是第幾次加熱這杯茶了。

艾蕾克希真希望自己有一道開關，輕輕一按就能關掉這些煩人的想法。可是她又不禁對身邊發生的這幾起謀殺案感到好奇，簡直有些病態，好似參與了案情調查，就能幫助她度過痛失摯友的哀傷。

艾蕾克希回到書桌前坐下，手裡端著熱呼呼的茶。她重讀早上寫的部分，又看了看筆記之後便沮喪地閉起眼睛，她今天是沒辦法再寫出什麼來了。

所以不妨跟著思緒遊走。

二〇一四年一月十七日，星期五

太陽在湛藍天空裡神氣活現了一天，他沒想到今晚居然沒有半點星光，漆黑的夜深沉、緊湊。

天一黑，他就整裝好出發蹓躂了。

一個小時前，黑暗籠罩了漢普斯特德荒野，陰冷的溼氣穿透貼身運動褲，他的大腿像要結冰了似的。

他從東北方高門那邊進入公園，園區裡有一群不畏寒冷的人在慢跑，他也跟著跑了起來；連衣帽幾乎遮住他的眼睛，手裡還握了一只符合人體工學的瓶子。在這麼黑漆漆的夜裡，很少有人會冒險進入樹林中，但他不想承擔不必要的風險。

在發現柯爾屍體後接下來的幾個星期內，蘇格蘭場派遣警員在藏屍地點附近埋伏，希望在他回來的時候逮捕他，因為他會回來看柯爾和安迪。那些人應該就是在監視這一區的蠢貨了，他在距離他們幾公尺的地方舒適地安頓下來，到現在已經待上幾個小時了。這些白痴完全沒發現他的存在，他們什麼都沒聽見、沒看見。只要等到他們放棄巡邏，他就能繼續探路。

他躲在一排茂密的樹後面，從背包裡拿出夜視鏡查看這群人，他明天就要把孩子帶過來了，卻還沒決定要把他埋在哪裡。

他關上背包繼續上路，他要允許自己去稍微看看，就是讓自己開心一下。他在樹叢間穿梭，側邊地上橫躺著兩根巨大的樹幹，他繞過樹幹，再謹慎地往下坡走，坡地上滿是泥濘，蜿蜒向右延伸。

他在兩棵茂密的樹後面止步，這裡距離柯爾的埋葬地只有二十多公尺。

他當然很希望小男孩還在這裡，既平靜又乖巧地待在他原本留下小男孩的地方，不過埋葬地已經被警方的藍白警示條圍起。看著這般場景讓他興奮不已，男孩的墓地就像舞臺，有樹木圍繞、巨大而壯觀的舞臺，分叉的樹枝彼此交纏，彷彿是為了更緊密地抓住天地，並用荊棘做成的皇冠，為他失落的小王子加冕。

忽然間，他心跳加速，有如囚犯敲撞著牢房的鐵欄杆，艾蕾克希・卡斯泰勒也在這裡。她正在欣賞的，就是他作品的遺跡。艾蕾克希拿手電筒沿著坑洞邊緣照，身旁還跟著另一個人，臉藏在大毛帽底下，他認不出來是誰，不過她也在仔細觀察他埋藏寶藏的地點。興奮的感受使他肌肉緊繃、瞳孔放大、性器硬挺。

他要告訴「另一個人」他所挑起的興頭，他要告訴「另一個人」人們有多麼重視他的傑作，也許到時候「另一個人」就會放手，讓他好好追尋自己的路。

英國倫敦，漢普斯特德村，共濟會盾徽酒吧

二〇一四年一月十七日，星期五，晚上八點

共濟會盾徽酒吧裡擠滿了人，這些客人應該是非常有禮貌，全都壓低了聲音，艾蕾克希幾乎聽不到別人的談話內容或笑聲。砂岩砌成的煙囪和帶有皺紋的皮製扶手椅，為酒吧帶來鄉村小屋般溫馨舒適的氛圍。

艾蕾克希把兩杯摩當卡地紅酒和洋芋片放在矮桌上，打開其中一包遞給愛蜜莉，愛蜜莉搖搖頭表示拒絕，艾蕾克希心不在焉地用手抓幾片洋芋片便吃了起來。

兩個小時前，艾蕾克希用盡各種策略說服自己投入工作還是徒勞無功，最後決定聯絡愛蜜莉，艾蕾克希請求愛蜜莉帶她到漢普斯特德荒野的犯罪現場，愛蜜莉馬上就答應了，這讓艾蕾克希十分驚訝。愛蜜莉當時已經在前往荒野公園的路上，甚至還主動提議到艾蕾克希家接她。

艾蕾克希從來沒想過入夜之後要去這些地方，但她不想表現出難搞的樣子，所以穿上保暖衣物和雨鞋，準備好面對寒冷、泥濘甚至陰雨，畢竟固執的雨向來是倫敦的常客，誰也不曉得「他」什麼時候會再回來。愛蜜莉和艾蕾克希帶上強光手電筒，走了整整二十分鐘才抵達第一處埋葬地，也就是安迪．彌多班克斯入土之處，愛蜜莉對艾蕾克希敘述了所有細節，手電筒的光也隨著她的解說來回穿梭在照片和實景之間。

愛蜜莉在第二處埋葬地旁也做了類似說明，這是小柯爾．哈利威爾的葬身之處。

兩人接著穿越荒野，從唐夏丘這邊離開。全身凍僵的艾蕾克希提議回家之前去喝一杯，愛蜜莉再一次接受了艾蕾克希的主意。

艾蕾克希喝下一口波爾多紅酒，感到內心終於又恢復了鎮定。稍早，當愛蜜莉對她鉅細靡遺解說兩位小受害者所遭遇的折磨，艾蕾克希撇除恐懼，把精神全都集中在謀殺案的技術和事實層面，以區隔腦海中閃過七年前的舊影像，藉此避免那些醜陋又痛苦的畫面。艾蕾克希把自己轉換到「偵查模式」，這麼做能阻隔不必要的回憶與情緒。

艾蕾克希抬起眼來，愛蜜莉放下酒杯盯著她看，愛蜜莉的頭歪向一邊，眉頭深鎖。

艾蕾克希想起幾天前，愛蜜莉溫熱的手在她背上的感覺，那隻手就像母親的肩膀一樣令人安心，替艾蕾克希帶來慰藉與安全感。

「我的男朋友在七年前去世，其實快要八年了。」艾蕾克希輕聲說。

艾蕾克希來不及制止自己就脫口而出，不過終於說出來的感覺真好。

「他當時在調查一名連環殺手，結果這個人也殺了他。」艾蕾克希不帶感情地補充。

艾蕾克希雙手平放在大腿上，交替看著左右手，像在比較兩手有什麼不同。

「也是因為這樣，我對屍體和加害者才產生了興趣。不管是虐待或受虐，毀屍手法、殘缺不全的屍體還是性侵，全都能引起我的好奇。」

艾蕾克希傾身，從矮桌上拿起自己那杯酒。

「我根本連想裝出無私和同情的樣子都做不到，因為我幫不了受害者，我寫的故事也沒辦法逮住凶手、制裁這些社會上的人渣，我只是敘述了他們的故事，藉由別人的痛苦來分散自己的悲傷。」

愛蜜莉思索著，眉間因此擠出一道皺痕。

「妳不要誤會我的意思，」艾蕾克希幾乎是語帶嘲諷地繼續說，「我這番好奇心看來可能很病態，不過這也是我傷口上的ＯＫ繃；我並不是高尚的人，愛蜜莉，我讓自己沉浸在別人的痛苦裡，好遺忘自身的傷痛。」

艾蕾克希嘴角向外伸展，試圖微笑。

「說『遺忘』也不全是如此……比較像是掩飾自己的苦痛幾個小時，能這樣已經不錯了，要我完全放下，我絕對做不到。」

德國布亨瓦德集中營

一九四四年十二月

安利希睜開雙眼。

惡臭的氣味侵入安利希的鼻腔中，他環顧四周，所有感官卻不聽使喚。

安利希再也不用和任何人共享床墊、被子，再也沒有別人貼著他睡，沒有腳對著他的臉，也沒有痛苦悲慘的喊叫或呻吟，更沒有來自糟糕腸胃的轆轆聲；這裡只剩下沉寂與靜默，就和每天早上一樣，安利希會在這溫和的寧靜裡多躲個幾秒。

一開始的幾天裡，安利希因罪惡感使然，總是滿身冷汗醒來。喬瑟夫和亞蘭應該以為他死了。安利希這兩位可憐的朋友，以及布亨瓦德集中營裡成千上萬的囚犯每天都在水深火熱的地域，安利希卻奇蹟似逃過一劫。

安利希看了一眼鬧鐘，那是弗萊舍醫生給他的：四點四十分。安利希起身，摺好被子之後放在床墊尾端，稻草墊褥就鋪在地上。他拾起衣褲穿上，安利希現在一個禮拜會洗一次身上衣物，洗好了就放在爐邊烘乾。

自抵達四十六號樓的隔天起，安利希每天都剃掉頭髮和陰毛以除去蝨子，至於手毛、腋毛和腿毛，從他七月來到集中營被剃光之後，就再也沒長出來過了。

安利希的身體不再發癢，看起來也很乾淨，弗萊舍醫生每晚會在午夜時分離開大樓返回黨衛軍營部，等他走了，安利希就用水管和肥皂洗澡，他洗手特別勤快，因為雙手一整天浸在血水裡，指緣和四周的皮膚都變色了。洗好澡之後，安利希會在爐邊烘乾身體，火爐日夜燃燒，是為了對抗盤據在布亨瓦德的嚴寒。

安利希養成習慣，在起床時和就寢前，裹著棉被到大樓門口的臺階上呼吸新鮮空氣，每次約十五分鐘，藉此舒緩肺疼，他的肺因吸入甲醛的揮發物隱隱作痛。不過安利希這禮拜不敢冒險，凜冽的寒風狂吼，他這麼出去可能會害死自己。

安利希邊穿上破舊的鞋子邊想，十月之後他就沒看過太陽了，只有瞥見掠過石灰白窗戶的微弱陽光。

他坐在火爐邊，慢慢吃著一塊硬掉的麵包當早餐，那是從昨天晚餐特意留下來的。配給安利希的糧食分量也有所改變，他現在中午也有得吃，每天不但可以喝一碗「真」咖啡，還有一小塊人造奶油，而且安利希只要渴了，隨時都能打開水管接水喝。他之前總是渴得要命，如今無論何時都喝得到水，即使已經在四十六號樓待了兩個月，那種暢快的感受還是一樣強烈。

剛來到這裡的那天，安利希一通過「測驗」，弗萊舍醫生就訂下了規矩。「測驗」內容要求安利希解剖三具屍體，還要回答弗萊舍提出的專業問題；這些孩子的皮膚依然溫熱，安利希感覺死亡在他指尖下一點一點蔓延開來，吞噬了孩子的身體。他從未解剖過孩童的屍體，得努力控制顫抖，弗萊舍醫生要求安利希下手精準、切口一致，安利希必須全神貫注完成測試，才能讓自己活命，而這一切只不過是另一場生存的考驗。

隨著手術刀移動，安利希從前在慕尼黑醫院培養出的興趣再次復甦。儘管內心恐懼忐忑，這股熱情仍支撐他直到完成測驗。

當安利希將手放到第四個孩子身上時，小男孩忽然張開眼睛，安利希嚇了一大跳，弗萊舍醫生也和他一樣吃驚，於是決定讓他活命。這個活力十足的小男孩現在替他們送晚餐，他的名字叫狄奧多，源自希臘文「Théodoros」，意指「上帝的贈禮」。

同一天，黨衛軍漢斯帶狄奧多離開之前，告知了安利希工作時間——漢斯是弗萊舍醫生的看門狗。安利希一個禮拜工作七天，每天從早上五點半到午夜，目標是盡可能加快研究進展。弗萊舍醫生讓人拿了稻草墊和棉被來，讓火爐整夜燃燒，這讓安利希看得目瞪口呆。

安利希開始容許自己小小的自由，像是早晚呼吸新鮮空氣，使用靠近入口的第二間廁所；弗萊舍醫生似乎知情，卻什麼也沒說，他對很多事都是這樣的態度。

安利希嚼碎最後一口麵包吞下，用口水沾溼食指之後，以指尖拾起掉落在地板上的麵包屑，然後閉上眼品嚐。

安利希的工作不算體力活，晚上也睡得比較好，所以有時間可以恢復體力，他不再覺得那麼疲倦，警覺性也更高了，但還是一直餓肚子；飢餓折磨著他的胃，肌肉也經常因抽筋無法動彈。因此，每一點麵包屑都值得珍惜，不然就得等上漫長的七小時才能再次進食，午餐和晚餐時間分別是正午十二點和下午六點，分秒不差。

安利希在工作的房間裡席地吃睡，旁邊就是解剖桌，上面擺著屍體。甲醛的氣味掩蓋了屍體腐爛的臭味，讓安利希能吞下配給糧食而不覺得噁心想吐，弗萊舍醫生則在辦公室裡用餐，辦公室與工作室相連。安利希在喝蕪菁湯的同時，可以聞到從辦公室傳來食物的細緻香味。休息時間持續二十到三十分鐘不等，取決於當天納粹黨和埃爾曼．皮斯特派來的「工作量」；埃爾曼．皮斯特是布亨瓦德集中營的指揮官，弗萊舍醫生得聽他差遣。

「安利希！」

走廊傳來弗萊舍醫生的呼喊聲，接著是大門被使勁關上的聲響。弗萊舍醫生快步穿過工作室，手上拿著裝有咖啡的保溫瓶。

「時候到了，我要讓你看看我在這裡想完成的目標，跟我來。」

英國倫敦，梅費爾俱樂部
二〇一四年一月十八日，星期六，晚上九點

這半個小時以來，艾蕾克希都在和人握手擁抱，每個來賓都分享了和莉內雅有關的小趣事，大家又哭又笑，最後一飲香檳作結。今晚的氣氛輕鬆愉快，一如莉內雅的個性。

艾蕾克希忽然想到，也許這樣歡快的氣氛並不恰當，畢竟媒體報導提到莉內雅之死所涉及的暴力因素，儘管今晚大家似乎都忘了這件事。但真要說起來，只有彼得、阿勒芭、保羅

和艾蕾克希知道莉內雅實際上遭受的折磨。

艾蕾克希瞥見人群中的愛蜜莉，她中分未綁起的棕髮宛如披肩，一路從肩膀覆蓋到手肘，這位犯罪側寫師也換下平時的運動裝扮；今晚她換上了黑T恤和緊身牛仔褲，搭配綁帶短靴，一些人的目光被她嬌小緊實的身材吸引。

莉內雅的肖像掛在俱樂部牆上展示，愛蜜莉在其中一幅前方停了下來，艾蕾克希正準備過去找她，阿勒芭卻拿起麥克風，並示意要艾蕾克希加入。艾蕾克希只好邊道歉邊穿過人群到房間另一頭的鋼琴旁與阿勒芭會合。

愛蜜莉趁機溜到吧檯，找到一張空的高腳椅便坐下來。

愛蜜莉沒想到今晚會有這麼多人出席紀念會，原本還以為頂多三十位來賓，現在卻有一百多人等著聽阿勒芭．維達勒講話，這對她的任務完全沒有幫助。

愛蜜莉快速掃視在場的人，馬上認出了彼得．坦普頓，她在資料照片上看過。彼得．坦普頓眉頭深鎖站在一個男人旁邊，這人的手不停把紙巾撕成小條──保羅．維達勒，還有第三個男人，身材算高大，花白的頭髮配上難以捉摸的臉孔，是珠寶商理查．安賽姆。

短暫發言過後，阿勒芭和艾蕾克希加入了彼得等三人的小團體。愛蜜莉起身越過人群，有些遺憾皮爾斯沒一起來，畢竟同時要觀察四個人，她很可能會錯過許多細節。

「我是ＢＩＡ的愛蜜莉．洛伊。」愛蜜莉強而有力地說，同時伸出手和彼得握手。

百分之九十九的人根本不知道「ＢＩＡ」是什麼，但愛蜜莉極度權威的語氣通常能讓所有人噤聲。

彼得點了點頭，一邊用迷惘的眼神看著保羅，向他求助。

「坦普頓先生，我在調查你女朋友的案子，請節哀順變。」

「我們今晚是要紀念莉內雅，」保羅不滿地說，「不能明天再調查嗎？」

「維達勒先生，我不是來調查的，」愛蜜莉露出帶著歉意的微笑，「我只是過來致意。」

愛蜜莉看了艾蕾克希一眼，艾蕾克希往後站了一步，讓出空間給愛蜜莉。愛蜜莉還注意到安賽姆嘴角微微上揚，不過他趕緊握拳掩嘴咳嗽幾聲掩蓋過去。

「保羅，拜託過來一下。」阿勒芭拉住丈夫的手臂插嘴。

保羅立刻就轉身離開。

愛蜜莉本想繼續聊下去，手機卻在牛仔褲口袋裡震動了起來，是皮爾斯打來的。愛蜜莉向眾人告辭後接起電話。

英國倫敦，漢普斯特德荒野

二〇一四年一月十八日，星期六，晚上十點三十分

皮爾斯拉起藍白的塑膠警示線讓愛蜜莉出來。

「妳覺得他是在趕時間，還是被打擾了？」

愛蜜莉脫掉面罩、防護帽和乳膠手套，但是眼睛沒離開過小男孩，他的屍體直接被放在泥濘地上。

這一次，凶手並未掩埋受害者。

「我覺得他變大膽了。」

愛蜜莉脫掉連身防護服，捲成一團之後扔進身旁的垃圾桶裡，接著環顧四周。

這名連環殺手棄屍在倫敦的第三個墓地，這裡現在擠滿了警察和鑑識人員，發現屍體的青少年站在離他們約十公尺外的地方等著；這些青少年一開始還以為是惡作劇，所以破壞了犯罪現場，地上還散落著他們的腳印，等到確定是屍體之後，他們還吐了一地。

「這裡人太多了。」

「我知道，愛蜜莉。」

皮爾斯閉上眼睛，捏了捏鼻梁。

「而且人只會越來越多，發現屍體的那群年輕人裡，有蓋瑞・普拉梅克的女兒。」

愛蜜莉皺起眉頭。

「就是ＩＴＶ那個晨間節目的主持人，這裡擠滿記者是遲早的事。最糟糕的是哈特格魯夫馬上就要到了，他說要見妳。」

「應該要派人看守這三處棄屍地。」

「我們已經這麼做了，每個現場都派人看著，他們從三個禮拜前就躲在樹叢裡監視，可是凶手沒有出現。」

「他回來過，是你的手下沒發現。」

愛蜜莉蹲下打開背包，從裡面拿出一瓶水，一口氣就喝了半罐。

「ＢＩＡ的愛蜜莉．洛伊嗎？」

愛蜜莉抬起頭，利蘭．哈特格魯夫站在她面前，哈特格魯夫身著平整硬挺的制服，他是倫敦警察廳的新廳長。

「廳長先生。」皮爾斯邊說，邊和哈特格魯夫握手。

愛蜜莉起了身也照做。

「《衛報》和《每日郵報》的記者已經聯絡我了，有媒體介入，情況會變得更複雜，妳的調查有什麼進展呢，洛伊小姐？」

「你沒讀我的報告嗎？」

哈特格魯夫睜大了眼，皮爾斯也因吃驚而張大了嘴。

「沒有，我都忙著看《太陽報》第三版[21]。」哈特格魯夫回答，語氣意外平靜，「所以妳的調查有進展了嗎？」

「沒有。」

皮爾斯狠狠瞪了愛蜜莉一眼，她視若無睹。

哈特格魯夫點點頭，嘴角泛起一絲微笑。

「妳認為是同一個人做的嗎？」

21《太陽報》是英國的通俗小報，每天都會在第三版刊登年輕女性的清涼照片。

「倫敦的三起案子應該是。」

「妳認為殺莉內雅．比利克斯的凶手另有其人？」

「我不知道。」

「妳認為殺手有兩個人？」

「我有很多理論，可是到目前為止，能確定的部分很少。」

皮爾斯又緊張地看了哈特格魯夫一眼。

「洛伊小姐，請妳分享妳的理論和已確認的部分。」

愛蜜莉直視新廳長的眼睛，說：「倫敦這名凶手是年約三十五到四十五歲的男性，身材健壯，條理分明，謹慎細心。」

「這些妳都寫在報告裡了——」

「這些謀殺案的細膩程度，也就是凶手細心鎖定和獵捕的目標、他用來毀屍的工具、屍體上精準的切口、切除氣管，屍體也經過仔細清理，上面幾乎找不到凶手的痕跡，在在顯示出凶手經驗老到，在這方面已經是專家，應該做這件事好一陣子了。切除氣管證明了這點，他折磨人、殺人已經很長一段時間，再也沒辦法忍受受害者痛苦恐懼的喊叫。倫敦這些受害者是他首度曝光與其他人分享的『作品』，他很驕傲，而且越來越自大，犯案頻率也會增加。瑞典出現的下一個受害者能帶來更多凶手、或凶手們的資訊。」

「為什麼是瑞典？」

「因為一切都是從那裡開始的。」

愛蜜莉背包一甩，在肩上背好之後就往樹林裡走去。

哈特格魯夫微笑著搖了搖頭，接著友善地拍了拍皮爾斯的背。

「皮爾斯，我不知道這麼多年來你有什麼感覺，可是她只花五分鐘就大挫我的男子氣概。加油吧，有消息隨時回報我。」

英國倫敦，新蘇格蘭場

二〇一四年一月十九日，早上九點

皮爾斯在電梯裡打了個大哈欠，他前一晚沒怎麼睡，凌晨一點半才回到家，早上五點又被熱心的新人吵醒，新人是為了調查而緊急招聘的人手。皮爾斯沖過澡、套上西裝後就跳上計程車，六點之前回到了警局，他前一天晚上待到九點半才離開，出了警局又前往漢普斯特德荒野，因為倫敦出現了第三名受害者，發現者是一群青少年，他們全都喝得醉醺醺的。

皮爾斯穿過空無一人的走廊進辦公室裡拿文件，眼睛對上了貼滿牆面的照片，這些影像呈現出的恐怖暴行折磨著他的靈魂。

皮爾斯把三份文件疊在一起，拿好了就快步走出辦公室。

他覺得自己像在和九頭蛇作戰——每次才把殺人犯關進牢裡，更凶殘暴力的凶手又隨即出現。

皮爾斯下樓穿過走廊之後，在偵訊室前和愛蜜莉會合。皮爾斯開門讓愛蜜莉先進去，他跟在後面。

理查・安賽姆翹腳坐在偵訊室裡等著，他身穿灰色粗呢西裝搭配深藍色領帶，眼睛直直盯著牆面，像在欣賞名畫。

「安賽姆先生，這位是洛伊小姐，我是偵緝高級督察傑克・皮爾斯。」

「我認識洛伊小姐，我們昨晚見過面。」

安賽姆帶著微笑，意有所指地說。

「洛伊小姐，『ＢＩＡ』代表什麼呢？」

「行為科學調查分析師（Behavioural Investigative Advisor），也就是犯罪側寫師。」愛蜜莉義正辭嚴地回答。

安賽姆點點頭表示理解，臉上仍然掛著笑容。

「安賽姆先生，」皮爾斯接著說，「我們在倫敦到哥德堡的航客名單上發現了你的名字，搭機日期就在莉內雅・比利克斯被謀殺前幾天。」

安賽姆文風不動，看起來還是非常放鬆，這樣輕鬆的態度甚至有點挑釁，但安賽姆保持沉默。

「可以告訴我們你到瑞典的原因嗎？」

「公事。」

「你在瑞典的時候有和莉內雅・比利克斯見面嗎？」

「當然有。」

「什麼時候？」

「我不記得確切日期了，這要問我的祕書寶拉。」

「大概是什麼時候？」

「我到瑞典之後兩、三天吧。」

「所以應該是她遇害那天。」皮爾斯帶點挑釁地補充。

「這我怎麼會知道？」安賽姆生硬地回答，接著抿了抿嘴。

「你們見面的時候做了什麼？」

「我們參加了一場晚宴。」

愛蜜莉皺了皺眉頭，艾蕾克希不是說莉內雅每次去瑞典，都像是去「隱居」？

「在哪裡？」

「哥德堡，但我不記得那個地方的名字了。」

「是哪種類型的晚宴？」

「有雞尾酒、小西點，還有漂亮女孩的那種。」

「在某戶人家舉行的？」

「不是，在俱樂部裡。」

「你們後來一起離開嗎？」

「沒有，我比她早走，我隔天要搭飛機去柏林。」

「你是幾點離開俱樂部的？」

「我真的不知道，應該是午夜過後。」

「有人能證實你說的話嗎？」

安賽姆舔了舔嘴唇。

「我沒有名字可以提供給你。」

「你最後一次看到莉內雅是幾點？」

「我還真是不曉得，比起看手錶，我有很多事要做。」

「你們那天沒有發生意外或爭執之類的事嗎？」

「就我所知沒有。」

「安賽姆先生，你很常去瑞典嗎？」

「有時候會去。」

「你都去哪裡？哥德堡？斯德哥爾摩？」

「基本上到處去。」

「這是你第一次在瑞典和莉內雅見面嗎？」

「不是，只要我們兩個都在瑞典，通常會安排見面。」

「你們見面都做些什麼？」

「吃晚飯、出去玩。」

「在法爾肯貝里嗎？」

「不是，我們每次都約在哥德堡。」

「你去過她在法爾肯貝里的家嗎？」

「從來沒去過。」

「你是她的情人嗎？」

安賽姆放聲大笑，接著又調整了一下領帶。

「我倒希望是。」

「安賽姆先生，你最後一次看到她是什麼時候？」

「就是那天晚上。」

「你們最後說了什麼？」

「離開前，我祝她玩得開心。」

「她那天晚上心情怎麼樣？」

「看起來很好、很有活力。」

愛蜜莉注意到安賽姆眼神中帶有一絲興味。

「安賽姆先生，最後一個問題——」

皮爾斯低頭看資料。

這時有人敲門，開門進來的人是一名金髮男子，頭髮剪得很短，皮爾斯立刻噤聲，愛蜜莉的眼神沒有離開過安賽姆。

「杜倫，什麼事？」

「長官，羅根．曼菲爾德的母親已經到了。」

理查．安賽姆整了整襯衫的領子，又理了理原本已經完美無缺的西裝外套。

「知道了，謝謝你，杜倫。」

「安賽姆先生，我請督察員安德魯．杜倫接手，他會再問你幾個問題，這樣我們才能建立起莉內雅．比利克斯死前的行蹤，謝謝你今天跑一趟。」

「『ＢＩＡ』洛伊小姐、皮爾斯偵緝高級督察，這是我的榮幸。」安賽姆語帶諷刺地回答。

德國布亨瓦德集中營

一九四五年二月

安利希夢到點名的慘況而驚醒。晚餐前的點名是最糟的，比起勞動，有些囚犯甚至更害怕點名，儘管工作一整天十分累人，晚點名期間卻是死最多人的時候。

午餐時，弗萊舍醫生對安利希敘述了前一天的情形，點名從一早開始持續了十九個小時，整整十九個小時！因為少了三名囚犯，黨衛軍輪流重數人頭，到了晚上，溫度下降到零下七度。

安利希知道他這些前囚友一定凍壞了，他們根本沒有任何取暖的方法來恢復凍僵的四肢，而且點名時還得直挺挺站好，不然靴子或橡膠棍就會衝著頭來，一旦遇到下雨或下雪，必定全身溼透，那溼冷甚至會滲到骨子裡去。一些營房裡沒有火爐，就算撐到點名結束，囚犯也沒辦法弄乾衣服，隔天得繼續穿著溼冷的衣服。身體狀況差的囚犯就算在地獄式點名時沒有倒下，之後也可能染上肺炎等死。

自從來到四十六號樓，安利希不必再參加每天兩次的點名，弗萊舍醫生免除了他參與點名的義務。

弗萊舍醫生每天都會簽名證明安利希在他身旁，漢斯再負責把這份文件交給指揮官。安利希把身上的兩件毯子推到一邊，穿上衣服，從水管裡接了一點水喝，之後就上工。弗萊舍醫生選擇安利希當研究助理之後，安利希的囚犯生涯就此改變，他已經脫離了剛到集中營時生不如死的狀態，不再聽天由命，只為了活到明天苦苦掙扎，安利希正在進行偉大的事，這件事比他從前做過的事都要了不起。

幾個月前，弗萊舍醫生把安利希叫去連接他辦公室的小房間，安利希在那裡看到的景象讓他目瞪口呆；安利希過去不知道聽過多少次，納粹所謂的醫生都是招搖撞騙，連聽診器都不會用……安利希告訴弗萊舍醫生，他認為醫生從事的研究會改變世界，並一再說自己非常榮幸能獲選協助這項任務。安利希的話深深感動了弗萊舍，他從醫生眼裡看得出來，醫生甚至還對他微微一笑，並且友善地拍了拍他的肩膀。

「安利希，早啊。」

弗萊舍醫生把盛裝咖啡的兩個保溫瓶和塗了奶油的小麵包放在餐桌上，餐桌是他們後來搬進來的，就放在解剖桌旁邊。

「早安，霍斯特。」

他們各自倒了一杯咖啡，接著去查看保存屍體的房間。醫生向安利希解釋只用兒童屍體的原因：他們的器官和組織都處於完美的狀態，除此之外，這些孩子也值得永恆不朽。

安利希跟著醫生進行早晨例行視察，在二十多分鐘的時間裡，他們一邊檢視屍體，一邊記錄失敗和需改進的部分，在這之後他們會狼吞虎嚥地吃完早餐，然後繼續工作。

「你考慮過我的提議了嗎？」安利希問，眼睛仍然直盯著正在解剖的大腿。

弗萊舍醫生要求安利希直接用名字叫他，但安利希還是不太習慣。

「哪一項提議？」

「就是讓我那些醫學院朋友也加入的提議。」

「就是教你北歐語的挪威人嗎？替你未來在瑞典的新生活準備的那些人？」弗萊舍醫生訕笑，「有啊，我考慮過了，覺得這不是好主意，為什麼還要讓他們加入研究呢？我們兩個現在就合作得很好了，也很有進步，人越多只會讓事情越複雜，而且我不想冒險，他們有可能會拿我們的研究成果去和丁——舒勒或埃倫貝克談條件。」

醫生說的有道理，安利希想，他們最好還是小心行事，信任別人的確太冒險了。

安利希點點頭表示同意，這時福馬林泵忽然運轉不順暢，發出的隆隆聲像是沒上油的引擎，安利希放下解剖刀查看，先是確認接在孩童主動脈的管子沒問題，然後檢查動力供應系統，他關上開關，等了幾秒之後重新開啟，雜音就消失了。

安利希穿過房間，一路走到火化爐旁設置的水槽，確認過另外兩個福馬林泵沒問題之後，安利希很快看了一眼浸在水槽裡的屍體，接著就回到原本解剖的屍體旁。

中午時分，廚房小差史坦送來午餐，安利希和弗萊舍醫生便放下解剖刀。他們在辦公室坐好，默默地吃起鑲餡雞肉。

弗萊舍醫生第一次邀請安利希一起用餐的時候，他們分食醫生餐盤裡的食物，醫生叫安利希帶著碗來，他在安利希的碗裡盛滿奶油焗烤馬鈴薯，安利希到現在都還記得那滋味；他閉上眼睛，讓沾滿奶油的馬鈴薯在嘴裡融化，感受味蕾奔騰。

幾分鐘之後，安利希把剛吃下肚的食物全吐了出來，他的胃已經不習慣吸收食物，也不適應這麼豐盛濃郁的菜餚。安利希得漸進增加食物的分量，三個禮拜後，史坦開始送來兩份等量的餐食：兩份前菜、兩份主菜和兩份甜點。

弗萊舍醫生打破沉默。

「格羅斯—羅森集中營解放了。」

「就在奧斯威辛集中營解放兩個禮拜後。」安利希滿嘴食物強調。

「埃爾曼．皮斯特昨晚在緊急會議上狂吼，安利希，在我們被趕出這裡之前，一定要把事情做完。」

弗萊舍醫生把信件推到一邊，然後把雞肉吃完，安利希點點頭，只是一個勁地低頭吃飯。

午餐就在不尋常的沉默中結束，史坦把碗盤收走，回收了剩下的雞肉，在回廚房的路上狼吞虎嚥地吃掉。

醫生和安利希重新展開下午的工作，氣氛雖然沉悶，工作卻很有效率——他們解剖完一具新屍體。

狄奧多端著晚餐來的時候，他們剛開始清理另一具屍體，狄奧多故意忽略安利希，直接去準備餐具。

自從安利希和醫生開始一起用餐，狄奧多就總是用帶著敵意的眼神看安利希，而且再也不和安利希說話。這孩子又怎麼能明白呢？

狄奧多不會懂的，醫生對安利希的信任是讓安利希得以活下去的理由。

英國倫敦，基爾伯恩

二〇一四年一月十九日，星期天，上午十一點

倫敦連續下了幾天的雨，彷彿要報復前幾天的好天氣，彈珠般的雨滴在擋風玻璃上彈裂開來，逼得車子不得不緩慢前行。

坐在副駕駛座的愛蜜莉想著安賽姆和他那佯裝輕鬆的態度，杜倫會打斷偵訊其實是皮爾斯策畫的，他想觀察安賽姆聽到第三位受害者名字的時候，會出現什麼反應；安賽姆果然不太自在，花了一點力氣才恢復原有的姿態，只是愛蜜莉還不曉得該怎麼解釋他的表現。現在唯一確定的就是：安賽姆覺得這整個流程很有趣。

皮爾斯打破沉默，眼睛仍直盯著前方，說：「我們離開之前，我和貝斯壯說了，他明天就派人去哥德堡確認安賽姆的口供。」

愛蜜莉點點頭表示認同，莉內雅跑去哥德堡到底做了什麼，她也等不及想知道更多。

皮爾斯往左轉，根據GPS機械式的聲音，他們已經到達目的地了。皮爾斯在四十三號前面停車，那是小羅根．曼菲爾德的家，七歲的他和母親就住在這裡。

一名穿著制服的年輕女子替皮爾斯和愛蜜莉開了門。

「長官好，洛伊小姐，妳好。」

「布洛斯，鑑識人員還在裡面嗎？」

「他們半個小時前離開了。」

「有什麼發現？」

「報告長官，沒有強行入侵的跡象，不過兩扇拉窗的窗鎖壞了，所以可以從外面打開，加上公寓在一樓，外人能輕易跨過窗戶進到屋內。屋內有很多指紋，但鑑識人員說指紋數量太多了，反而無助於案情，屋外則是什麼也找不到。」

皮爾斯心想凶手到目前一直都很謹慎仔細，實在很難想像他這次是徒手帶走小羅根。

「長官，屋子裡到處都殘留有古柯鹼，這可憐的孩子根本是住在豬圈裡。有人想要小孩卻生不出來，有小孩的人居然這樣對待孩子……」

「布洛斯，我沒問妳的意見。」

「抱歉，長官，我……」

「曼菲爾德女士在哪裡？」

「和心理學家在房間裡，就在那邊。」

布洛斯指了指他們右邊的那扇門。

皮爾斯很快敲了兩下門就走進房間裡，愛蜜莉跟在他身後，才進去就聞到揮之不去的嗆鼻菸味。凱蒂．曼菲爾德最多不會超過二十五歲，她雙腳交叉盤坐在床上，偌大的床占據了整個房間，凱蒂抬起頭來，無精打采地看著兩位訪客。

「曼菲爾德女士妳好，我是傑克．皮爾斯，我們今天早上通過電話——」

凱蒂默不作聲點了點頭，她在毛衣外面又套了一件厚厚的浴袍，這時就只是不停拉扯著浴袍的下襬。

「這位是我的同事愛蜜莉．洛伊，我們可以和妳聊一下嗎？」

凱蒂再次點點頭。

心理學家走出房間，順手帶上了房門。

「我什麼時候才能見羅根？」凱蒂用哽咽的聲音問。

愛蜜莉對凱蒂微笑，笑容裡充滿了同情。

「很快就可以了，凱蒂，我可以坐下嗎？」愛蜜莉指了指床。

凱蒂同意了。

愛蜜莉在床緣坐下，和凱蒂一般高，這樣能讓凱蒂．曼菲爾德更容易信任她。

「凱蒂，妳能和我聊聊羅根嗎？他是怎樣的孩子？」

凱蒂一聽，下巴就開始顫抖，她吸了吸鼻子，接著又抿緊嘴唇，力道大到讓整個嘴巴都發皺了。

「他在我旁邊就是不斷闖禍，摔破盤子、杯子，燒壞鍋子，還會尿褲子，但老師說他在學校裡很害羞，不愛說話，我很希望他在家裡也能這樣，而不是把家裡搞得像戰場一樣！」

「凱蒂，能不能告訴我，妳發現羅根不見的時候是什麼情況呢？」

「那時週末剛過，我不記得是星期一還是星期二了，警方知道，他們可以確認。我都在晚上工作，又沒人替我看著羅根，所以他一個人在家，這我也沒辦法……」

「獨力撫養小孩真的很辛苦，妳已經盡力了，凱蒂，這點我很確定。」

皮爾斯不禁想，為什麼在問話的時候，愛蜜莉都能說出人們想聽的話，讓所有人信任她，但現實生活卻完全做不到這點？

「其實……如果有丈夫或我母親在身邊，或是有個好工作，一切會簡單得多……但我沒有人能依靠，而且我什麼都不會，除了……」凱蒂的目光掃過床，她點燃一根菸，急切地吸了幾口。

「妳幾點出門工作？」

「晚上十點或十一點吧，羅根那時在看電視，等我凌晨回到家，大概……我不記得了，四點多吧，我在沙發上睡著了，而且比平常更晚醒來，早上十點左右。

因為那個時間他通常都在學校，我也沒有多想，等到放學了他沒回家，我是說到五點了，他一直沒出現。」

皮爾斯和愛蜜莉知道警方在客廳裡找到了羅根的書包，這表示他是在晚上十點到凌晨四點之間，從家裡被綁走的，但是和孩子的母親再確認過當天的時間序，也許能找出重要的線索。

「我在附近走了一圈，因為有時候他會在街底的廣場上玩，我已經和他說過幾百遍了，放學就直接回家，但他從來不聽我的話，每次想做什麼就做什麼，他就是這樣，我跟你們說啦，這小孩很不好搞。」

凱蒂把菸擰熄在菸灰缸裡，裡面滿是菸蒂，菸灰缸就放在一張凳子上，凱蒂把凳子拿來當作床頭櫃使用。

「總之，他也不在廣場，我後來一直等，等到晚上八點左右，然後就打電話報警。」

凱蒂的下唇再次顫抖起來，她繼續說，聲音因哭泣而嘶啞。

「我一直覺得他一定是做了蠢事，怕被我罵所以不敢回家。」

眼淚落在臉頰上，凱蒂生氣地抹掉。

「他之前有沒有跟妳說交了新朋友？還是學校裡來了新老師？」

「沒有，他唯一會說到的朋友是小金，他們是同學。」

「妳見過小金嗎？」

「見過，他不知道是中國人還是日本人，反正就是個亞裔的。他們兩人從一年級就是好朋友。」

愛蜜莉和皮爾斯向凱蒂道謝之後就走出房間，他們離開公寓時，皮爾斯示意布洛斯靠近。

「打電話到羅根・曼菲爾德的學校，查出『小金』的全名和住址，他是羅根的同班同學。去找他問話，問羅根有沒有說過最近遇到的人，不管是一起玩的新朋友，還是新鄰居等等，都要問清楚。」

「知道了，長官。」

現場還有另外兩名警員，以及負責陪著凱蒂・曼菲爾德的心理學家，皮爾斯又和他們都說了幾句話，才走到車子旁邊和愛蜜莉會合。

愛蜜莉的臉轉向車窗，一路上不發一語，皮爾斯知道她在想什麼——布洛斯剛才說的那番話——其實也很有可能從愛蜜莉嘴裡說出來：「有人想要小孩卻生不出來，有小孩的人居然這樣對待孩子……」老天做事真是不公平啊。

愛蜜莉想著倫敦這三名受害者：安迪・彌多班克斯、柯爾・哈利威爾、羅根・曼菲爾德，三個介於六到八歲的小男孩，都住在城北邊，來自單親家庭，不受重視又被虐待，他們身上的瘀青和傷痕證實了這點，還有生活環境不佳和營養不良的問題。

羅根的死讓愛蜜莉的臆測轉為明確，這就是「三的法則」吧——出現兩個類似的受害者還能說是巧合，出現第三個的話，就是有計畫地行事了。

英國倫敦，梅費爾

二〇一四年一月十九日，星期天，正午十二點

艾蕾克希機械式地沿著公爵街往下走。

因為按捺不住好奇心，她打了電話給愛蜜莉，想知道前一天晚上愛蜜莉匆忙離開紀念晚會的理由，愛蜜莉也直說了：又發生了一起謀殺案，男孩謀殺案。

艾蕾克希沒料到媒體這麼快就取得消息，現在電視上每一臺都能看到羅根母親的身影，不過還沒有記者把莉內雅的死和倫敦的謀殺案串起來。

凶手這次沒有掩埋受害者，而是直接棄屍，艾蕾克希知道作案手法的改變代表了什麼——凶手變得更大膽、對自己更有自信，他覺得自己已經精通了這門「藝術」，下一具屍體應該很快就會出現。

手機在艾蕾克希的皮包裡震動，是母親打來的，艾蕾克希完全忘了要打電話給父母報告近況。

「喂，媽。」

「艾蕾克希！我擔心死了，妳只有在機場傳簡訊說妳到了，後面就沒消沒息！妳還好嗎？有沒有吃飯？要不要我們去看妳？」

「不用啦，媽，妳很貼心，不過我沒事。」

「妳在外面嗎？我聽到街上的聲音……」

「對，我在市中心，要去和一個男的朋友吃飯。」

艾蕾克希暗暗咒罵自己，她說太多了。

「男的朋友？是誰？」

「他是瑞典人，剛好經過倫敦。」

「他叫什麼名字？妳在哪裡認識的？」

「是莉內雅的朋友，叫施泰倫。」

「妳說史黛拉嗎？和那個啤酒品牌一樣？」

「媽，是施泰倫啦，最後一個字是『倫』，這是瑞典名字。」

「好啦，真是謝謝妳，現在我聽懂了。」

電話的另一頭傳來一陣沉默，這通常不是什麼好現象。

「媽？」

「我就知道，我就知道，我就知道會有這麼一天……」

「媽，妳在說什麼？」

「妳又要跑去更遠的地方了！現在是怎麼樣，隔一個海峽還不夠遠嗎？妳還要跑到幾千里外更北邊的地方去定居！」

「媽！妳到底在說什麼？」

「是妳說要和一個『男性』朋友吃飯的，我知道那是什麼意思，就像妳爸說的，妳『適應力超強』，這很明顯嘛，到時候又是妳過去住，不會是他過來，沒有爸媽在身邊幫忙，要自己養孩子很不容易啊，艾蕾克希，這我可是過來人……」

「媽，拜託，妳不要自己嚇自己，說真的，完全不像妳說的要到『更北的地方』生活。好了，我快到了，我要掛了，幫我跟爸問好。」

艾蕾克希掛斷電話之後，深深嘆了一口氣。

從她進入青春期到現在，這齣「戲碼」就一直沒變過：只要艾蕾克希提到男性的名字，母親就會自動替她規畫未來二十年的生活；或者說，二十年明明這麼漫長又混亂，母親卻能把期間所有可能發生的問題都列舉出來。

十八歲的時候，艾蕾克希曾經對著母親發飆過幾次，指責她這些無稽之談，當時的情景還歷歷在目；艾蕾克希不但甩門，話也不經大腦就衝口而出，後來和解時也非常痛苦。

現在艾蕾克希總是試著避免爭執，盡量安撫母親，等哪天母親不在人世了，艾蕾克希應該會滿懷溫情地想起這些荒謬的言談；年近四十的確也讓她明理了不少。

艾蕾克希越過格羅夫納廣場，然後在南奧德麗街左轉。

上次見到施泰倫是在一場「家庭聚餐」，蕾娜．貝斯壯是這麼稱呼那頓晚餐的，雖然完全出乎意料，整頓飯吃下來卻非常愉快，能和貝斯壯—埃克倫一家共度輕鬆的幾個小時，艾蕾克希對此心存感激。艾蕾克希得知貝斯壯夫婦有兩個兒子，分別是二十和二十二歲，都在海外念大學——老大在倫敦，老二在馬德里。他們也問了艾蕾克希許多關於工作的問題，於是她打破人們對「作家」的夢幻想像，一般人以為作家是成天等著靈感如電光石火般忽然降臨，經常徹夜不眠創作，只為了在繆思女神逃跑前極力趕工……艾蕾克希的日常生活則和大眾的認知相反，而且完全無法和光鮮亮麗的凱莉．布雷蕭[22]相提並論；艾蕾克希不會穿著性感睡衣躺在床上寫作，同時優雅地抽著菸，也不會把工作穿插在逛街或和閨密講電話的行程之間。現實完全不是如此，儘管艾蕾克希也很希望過上這種生活。

艾蕾克希走進34餐廳，一眼就看見施泰倫坐在最裡面的位置，他正在講電話。施泰倫掛上電話，起身迎接艾蕾克希，依照瑞典傳統擁抱她；艾蕾克希享受著這樣的親密接觸，分開時還有點不情願。

他們坐下來之後，聊的是再也尋常不過的話題，像是倫敦灰濛濛的天氣之類的，這是為了給彼此時間，讓兩人能找回之前的默契。

他們一邊品嚐南瓜濃湯，一邊聊起施泰倫到倫敦處理的案子，一位在斯德哥爾摩的客人請他翻新公寓，公寓位在騎士橋旁，這是公司第一個海外的案子。

「和姊姊一起工作不會很奇怪嗎？」艾蕾克希慧詰地微笑問，接著又吃了一口美味的和牛里肌肉排。

「我們相處得非常融洽，蕾娜極有耐心，遇到我固執己見的時候，她知道要怎麼應付我。」

「你們合夥多久了？」

「其實我們是接手父親的生意，他和合夥人什麼事都一起做，不管是磚砌還是水電工

22 美國電視影集《慾望城市》（Sex and the City）中的女主角，虛構人物，在劇中飾演報紙專欄作家。

程。蕾娜後來成了建築師，我爸最欣慰的就是蕾娜一手接下家庭企業，二十年後我也加入行列。」

「那你在這裡面扮演什麼角色呢？」

「我是老闆啊！」施泰倫誇張地拍著胸脯，開玩笑說，「我負責找案子、規畫工程、管理不同專業的師傅……」

「可是你怎麼能從警察一下就變成房產開發商？」

施泰倫的眼神中閃過一絲憂傷。

艾蕾克希又暗暗咒罵自己，施泰倫沉默的這幾秒對她來說像是持續了一輩子。

「我想最誠實的解釋就是我一直無法釋懷搭檔的死。」

「施泰倫，我真的很抱歉，你不想的話可以不用談這些。」

施泰倫揮了揮手，從身體流露出內心的哀傷。

「別道歉，這件事發生至今也過了好一陣子，我應該要平心靜氣坦然討論才對。」

他向後靠，喝了一大口水，神情茫然，彷彿想把飄散的思緒集中起來。

「我的搭檔、他太太和兩個女兒全在我面前被殺死。」

施泰倫對艾蕾克斯吐露的實情有如一記耳光，狠狠地打在她臉上。

「這之後我就再也沒辦法做原本的工作了。」

施泰倫再次停頓。

「每年暑假我都會幫父親做點小活兒，算帳、跑客戶什麼的，蕾娜全看在眼裡，是她提議要我加入公司的。我在事情發生之後，還回警局裡待了一陣子，週末和假日就幫忙蕾娜和我父親。一年半以後，我就辭掉了警察的工作。」

嗡嗡的聲響掩蓋了施泰倫的最後一句話，就像要從惡夢中驚醒前一樣，他們兩人幾秒後才意識過來，原來是艾蕾克希的手機在震動。她原本想直接按掉，看到是愛蜜莉打來的就立刻改變主意。

她們的對話時間最多沒有超過十秒鐘。

艾蕾克希掛斷電話，向施泰倫道過歉後就像個小偷一樣匆忙離開餐廳，徒留施泰倫和他悲傷的記憶獨處。

但艾蕾克希實在別無選擇。

二〇一四年一月十九日，星期天

到處都有人在談論他——不管是報紙、電視還是廣播，三家日報把頭版都留給了他，他們還沒幫他取名字，可是他存在著，成千上萬人討論的主題都是他。

他的身體忽然因為興奮而顫抖。和全世界分享他們的傑作……他從來沒把這個可能性當成目標，為什麼呢？因為「另一個人」迫使他無知，「另一個人」強迫他只去看真相特定的一面，只看他人格裡唯一的一面，也就是鏡中反映出的那一面。

如果他能早點知道……如果知道這些廣告能帶給他多大的快樂，他能吸引多少注意力，他早就把自己從束縛之中解放了，那麼一來，這快樂該比現在更多上十倍。

另一天晚上，在漢普斯特德荒野，就在發現艾蕾克希．卡斯泰勒的時候，他驚覺自己從來沒有、完全沒有感到這麼興奮、激動過。

於是他自問為什麼要想盡辦法隱藏成就，應該要展現出來才對啊！應該展露，而非遮掩！他終於懂了，他的小王子和荊棘冠都不需要墓地。

現在唯一的問題就是「另一個人」一定會很生氣，因為對「另一個人」來說，保有隱私才是最重要的。

「另一個人」不覺得應該要展示完成的作品，也不需要分享，他從獵捕和改造之中就能獲得快感，殺戮只是枯燥的手段，好進入最後階段；對「另一個人」而言，殺人只是一種手法。

然而對他來說，殺人是為了終結。

瑞典法爾肯貝里

一九四五年四月

安利希拉緊身上的大衣，那是紅十字會發的。這裡的春天和冬天一樣，大地都受到冰吻，萬物彷彿在漫長的冬眠之後初醒，樹梢仍是光禿一片，地上覆蓋的冰霜似乎永不消融。

今年特別寒冷，咖啡館的女店員特意對安利希說，像是要說服當時正在吃早餐的他。很快就會有機會確認女店員是否天生太樂觀了，安利希吞下肉桂小麵包時這麼想著。

才來到海邊，安利希就馬上忘了天氣有多麼變化無常，這海灘真美，比他和父母去過的那海灘還美，他還小的時候，父母帶他去過海邊一次。這野性之美出乎意料，海濱堆疊的圓形岩石就像沉睡巨人的大肚腩。

安利希穿著過大的軍鞋在海灘上探險，鞋帶還繞在腳踝上，接著坐了下來，學浪漫的人聽海浪拍打海岸的聲音；這永無止境的單調忽然讓安利希感到一陣焦慮，於是起身一路走到燈塔，那是他稍早發現的，再往北一點的海岸上有座燈塔。女店員剛提到了供膳寄宿處，待會他就要往那邊去，安利希計畫在那裡待一陣子，找到工作能獨立生活之後，再找房子住。

他眨了眨眼，機關槍達達的聲音還在耳邊迴盪。一切的瘋狂始於四月七日，布亨瓦德集中營的指揮官埃爾曼．皮斯特為了避免囚犯落入敵人手裡，要求兩百名黨衛軍疏散營區裡一萬四千名監犯。大家都知道所謂「疏散」代表了什麼意思——死亡，不管是在路上還是在車隊裡，悶死、渴死、餓死、累死，或被黨衛軍打死。因此，囚犯都盡量躲起來，這激發了黨衛軍不滿，他們還是想辦法湊齊了六千人。四月八日，瓦爾德克和皮爾蒙特親王世子約西亞斯親臨集中營，他是武裝黨衛隊將軍，要來教訓指揮官皮斯特。後來有一萬人被帶走，只剩下最後兩萬人要「處理」。

然後到了四月十一日星期三，一切都變了樣。抵抗軍事先在五十號樓裡藏好大量武器，就在地下煤窖的假隔層後面，數量之多可說是名副其實的火藥庫，安利希是後來才從兩名德國生還者口中得知這件事；他唯一知道的是約有一百名囚犯全副武裝，占領了納粹指揮處和兵營，黨衛軍驚慌竄逃，完全被這波進攻嚇壞了，還順勢丟棄衝鋒槍好跑快一點。漢斯來告知他們的時候上氣不接下氣，因恐懼而全身發抖，後來沒有多解釋就消失了，只聽到遠方傳來強烈的爆炸聲，一切發生得太快，安利希很難記得整件事正確的先後順序，他對解放他的美國大兵是這麼說的，弗萊舍醫生死了，腦袋被鏟子不停敲打裂成碎片。

「是你殺死他的嗎？」

「不是，」安利希急忙回答，「是另一個囚犯殺死他的。」

安利希說的是實話，可是他一開始怎麼沒想到呢，囚犯殺死納粹是再正常也不過的事了。

安利希搭上國際紅十字會的卡車前往拉文斯布呂克集中營，他們在那裡接到女囚之後，就要全數先帶往瑞士的中轉站。

安利希脫下殘破不堪、骯髒腐臭的舊衣服，換上溫暖的衣物和鞋襪，然後搭上載了拉文斯布呂克集中營女囚的車就往瑞典去。

瑞典永遠不可能成為安利希的祖國，但是他會讓瑞典成為他的家鄉。

安利希沿著燈塔走了一圈，然後往回走，回程中疲倦地盯著腳下混雜著泥沙的土地，他把霍斯特．弗萊舍留在血泊之中，讓他像條狗一樣死去。

突然間，安利希狂吼了一聲，叫喊卻被狂風吞沒。他的所作所為根本就是懦夫，當初應該要留下來的，應該要有勇氣捍衛他的計畫，也許有人會因為他們的研究成果而願意聽他說。弗萊舍醫生不該是受害者，他應該要像英雄般死去；實驗室也應該是他迎向榮耀的跳板，而非葬身之地。

安利希的右手開始顫抖，他用力張開五指伸展，試圖放鬆肌肉，自離開集中營以來，他的手就一直這樣抖個不停，渴望如同口乾般迫切難耐，彷彿他整個人都被榨乾了。安利希想念研究工作，想念四十六號樓。他想聞到甲醛的味道，想讓手術刀在柔軟的皮膚上滑動，就像弗萊舍醫生說的那樣——留下永恆。

安利希停下腳步，風磨蹭著他的背、腿、臉，彷彿是要懲罰這樣的想法，他開始哭了起來。

安利希為了進入德國布亨瓦德集中營的自己而哭，因為他再也出不來了。他為了自己現在所轉變的模樣哭泣。

瑞典隆斯基爾

二〇一四年一月二十日，星期一，上午九點

愛蜜莉的眼光掃過白雪覆蓋的森林，樹木互相緊靠，高聳直入雲霄，彷彿要衝破雲層；在有如頂篷的樹蔭遮蔽下，光線難以穿透，使得這趟早晨探視更顯得晦暗淒涼。

前一天從凱蒂．曼菲爾德的公寓離開之後，皮爾斯接到了貝斯壯的來電，他們發現一具男孩屍體，陳屍地點在隆斯基爾森林，隆斯基爾位於法爾肯貝里北方一百六十公尺處；受害者的眼球被挖出、氣管被切除、左手臂上刻了字母「Y」，愛蜜莉和皮爾斯聽完立刻搭上前往哥德堡的飛機。

貝斯壯一個小時前把他們載到犯罪現場，湯瑪士．尼爾森的屍體已經被運走了，但樹林間到處都還充斥著這場悲劇的痕跡。

貝斯壯列出了瑞典警方已知的性罪犯，只要法醫一給出大致的死亡時間，他就會盤查名單上還逍遙法外的人，確認他們的不在場證明；貝斯壯說這件事應該很快能辦好，因為人數並不多。

愛蜜莉觀察艾蕾克希，艾蕾克希站在隔離犯罪現場的塑膠封條外圍，眉頭深鎖、眼睛因懷疑瞇成兩條細線，艾蕾克希正仔細觀察著周遭環境。

從三年前第一次見面起，愛蜜莉就察覺艾蕾克希一直在對抗心魔，就算沒有滋長，「它們」的存在也顯而易見。時間並沒有修復一切，就艾蕾克希的情況而言，她還在哀悼期停滯不前——艾蕾克希還沒度過憤怒的階段。

愛蜜莉知道這趟旅程和調查對艾蕾克希像是某種形式的治療，不管艾蕾克希參與得多深入，幫忙追蹤奪走好友的連環殺手還是能撫平創傷，至少她能確定公理最後得以伸張。

愛蜜莉相信自己的直覺，所以沒經過皮爾斯同意，就向艾蕾克希提議一同前往瑞典。面對木已成舟的事實，皮爾斯在希斯洛機場勃然大怒，愛蜜莉這樣的專業人士怎麼可以罔顧程序冒這麼大的風險呢？愛蜜莉靜靜聽著皮爾斯大聲斥責，等到皮爾斯的臉沉了下來，愛蜜莉知道這通常是接受事實的前兆。

皮爾斯先是用探詢的眼神看愛蜜莉，接著對貝斯壯點點頭——他們已經檢視過犯罪現場的情況，可以離開了。

⁂

一個多小時後，興奮不已的烏洛夫松在法爾肯貝里警局接待他們一行人，他把他們領到會議室，咖啡和肉桂捲已經在裡頭等著迎接客人。

幾分鐘之後，貝斯壯也進入會議室，手裡抱了一疊受害者的照片，他用大頭針一一把照片釘到窗戶邊的板子上。

雖然這二十年來，皮爾斯每天都與各種形式的暴力共處，在面對這種影像的時候，他還是沒辦法進食，畢竟一看到就食欲全失。

烏洛夫松倒是完全沒有這個問題，才進門就大口吞下兩個肉桂捲。

貝斯壯轉身面向大家，分別看了皮爾斯和愛蜜莉一眼。

「雖然小湯瑪士的死對他的家人來說很悲痛，但我知道這案子能讓調查有所進展，對不對？」

「對。」愛蜜莉回答，同時點了點頭說，「現在我們掌握了四名受害者的側寫，他們都是六到八歲的小男孩，全都來自單親或問題家庭，這讓我們確認了一件事：莉內雅的謀殺案在這之中是意外，她應該是驚動了凶手，或凶手『們』……」

「妳覺得凶手有兩個人嗎？」烏洛夫松打斷了愛蜜莉，他一手拿著馬克杯，坐在椅子上前後搖晃。

愛蜜莉看都不看他一眼就繼續說下去：「她應該是意外驚動了凶手，或凶手『們』……，凶手為了保護身分只好對她下手，用一樣的方式毀屍，因為這些手法就是他們的『簽名』，也就是說他們殺人時，只有透過這樣的手法才能獲得滿足感。」

艾蕾克希閉上眼睛幾秒，試圖消化這番赤裸的形容和字句激起的畫面。

「妳認為莉內雅認識凶手？」貝斯壯一邊問，一邊替大家倒咖啡。

「我越來越相信如此，再加上湯瑪士的案子，我們知道要找的人有兩處狩獵場所，也就是在倫敦北部和西北部以及瑞典西岸；莉內雅剛好和凶手一樣，都在這兩個地方活動，這點絕非巧合。我會說莉內雅驚動到的人，是她在倫敦認識的人，所以她沒想到會在瑞典見到這個人，有可能是她的朋友或同事，也可能是鄰居或認得出的商家店主。」

愛蜜莉稍作停頓，眼睛直盯著板子上一系列照片。

「克里斯蒂昂，至於你剛剛問的問題，」愛蜜莉再度開口，同時轉身面向烏洛夫松，「我還沒辦法確定我們要找的，到底是習慣獨自行動的一個人還是一對搭檔。跨國犯案的連環殺手很少見，但確實存在；只是搭檔的組合就多了，通常包含支配者和受控者；假使真的是兩人組做案，那我們就要考慮地域劃分了，他們一個在瑞典、另一個在倫敦，可是目前我在湯瑪士．尼爾森身上看到的傷口，和倫敦三名受害者沒有不同，連『Y』的大小都一樣，除了字母的傾斜角度在每一名受害者的身上略有差異。如果我們採納凶手獨自犯案的理論，那他就要很有組織，還要有足夠的時間，才能在相差數千公里遠的兩個地點做案。」

貝斯壯用指尖揉了揉額頭。

「依妳的看法，手臂上的字母又要怎麼解釋？是代表受害者的性別嗎？」

「莉內雅手臂上的『X』也是讓我這樣猜測，可是『Y』的傾斜角度一直困擾著我……」

「也許凶手就只是想在受害者手臂上刻字？他根本不在意字母的確切方向？」烏洛夫松提議，接著又咬下第三個肉桂捲。

「我覺得不可能。」愛蜜莉確認說，「我們面對的是一個或兩個特別謹慎細心的人，凶手做的事都不是偶然，毀屍手法顯示了凶手的幻想，這些細節就像語言一樣明確，只是我們要想辦法翻譯凶手的語言。此外，我還沒提到第三種假設……」

艾蕾克希的身體前傾，往椅子前方端坐，手肘靠在桌面上。

「妳要說的是莉內雅手臂上的『X』，其實也有可能是被多劃了一橫的『Y』嗎？就像要表示莉內雅不屬於計畫中的一部分。」

「沒錯。」

烏洛夫松崇拜地吹了一聲口哨，貝斯壯咬住下唇阻止自己發飆，天啊，這傢伙還真是有夠會惹怒人。

「妳說的都很有意思，但我們目前對凶手和同夥有什麼了解？我是說他如果有同夥的話，他們的動機是什麼？」烏洛夫松問。

皮爾斯用眼角餘光觀察貝斯壯，這可憐的傢伙都快爆炸了。

愛蜜莉似乎沒有察覺緊張的氣氛，紋風不動正要開口的時候，皮爾斯對她做了個手勢，表示接下來由他回答。

「烏洛夫松，連環殺手沒有動機，會殺人純粹出自心理需求，他們自己也不知道為什麼，感到有需求的時候就會動手。面對社會病態者最大的問題，就是我們不能用看待正常人的方法來解讀他們的行為；他們的一切很扭曲，所作所為都透過幻想的濾鏡，這種人通常很會操弄別人，既自戀又自大。愛蜜莉目前能確定的，就是凶手介於三十五到四十五歲，體格健壯、一絲不苟、謹慎細心、富文化涵養，而且時間非常彈性，以上是對倫敦凶手的描述。假使我們要找的真是兩人組，那麼愛蜜莉當然會拓展側寫，但我們目前應該就現有元素深入調查。」

「所以該怎麼做？總不能把所有三四十歲、體格健壯、一絲不苟、謹慎細心、富文化涵養，而且有護照的人全都關進牢裡吧？」

貝斯壯感到怒火在體內燃燒竄升，為什麼這麼蠢的人會分派到他手下工作呢？

「真是這樣的話，那你可以馬上把我銬起來了！」烏洛夫松開玩笑說，還雙手握拳伸向皮爾斯，然後對艾蕾克希眨了眨眼。

皮爾斯微笑以對。

「烏洛夫松，你最好不要引誘我這麼做。」

瑞典法爾肯貝里警局

二〇一四年一月二十日，星期一，下午一點

祕書把「smörgåstårta[23]」交到貝斯壯手裡，再由他端到桌子中央放好，他切了三大塊分給艾蕾克希、愛蜜莉和皮爾斯，大家接著就品嚐起這美味的「三明治蛋糕」。

眾人在會議室裡雖然沉默不語，氣氛卻很愉快，既沒有椅子吱嘎作響，也沒有人插話或大聲咀嚼——這也是應該的，貝斯壯把烏洛夫松派去出外勤。眼前這三位倫敦客也許是冷淡了一點，但貝斯壯的耐心已經耗盡，如果讓他和烏洛夫松繼續在同個地方多待一分鐘，他一定會忍不住對烏洛夫松動粗；烏洛夫松就是有惹怒貝斯壯的天分，不過承認這點也沒什麼好驕傲的。

烏洛夫松一年前被強制調離哥德堡。他因為出面指證一位同事，當時局裡大半的人都視他為敵人，在被算帳痛打了一頓之後，烏洛夫松離開了大城市，貝斯壯也沒得選。貝斯壯原以為自己收留了受害者，但完全搞錯了，他接手的其實是個自大又無禮的傢伙。

會議一結束，貝斯壯馬上派烏洛夫松實地訪查湯瑪士．尼爾森的親友，確認男孩生前是否提過最近才認識的人。

皮爾斯在這方面的調查是一無所獲，倫敦的受害男孩在死前幾個月都沒有剛認識的人。

23 一種瑞典的特色鹹蛋糕，有大量的餡料和裝飾，分層塗有奶油或美乃滋。

那個法國女子，艾蕾克希，刻意背對板子坐，她起身，對貝斯壯微微笑，拿起自己的空盤，又順手收走貝斯壯的盤子，接著替大家添咖啡。艾蕾克希剛才邊品嚐三明治蛋糕，邊用平板電腦做筆記，偶爾抬起頭來，像是聽到了什麼聲音一樣。

另外兩人剛好相反，幾乎沒怎麼動桌上的午餐，他們在英國可是吃羊肉配薄荷醬、吃薯條還加乳酪再淋上肉汁耶，貝斯壯覺得這兩人也太挑剔了一點，不過他原諒皮爾斯，從午餐時間到現在，皮爾斯已經講了整整十分鐘的電話；愛蜜莉則是明顯表現出對三明治蛋糕的嫌惡，然後埋頭看著筆記。

貝斯壯用眼角餘光瞥向皮爾斯，這位偵緝高級督察面容黝黑、身材魁梧，貝斯壯敬佩他平和謙虛的態度與專業精神。

皮爾斯掛斷電話，用指尖揉了揉眉峰。

「我接到關於安賽姆不在場證明的進一步消息，他當時住在哥德堡頂級之家酒店，派對在閃耀俱樂部舉行。黎納，接下來你想怎麼做？」

「這我可以負責。」愛蜜莉插話。

皮爾斯用致命的眼神瞪了愛蜜莉一眼。

每個人肩上都有負擔，每個人身邊都有個專屬的「烏洛夫松」，貝斯壯想。

「沒問題，」貝斯壯說，「我反正也要去哥德堡了解湯瑪士．尼爾森解剖的結果，傑克，你要一起來嗎？需要的話，回法爾肯貝里之前，我還可以順道載你去機場。」

「太好了，我剛剛還得知了比利克斯女士身邊朋友不在場證明的最新進度，這條路完全走到了死胡同。」

艾蕾克希不敢開口多說什麼，但這項消息讓她如釋重負。幾天下來，光想到可能是莉內雅親近的人做出這種事，就讓艾蕾克希感到沉重不已。

貝斯壯的祕書靜悄悄推著推車進入會議室，上面堆著積滿灰塵的紙箱。

愛蜜莉在倫敦也進行了同樣的調查，希望在瑞典能夠有所收穫——愛蜜莉調出過去十年失蹤兒童的案子，尤其注意來自單親或問題家庭的男孩，希望從中找出規則，建立更完整的側寫，這樣也能縮小凶手（或凶手們）的範圍。愛蜜莉得閱讀受害者家庭和嫌疑犯的訪談紀錄、警方報告與心理學家分析，加起來的工作量可說十分驚人。

貝斯壯拿起最上層的紙箱放到桌上。

「愛蜜莉，是什麼讓妳覺得一切都是從這裡開始？」貝斯壯問，同時像發牌那樣把檔案一一攤開來。

她並不喜歡自己的答案，可是也沒有其他的說法了。

「直覺。」

瑞典法爾肯貝里，塢洛夫斯博

二〇一四年一月二十日，星期一，下午四點

貝斯壯和皮爾斯動身前往哥德堡見法醫，他們離開幾分鐘之後，愛蜜莉和艾蕾克希也離開了警局。皮爾斯今晚就要回倫敦，這可不是他手上唯一在偵辦的案子。

烏洛夫松對湯瑪士·尼爾森的親友調查一無所獲，空手而歸回到警局後就開始翻閱失蹤兒童的檔案，烏洛夫松不敢有怨言，因為不想在停屍間遇見前同事，所以寧願花時間埋首在成堆積了灰的文件裡，也不想冒險跟去哥德堡。

和艾蕾克希出發到哥德堡確認安賽姆的說詞之前，愛蜜莉想再去莉內雅的鄰居家問一次話，她讀了烏洛夫松的報告，很確定鄰居想說的絕對比報告上寫的要多出許多。

愛蜜莉把車開離主要道路，駛上一條狹窄崎嶇的小路，路上積覆的雪被大致掃開。路的盡頭是海邊，三棟黃色木屋圍成半圓，像是要互相擁抱一樣，右手邊石頭海灘上的是施泰倫的房子，再過去兩百公尺，就是莉內雅家。

愛蜜莉把車停在短短的車道前面，車道通往小社區，兩側種滿了樹。

艾蕾克希和愛蜜莉走到第一間房子按了門鈴，從烏洛夫松的報告看來，房子的主人是電工安德斯·拉杰爾。

一個身材魁梧的男人開了門，身上穿著厚重而暖和的羊毛外套。

「拉杰爾先生你好，我叫愛蜜莉·洛伊，這位是艾蕾克希·卡斯泰勒，我們在協助法爾

肯貝里警方調查莉內雅・比利克斯的謀殺案，能不能占用你幾分鐘的時間？」

「我有得選嗎？」男人用破爛的英語大聲回答，並仗著身高優勢，居高臨下打量愛蜜莉和艾蕾克希。

比起好好說話，安德斯・拉杰爾應該是屬於喜歡大吼大叫的那種人。

「拉杰爾先生，你當然有得選。」

「最好是啦……」

拉杰爾的嘴往一邊撇，就像被魚鉤鉤住嘴角似的。他今年剛滿四十八歲，行為舉止卻有如脾氣暴躁的糟老頭，艾蕾克希心想。

一陣風忽然吹起，把微張的門又稍微吹開了一點，拉杰爾往後退了幾步，讓赤腳不因寒風受凍，卻還是不願請愛蜜莉與艾蕾克希進門。艾蕾克希瞥見屋裡金色的木頭餐具櫃上放著筆記型電腦，旁邊是三折相框，照片裡的兩個男人站在海灘上，從外型相似程度看來，無疑是拉杰爾和父親的合照。

「你可以和我們聊一聊鄰居比利克斯女士嗎？」

「我已經跟那個什麼烏洛夫松說過了，我根本就不認識什麼比利克斯！」

「我們只是想知道……」

「我已經說過了，我不認識她！」

愛蜜莉往前站一步，堅定的神情讓拉杰爾不由得後退。

「你對她應該還是有點看法吧？」

「我的看法跟妳又有什麼關係？」

「比起比利克斯女士的家人和朋友的說法，你的意見加上其他接觸過比利克斯女士的人的看法，這些都能讓我建立起更確切的側寫。」

「如果妳想要確切的側寫，就去找阿爾格倫一家，他們一定可以告訴妳很多比利克斯的事。」

話一說完，拉杰爾就在她們面前甩上門。

愛蜜莉心想，拉杰爾為什麼說阿爾格倫「一家」？烏洛夫松只向蘿塔・阿爾格倫問了話，所以他漏了誰？但也不用想再找拉杰爾問這件事了，他不會開門的。

拉杰爾很明顯不歡迎她們，愛蜜莉和艾蕾克希走出拉杰爾家的門廊，往蘿塔・阿爾格倫家走去，再走兩步就到施泰倫家了。她們按了幾次門鈴，但遲遲沒人來應門。

回程的路上，愛蜜莉和艾蕾克希又順道拜訪了奈勒斯和芭布蘿・比奇斯特夫婦，他們是退休教師。來應門的是個三四歲的小女孩，金色長髮上戴著印第安頭飾。

「Mormor!（奶奶！）」小女孩大喊，「det är inte mamma!（不是媽媽！）」

「Jag kommer, jag kommer äskling.（來了，我看看喔！）」

一位棕色頭髮、滿臉笑容的婦人用抹布擦著手朝門口走來。

愛蜜莉自我介紹並說明來意，芭布蘿・比奇斯特請她們進門，芭布蘿的英語雖然帶著濃濃的德國腔，卻十分流利。

她們三人在舒適的客廳坐了下來，窗外的景色是覆蓋著白雪的空地。

芭布蘿和孫女端來咖啡和甜麵包放在矮桌上，艾蕾克希嚐了一個，心想母親這次還真是說錯了——比奇斯特家的小甜麵包柔軟美味，口感十分精緻。

「妳們什麼都可以說，艾思泰勒不會說英語，不過我另一個孫女是雙語兒童，她爸爸是英國人，這樣說妳們就懂了吧。只要聽到她說話，妳們一定會大吃一驚！她完全就像個小英國人！」芭布蘿說得自然，語氣卻顯得很自豪。

芭布蘿在三個杯子裡倒滿咖啡，又在其中一杯裡加了冰牛奶，然後在艾蕾克希和愛蜜莉面前坐下。

「我還是不敢相信發生在莉內雅身上的事，真是太恐怖了！就在離我們家這麼近的地方被發現變成這樣……我晚上都睡不著。」

「妳和莉內雅很熟嗎？」

芭布蘿搖了搖頭。

「不算熟，但我知道她是施泰倫．埃克倫的青梅竹馬，他家就在這條路的盡頭，妳們知道吧？就是那個退役警察。」

愛蜜莉和艾蕾克希都點點頭表示知道。

「而且他長得很帥，讓人懷疑他怎麼還是單身，但這種事就是很難說……」

艾蕾克希頓時面紅耳赤，不確定是為了什麼，她趕緊又咬了一口手上的甜麵包，同時希望愛蜜莉沒發現自己這副窘樣。

「安娜也是莉內雅的好朋友。」

「安娜？」

「對，就是蘿塔的妹妹。」

「噢，對了，沒錯。」愛蜜莉撒了謊，她可不想打斷滔滔不絕的芭布蘿。

「蘿塔一直是老小姐，妳們應該知道我的意思……但安娜結過婚，從她們對我說的情況聽起來，她應該是六個月前離開了丈夫，之後就搬來和蘿塔住，一邊等離婚手續辦好。」

「安娜在法爾肯貝里工作嗎？」

「對啊，她是花店老闆，店很大一間，就在尼卡旦路上的銀行旁邊。」

愛蜜莉頻頻點頭表示理解。

「拉杰爾先生呢？他和莉內雅熟嗎？」

芭布蘿聽了大笑，孫女也跟著笑了起來，小女孩的笑聲有如銀鈴般清亮。

「安德斯很難和別人交朋友，其實他人不壞，就是雷聲大雨點小。他是頂尖的電工，四年前幫我們重弄家裡的電路系統，到現在從來沒出過問題。」

「妳對烏洛夫松警探說，莉內雅這次到瑞典之後，妳都沒遇見她。」

「對啊……她家裡的燈亮著，可是我們沒遇到，我女兒倒是見過她，這件事我來不及對警探說，因為我女兒也是前天帶艾思泰勒過來的時候才提起。她在屍體被發現前幾天見過莉內雅，那時是早上，莉內雅剛從海邊散步回來，正要進家門，當時莉內雅對我女兒說，她那天晚上要去哥德堡和一個經過瑞典的朋友吃晚餐。」

瑞典哥德堡，頂級之家酒店

二〇一四年一月二十日，星期一，晚上六點半

愛蜜莉跟從GPS的指示，開往右邊車道下了高速公路。不懂瑞典語的人要讀路牌還真是一大挑戰，艾蕾克希心想。

幾分鐘之後，她們在瑪桑斯街的戈西亞大樓前停車。

愛蜜莉穿越頂級之家酒店的大廳，一路走到漆成亮白色的櫃檯，向接待人員說明來意，雕像般的金髮女子一聽完，燦爛笑容立刻消失無蹤，她用手撫摸項鍊上的每顆珍珠，就像誦經時數念珠那樣。女子擔憂的眼神掃過大廳，接著小心地撥了電話。話筒幾乎才剛掛上，一位高瘦的女子就出現在愛蜜莉面前，她年約五十歲，身著優雅的淺色羊毛套裝。

女子是酒店經理克爾絲汀．詹森，她領著愛蜜莉和艾蕾克希到辦公室，愛蜜莉在路上向詹森解釋來訪的原因，還告訴她檢察官已經發出了搜索令。

「我們想要查看貴酒店的紀錄，確認兩名客人理查．安賽姆和莉內雅．比利克斯的行蹤。」

克爾絲汀．詹森先是愣了一下，用指尖梳過原本就很完美的頭髮之後才恢復鎮定，她拿起眼鏡戴上。

「這個嘛……莉內雅．比利克斯沒有入住，不然就是沒有用這個名字登記……」詹森撇了撇嘴輕聲說道，手指同時在鍵盤上飛快敲打著，「我們接待了一位理查．安賽姆先生，他在一月二日抵達，入住豪華行政套房，我有他住房期間進入房間的明確時間，馬上印一份給妳們；不過，我沒辦法知道他離開房間的時間，因為磁卡只用來開門。」

詹森印出文件交給愛蜜莉。

「酒店裡有監視器嗎？」愛蜜莉問。

「只有接待大廳和電梯裡有，我們會保留紀錄一個月，之後就刪除，妳們想看哪一天的影像？」

愛蜜莉看了詹森交給她的文件，然後遞給艾蕾克希。

「一月五日，凌晨兩點十二分和早上八點五十九分前後的影像。」

克爾絲汀．詹森拿起電話，用簡潔的話語交代了愛蜜莉的要求，艾蕾克希同時讀著文件上記錄的時間，安賽姆聲稱和莉內亞一起參加的晚宴在一月四日星期六舉行，當晚有人在凌晨兩點十二分用磁卡開門進入安賽姆的房間，可能是他本人，也可能另有其人，從信用卡明細看來，安賽姆在星期天早上八點五十九分退房。

詹森掛掉電話，把電腦螢幕轉向愛蜜莉和艾蕾克希，接著開始播放監視影像。

兩點零七分，她們認出安賽姆牽著一名高挑的褐髮女子穿越酒店大廳，另一名男子跑著進入攝影畫面中，像個孩子一樣用手環住安賽姆的脖子打招呼，然後三人一起走進電梯裡。詹森在螢幕上開新視窗，這三人又出現在視窗中，這是電梯裡低角度鏡頭拍攝到的畫面，年輕男女就在安賽姆面前熱吻了起來。

愛蜜莉和艾蕾克希見多了世面，大致猜得出來安賽姆那晚是怎麼度過的。

詹森一副司空見慣的樣子，又在螢幕上開了第三個視窗。安賽姆在隔天早上八點四十八分走出電梯，身後只拉了一只小行李箱，前一晚的年輕男女並沒有和他在一起。這表示安賽姆當晚的確在頂尖之家酒店裡度過，就像他說的那樣。

愛蜜莉和艾蕾克希謝過克爾絲汀・詹森之後，就出發前往閃耀俱樂部，安賽姆聲稱在那裡參加了星期六的晚宴。

⁂

閃耀俱樂部位於哥德堡市中心的林蔭大道上，入口處有沉重的紅鐵雙扇門，俱樂部還要再等一個小時才開始營業。

俱樂部經理瓊恩・卡斯騰在店裡吧檯接待愛蜜莉和艾蕾克希，他年約三十來歲、膚色黝黑，頭髮抹了油向後梳。

俱樂部用陳舊的鏡子裝飾牆面，有橡木做的櫃檯，矮桌搭配褐色皮革扶手椅，整體看來會讓人以為走進了倫敦的紳士俱樂部。

「妳說在性別平等國家經營『紳士俱樂部』？我可不敢冒這種險。」卡斯騰開玩笑回應艾蕾克希的評語。

「我們想要確認一月四日當天，兩名特定人士在貴店裡的活動，」愛蜜莉說，同時坐上高腳椅，「店門口有監視器嗎？或是看人過目不忘的監督人員？」

卡斯騰搖了搖頭。

「妳說的這兩樣都沒有，我們只有一個保安……」

卡斯騰忽然打住，短暫地蹙了蹙眉。

「妳剛剛說一月四日嗎？」

愛蜜莉沒有開口，只是點了點頭。

「對了……」卡斯騰邊查看手機邊說，「那天是我們的『Nyckeln』之夜，『予我』公司每個月會租下俱樂部一次，舉辦這種……特別的派對。」

「什麼樣的派對？」

卡斯騰曬黑的臉泛起紅暈。

「他們籌畫專屬版本的『掛鎖之夜』，男性的脖子上會掛扣鎖，接下來要找到有正確鑰匙的女性配對，『予我』公司提供這種『即時服務』，之後讓大家自由發揮，妳們應該聽得懂我的意思吧。」

瑞典法爾肯貝里

一九四八年二月

安利希邊喝咖啡邊品嚐「havregrynsgröt」，那是加了蘋果泥的熟燕麥粥；他很想念有香腸和火腿組合的德式早餐，想了幾個月之後也就漸漸習慣瑞典的燕麥粥了，其實吃燕麥粥更有飽足感。有時候當天要看的病患太多，可能沒時間吃午餐的話，安利希會拿兩片瑞典軟麵包塗上奶油，和乳酪一起加進早餐燕麥粥裡吃。

安利希穿上羊毛外套，又戴上毛帽和手套就出門了，外面正在下雪，雪花鋪成的白毯一路延伸到海邊，啟程之前，他盯著這番景象好一會兒，毫不在意吹彎了樹枝的風與灼燒肺部的嚴寒。

那在瑞典為他端上第一杯咖啡的女孩畢竟說對了，看來她並非無可救藥的樂觀主義者。自從來到瑞典以後，冬天雖然凜冽，燦爛的春天卻總是準時到來。

安利希適應得極好，這點連他自己都很吃驚。他現在能夠完全掌握瑞典語的口說了，書寫也每天都在進步，而且瑞典人和德國人類似的嚴謹性格，也方便安利希融入當地的日常生活。

安利希在診所的停車場停好車，拿起公事包開門下車，迎面而來的是翩翩飛舞的雪花，飄零的姿態有如成群飛翔的蝴蝶。

「Hej，安利希。」

佩妮拉粉色的舌頭舔了舔嘴唇，紅唇就和草莓一樣誘人。

「Hej，佩妮拉。今天情況怎麼樣？」

「珍恩說有兩名『病患』等著，第一位是八十五歲的老先生，第二位則是……」

佩妮拉邊搖頭的同時，金色長髮也隨之掠過娃娃臉。

「噢，第二位……實在不太『好看』，安利希……這讓人很難接受啊……」

安利希穿過好幾扇門來到專屬「診間」，他脫下大衣、手套和毛帽，又打開公事包，從裡面拿出白袍穿上，然後轉身面對今天的「病患」。

看到右邊病床上鬼魅般的形體時，安利希因吃驚而睜大了眼，嘴巴也頓時變得乾燥，他潤一潤嘴唇，又吞了好幾口口水，心跳不停加速。安利希把手往前伸，卻又馬上收回，然後閉上了眼睛。他應該先處理老人。

先——處——理——老——人。

要聚精會神進行每項步驟，動作緩慢確實。

安利希用手背拭去額上的汗水，轉向左邊的病床，檔案上記錄老人在當天凌晨兩點因肺栓塞過世。安利希掀開白布，摺好放在床尾，然後慢慢轉動死者的四肢測試屍體僵硬程度，接著從大動脈下手劃開頸部，插入引流管注射福馬林；安利希用指尖按摩死者的耳朵，這麼做能幫助福馬林流入體內。他按著耳朵軟骨同時閉上眼睛，死者的皮膚很柔軟，耳垂大而腫，接下來按摩臉，老人的臉皺得像核桃一樣，然後按摩手，安利希認真按過每個指關節，最後按完粗糙的手掌就結束按摩。至於其他地方就不用浪費時間了，反正穿上壽衣之後也看不出來。

安利希知道要認證和登記之前在醫學院的學歷需要花很長的時間，可是他得這麼做才能獲得外科專業文憑。

在等待的期間裡，安利希得先找工作，他心裡很清楚，沒有文憑很難找到想做的工作。無意間看見葬儀社的徵人廣告時，安利希一開始認為做這份工作太汙辱他了，再來也覺得這想法很可笑，最後安利希發現，這其實滿有趣的，很刺激，甚至令人亢奮。

安利希去見了葬儀社老闆，說明自己的情況，又主動提議在試用期間領少一點的薪水。在這份工作的內容裡，解剖屍體對安利希來說完全不成問題，但他對死亡的美感卻是毫無概念。經過幾個星期之後，老闆就同意讓他獨自處理屍體。

安利希的第一個「病人」是一名四十六歲的女子，因墜馬致死，他還記得當時的情況——既美妙又嚇人，身旁無人監視，這樣的場景讓安利希回想起布亨瓦德集中營，他彷彿又回到四十六號樓和弗萊舍醫生身邊，身體也像從前那樣，因興奮而顫抖不已。安利希忽然記起手中孩童屍體那冰涼的感受，那是擺脫了血肉束縛的身軀。

安利希因此忘懷了，他把重拾學業和文憑都拋在腦後，接受了不再助人存活的事實，他更喜歡幫人迎向死亡。

安利希繞過老人走向另一張病床。

安利希看了檔案，病人六歲，身型以這年紀來說不算高，還很瘦弱。小男孩的肋骨架凸起，彷彿想尋找出路逃離，隨著每分每秒流逝，這個身體也越來越沒人味。安利希掀開白布，一語不發地觀察赤裸的屍體，並允許自己撫摸小男孩的皮膚，摸起來就像金屬病床那樣冰冷。一陣令人不悅的寒顫掠過安利希的背脊，隨即轉化成熱流，傳送到四肢。

安利希轉移心思去想佩妮拉，想著她那粉色的舌頭和紅唇，他幻想著，幻想著她嬌豔欲滴的唇含住他堅硬的性器，正慢慢閉合。

瑞典法爾肯貝里，大飯店

二〇一四年一月二十一日，星期二，上午七點三十分

在睡臥不寧七個小時之後，艾蕾克希有氣無力地離開被窩。夢境一個接著一個展開，她卻完全不想知道其中的意涵，只覺得這些夢彷彿在嘴裡留下了一絲苦澀，久久揮之不去。其實也沒什麼好意外的，就是莉內雅的性生活擾亂了艾蕾克希的思緒；艾蕾克希不會去評論朋友的癖好，但她疑惑為什麼莉內雅從來沒對她提過這件事？難道她看起來太中規中矩？不夠包容？還是兩者皆是？不過說起來，莉內雅也沒必要向她吐露這些事情，畢竟這種事非常私人，但是和安賽姆……真的嗎？還一起參加「掛鎖派對」……？艾蕾克希搖搖頭，她覺得有些不知所措。

艾蕾克希拿起放在床頭櫃的手機，有一則阿勒芭傳來的訊息，她想找艾蕾克希共進晚餐。艾蕾克希離開倫敦的時候非常匆忙，根本來不及告知任何人，只和施泰倫說了要回瑞典一趟，而且純粹出於禮貌才這麼做。這也算是艾蕾克希欠他的，畢竟上次午餐吃到一半，兩人對話好不容易進行到比較私密的程度，艾蕾克希卻一走了之。如果有男人這樣對她，這混帳的照片一定會被艾蕾克希拿來當飛鏢盤！

就在準備起床的時候，艾蕾克希又收到另一則訊息：愛蜜莉提議九點會合，去拜訪前一天沒問到話的莉內雅鄰居。艾蕾克希只簡短回了「好」，就去了浴室沖澡。

艾蕾克希壓抑不了自己跟進調查的需求，捉到凶手的時候，還有審判、送他進大牢的時

刻，她都想在場，這個人在艾蕾克希的生命裡再度播下恐懼與悲傷的種子，所以她應該要在場，而愛蜜莉提供了這個可能性。誰想得到愛蜜莉居然這麼幫忙？愛蜜莉擅自作主讓艾蕾克希加入，艾蕾克希知道愛蜜莉硬要同事接受這個決定有多麼困難——皮爾斯在機場見到艾蕾克希的反應可完全說不上是興高采烈。

艾蕾克希一點也不想知道愛蜜莉這麼做背後的動機，到現在她理解了，有扇門敞開的時候，不要問為什麼，趕快在門關起來之前進去就是了，而她也決定這麼做。

艾蕾克希看了時間，見施泰倫之前還有幾分鐘，可以遮掩前一晚睡不好在臉上留下的痕跡；她在眼睛下方上了一點遮瑕膏，又刷上睫毛膏，腮紅就可以省了，因為在瑞典，負責製造臉頰紅潤氣色的是寒冷的天氣。

艾蕾克希穿上羽絨衣和雪靴迎接冰冷的空氣，和第一趟旅程相比，這次她準備齊全多了。

座無虛席的茶點沙龍裡飄散著肉桂誘人的香氣，唯一剩下的空桌在窗戶邊，艾蕾克希坐了下來，沒等多久施泰倫就到了。她點了番紅花甜麵包和咖啡，施泰倫則挑了拿鐵和鮮蝦三明治，想到吃海鮮當早餐，艾蕾克希不禁做了個鬼臉。

施泰倫見狀大笑起來。

「妳不知道『Kalles Caviar[24]』嗎？就是瑞典版的魚子醬啊！我姊早上都要在麵包抹上厚

---

24 凱樂斯（Kalles）為瑞典平民魚子醬品牌，將魚子抹醬裝在鋁製軟管中，包裝外觀造型類似牙膏。

厚一層，黎納還會沾咖啡一起吃呢。」

「這就不用算我的份了，謝謝。」艾蕾克希回答，臉皺成一團，「我實在沒辦法剛起床就聞到魚腥味，還是吃番紅花或肉桂麵包就好。但我聽說了你們的『lutefisk』，就是浸在鹼液裡那種超臭的魚……」

「法國妞居然還好意思說這種話，你們還不是對臭乳酪自豪得要命。」施泰倫微笑裡帶著嘲弄地說。

「乳酪不一樣啦！」艾蕾克希反駁，接著咬下一口甜麵包，「我還在我媽面前替瑞典食物說好話耶，不要讓我後悔。」

「我注意到妳說『食物』，而不是『美食』。」

「就像你說的，我畢竟是法國人啊。」艾蕾克希邊說邊眨眼。

施泰倫舉起手來吸引女服務生的注意，再加點了熱飲，他說瑞典語的時候，聲音完全不同，聽起來更沉厚，圓滑而迷人。

「蘇格蘭場怎麼會讓妳一起跟來？」施泰倫重拾對話，「妳在寫關於愛蜜莉．洛伊的書嗎？」

「沒有，但這是個好主意。」艾蕾克希說，「黎納對你提過最近的謀殺案嗎？」

「是以前一個同事透露的消息，妳認識愛蜜莉很久了？」

「有幾年了吧，我正好是在寫書找資料的時候遇見她的。」

「黎納對我說她在匡堤科受訓，在那之前是加拿大皇家騎警，很了不起的工作經歷。」

「對啊，她很能幹。你為什麼對愛蜜莉那麼有興趣？」

服務生送上飲料，施泰倫慢慢喝了幾口之後才回答艾蕾克希的問題。

「她聯絡了我在哥德堡的前老闆，詢問我搭檔的死和家人的事，還問到我是不是莉內雅的情人……」

施泰倫的話只說了一半，焦慮的眼神直盯著馬克杯裡看。

艾蕾克希忍不住脫口而出，這幾個字彷彿灼燒著嘴唇。

「你是莉內雅的情人嗎？」

施泰倫微笑，神情既疲倦又悲傷。

「不是，艾蕾克希，我完全不是，也從來沒當過莉內雅的情人。」

瑞典法爾肯貝里，塢洛夫斯博

二〇一四年一月二十一日，星期二，上午八點四十五分

愛蜜莉不發一語開著車，眼睛直盯著前方道路。廣播裡鋼琴和低音提琴合奏的爵士樂讓她提不起勁，窗外灰濛濛的天氣也讓人毫無外出的心情，雲朵層層困住太陽，使得早晨看來更接近黃昏。

愛蜜莉和艾蕾克希只花了十分鐘就到達蘿塔・阿爾格倫和安娜・岡納森的住處，艾蕾克

希在這十分鐘裡感到非常平靜，不受任何陰暗思緒的干擾，雖然就短短的十分鐘，但艾蕾克希似乎不該要求太多。

安娜．岡納森是個豐滿的金髮女子，短髮搭上滿布雀斑的臉。她邀請艾蕾克希和愛蜜莉進門到客廳裡坐下。

「很抱歉，蘿塔今天一定得提早出門，有同事生病，她臨時趕去代班，她會再打電話給妳們改約見面時間。」

愛蜜莉對安娜微笑，安娜替她們倒了咖啡，又在矮桌上放了一盤奶油小酥餅。安娜身穿羊毛毛衣和闊腳牛仔褲，再加上不太流暢的動作，看起來完全沒有標準家庭主婦的樣子，艾蕾克希心想。

「妳的英語講得很好。」愛蜜莉鼓勵地說。

「我母親是美國人。」

「妳和姊姊住在一起很久了嗎？」愛蜜莉喝了一口咖啡之後繼續問。

「將近七個月了。」

「妳在搬過來之前就認識莉內雅了嗎？」

「對啊，我認識她十多年了，發生在她身上的事真是太可怕了……」

「我在電話裡向妳姊姊提過，」愛蜜莉接著說，「我們正試著重建莉內雅在一月第一個週末的行程，希望妳可以幫忙我們。」

「也就是她去世的那個週末……」安娜低聲說，眼睛盯著咖啡杯裡看。

「對，就是一月四日星期六和一月五日星期天。」

安娜直起身，從褲子口袋裡掏出手機。

「我看一下……一月四日和五日……我那兩天沒見到莉內雅。」

「妳記不記得看過莉內雅家的燈亮起呢？」

「我實在想不起來。」

「芭布蘿・比奇斯特的女兒說，莉內雅星期六晚上要和一位經過瑞典的朋友到哥德堡去參加派對，她有沒有對妳提到這件事？」

安娜皺了皺眉頭，接著沉默地搖搖頭。

「妳和莉內雅很熟悉，能不能想想看，她是否提過任何能夠幫助我們調查的事？」

「對不起，我想不到。」

愛蜜莉的手機在這時響起，她起身走向房間的另一頭接電話。

安娜沉思著喝下一口咖啡，似乎完全忘了艾蕾克希的存在，眼睛只是盯著矮桌上的一處看，同時用手掌輕撫椅子的扶手，彷彿想弄平燈芯絨椅套。忽然間，安娜瞪大帶有皺紋的雙眼，此時愛蜜莉急忙走到她們面前，打斷了安娜的思緒。

「安娜，很抱歉，我們得走了，謝謝妳和我們談，妳姊姊有我的聯絡方式，如果想到什麼事，可以隨時找我。」

十五分鐘之後，愛蜜莉和艾蕾克希已經坐在警局的會議室裡，貝斯壯也坐在旁邊。理查．安賽姆要再次接受倫敦警察廳偵訊，皮爾斯提議愛蜜莉透過科技設備直接連線旁聽。

安德魯．杜倫督察員首先出現在螢幕上，先對著鏡頭揮了揮手打招呼，然後向他們解釋接下來的進行方式：倫敦這方不會有畫面，所以安賽姆看不到也不會知道瑞典的一行人同時參與問訊，但杜倫可以從耳機裡聽取他們的意見。

杜倫離開偵訊室，幾分鐘之後和安賽姆一起走進來，安賽姆穿著訂製的約翰．洛伯皮鞋，鞋跟敲得地板作響，就像穿著細跟高跟鞋似的，隨後脫下海軍藍大衣，又用手順了順灰色西裝外套上的皺褶，一舉一動裡滿是自命不凡。

「安賽姆先生，你並沒有誠實告訴我們你和莉內雅．比利克斯的關係。」

「哦，是嗎？」安賽姆用輕蔑的口氣回答。

「哥德堡閃耀俱樂部辦的『掛鎖之夜』，這派對性質還滿特別的嘛。」

「所以呢？」

「如果受害者遇害當晚，你和她發生了性關係，這就是應該向警方坦承的事實。」

「我完全同意你的說法。」

杜倫沒有回答。

安賽姆改變坐姿，翹起腳又把腳放下，他開始不耐煩了。

「我沒有和莉內雅發生性關係，」經過三分鐘的沉默，安賽姆終於沉不住氣，脫口而出，「但是我很喜歡有她作伴。」

安賽姆原本高高在上的神情現在已經消失無蹤，聲音裡也失去了原本的輕浮。

「你們不是性伴侶，卻一起去參加『掛鎖之夜』？」
「沒錯。」
「這是你們的傳統嗎？」
「不是，這是我們第一次參加。」
「你那天最後一次見到她是幾點？」
「我上次就對你同事說過了，這我真的不曉得。早在我找到跟鎖配對的鑰匙之前，我們就分開了，這是我唯一記得的事。我在中間稍微離開了玩伴去看當晚到場的人有誰，那時莉內雅一個人在吧檯，她的伴當時還沒到。」
這番話讓艾蕾克希大吃一驚。
「她的伴？」杜倫重複安賽姆的話，他也一樣驚訝。
「對啊，那晚本來就說好了，有人會到俱樂部和莉內雅會合。」
艾蕾克希再也忍不住，因太過驚訝而叫了出來。

瑞典法爾肯貝里，貝斯壯家

二〇一四年一月二十一日，星期二，晚上七點

貝斯壯在廚房裡忙著，同時用頭和肩膀夾住手機講電話。

他們有兩種方式可以得知「掛鎖之夜」那晚，到底是誰要去和莉內雅會合，可是目前這兩種方式都遇上了死胡同。

莉內雅在前往瑞典之前，就告知安賽姆那晚會有友人陪同參加派對，安賽姆讓莉內雅提醒祕書寶拉，這樣寶拉才能提前與派對策畫人聯絡，請他們把莉內雅友人的名字加入來賓名單，不然就進不了俱樂部。可是目前聯絡不上寶拉，因為她剛結婚，請假去度蜜月。另一個方法則是找「予我」公司交出賓客名單，可是他們的委任律師正與貝斯壯交涉，這也拖慢了調查進度。

接近傍晚的時候，他們還在翻閱那堆失蹤兒童檔案，貝斯壯於是向愛蜜莉、艾蕾克希和烏洛夫松提議到他家裡，在溫暖的火爐前繼續工作；雖然難以察覺，愛蜜莉聽了身體一僵，反倒是艾蕾克希替兩人接受了這項邀請，烏洛夫松則是不得不拒絕，因為出了一起疑點重重的自殺案，他必須緊急趕到案發現場。烏洛夫松離開之前，還不忘對貝斯壯說自己很失望錯過了「誘惑法國妹」的機會，艾蕾克希當時就在旁邊，烏洛夫松覺得她聽不懂瑞典語，絲毫不避諱，貝斯壯不敢相信烏洛夫松居然好意思說出這種話。

貝斯壯掛掉電話，回頭去找艾蕾克希和愛蜜莉，她們在飯廳裡翻閱調查報告。

「壞消息：檔案裡的性犯罪者都不是殺掉小湯瑪士的凶手，他們全都有鐵證如山的不在場證明；予我公司裡『掛鎖之夜』的策畫人要到明天早上才能提供派對賓客清單。」

貝斯壯說話的同時，艾蕾克希幫忙整理文件和照片，在桌子中央騰出地方讓他把手上端的「janssons frestelse」放下——那是馬鈴薯、黍鯡混合酸奶油後焗烤而成的瑞典菜餚。

研究工作因此戛然而止，愛蜜莉茫然環顧了四周。貝斯壯現在稍微了解愛蜜莉的行事風格，所以放餌試圖讓她開口。

「剛剛電話響之前，我正要問妳，在我們的案子裡，凶手悶死受害者的手法代表了什麼？」貝斯壯問，同時積極地在每位客人的盤子裡分裝食物。

愛蜜莉就像發現目標、準備獵捕似地瞇起了眼。

「很多、很多訊息，窒息也是一種折磨的形式，當凶手看著受害者死去時，能從中獲得快感。對於一個成年男子來說，殺害兒童相對來說容易得多，只需要用力掐或重複敲擊頭部就能做到；而我們的凶手呢，卻選擇了更緩慢且殘忍的殺人手法：首先重擊目標的後腦勺制服受害者，這樣應該是為了方便將受害者運回巢穴去，解剖結果已經顯示出這一擊並不足以致命。凶手趁受害者昏迷的時候，在他頭上套塑膠袋，然後用膠帶纏繞脖子把袋子封住，還把受害者綁起來，讓他連清醒了都無法掙扎。最後，凶手會把受害者安置在選定的地點等他清醒，在他恢復意識的時候，心滿意足地旁觀，第一手看著受害者窒息而死。」

「妳為什麼會認為他在旁邊看著受害者死去？」艾蕾克希問，眼前的食物她連動都沒動。

「從切割氣管並摘除眼球這點得知的。」

愛蜜莉的眼神急躁不安，喝了一大口水之後才接下去說。

「等受害者一死，凶手就解開他頭上的塑膠袋，這時會湧上羞恥感，凶手的目標又變回了孩童，孩童就代表了手無縛雞之力的受害者，凶手的人性暫時回歸，忽然意識到自己的行為有多麼殘忍恐怖。明明是他一手策畫的後果，突然間，他會因剛剛見到的場景感到焦慮不安，像是孩子恐懼的眼神、慌亂而痛苦的呼喊等，為了結束這一切，再也不要看見因疼痛和恐懼瞪大的眼睛，或是聽到受折磨而驚慌變調的喊叫聲，凶手挖出受害的眼球、切除氣管，這麼一來，受害者就立刻失去了人性，徒剩軀殼，至此又變回凶手原本單純的目標，凶手也可以安心地再次做案。」

愛蜜莉語畢，所有人一片靜默。

艾蕾克希首先發問。

「妳認為殺人是整個行動裡的高潮嗎？」

「我不知道什麼最能帶給凶手滿足感，唯一確定的是，至高無上的權力最能讓他興奮，而在他完全操控受害者的時候，這樣的刺激快感到達頂峰，處死受害者也包含在這個環節中，我們看待他犯罪行為的觀點，也替他帶來無比的滿足感。他沒有埋葬羅根．曼菲爾德，而是直接棄屍，就此發現了警方追蹤調查和媒體報導露出帶來的快樂。凶手從這一切中獲取性歡愉的感受，同時創造新的殺人幻想。在我建立的側寫裡，唯一困擾我的是受害者特徵——凶手專挑風險高的目標下手，選擇小孩是因為凶手在生理上和心理上能完全掌控，而且他選的是高風險家庭中的孩子，因為他們更加脆弱，凶手藉此減低了失敗和受逮捕的風險……這顯現出凶手屬於投機取巧型，甚至性格膽怯懦弱，這點和他的行為對不上。」

死亡居然能讓眼前這女子滔滔不絕，貝斯壯心想，邊喝下一口帝國田園紅酒。

「所以凶手需要地點偏遠的寬敞空間來毀屍吧？」貝斯壯搖晃高腳杯邊畫圓邊問。

「不一定，有供水的小房間其實就夠用了，頂多再加裝隔音設備。」

所有人都在消化愛蜜莉的解釋，因此又沉默了幾秒。

貝斯壯很快收拾完桌子就去煮咖啡，他倒了五杯咖啡，其中兩杯放在托盤上。

「我端咖啡給蕾娜和施泰倫，馬上回來。」

原本要開始工作的艾蕾克希一聽，馬上抬頭看貝斯壯。

「施泰倫和蕾娜都在嗎？」

「他們在樓上，在蕾娜的辦公室裡處理倫敦的改造案，他們沒下來打招呼是因為不想打擾我們，如果妳想的話可以和我一起上樓，他們看到妳一定會很高興。」

愛蜜莉這時已經埋首研究文件，貝斯壯和艾蕾克希出於禮貌等了幾秒，見愛蜜莉頭也不抬，兩人就逕自離開了。

蕾娜的辦公室位在頂樓，辦公空間占據整層樓，辦公桌靠在一扇圓形窗前，青銅窗框讓人聯想起舷窗，即使窗外夜色昏暗，艾蕾克希還是能看到大海，海面有如染色的緞子，在月光下閃耀著。

蕾娜坐在辦公桌前，施泰倫站在旁邊，眼睛都盯著電腦螢幕，聽到腳步聲，兩人同時轉頭迎接，並以北歐式的擁抱向艾蕾克希打招呼。艾蕾克希現在已經很習慣這樣的問候方式，也不再感到彆扭，而是很自然地接受。

「你們工作結束了嗎？」蕾娜問，同時扭動肩膀放鬆肌肉。

「還早呢，我們只是端咖啡上來給你們而已。」貝斯壯把托盤遞給蕾娜。

「那，那位側寫師呢？」

「正忙著側寫啊，她根本沒注意到我們上來了。」

「你們會介意我下去幾分鐘嗎？我倒是想看看這個加拿大版的女福爾摩斯長什麼樣子。」

「她和福爾摩斯一樣古怪，而且更有野性，不過滿漂亮的。」

貝斯壯話一說完，就露出大大的微笑。蕾娜忽略他話中挑釁的意味，三人一起走下樓。文件在廚房的桌上堆成一疊，愛蜜莉的背包已經不見了。

貝斯壯用疑問的眼神看著艾蕾克希，她只是搖搖頭。

籠子的門只要微啟就關不住貓科動物，愛蜜莉這會兒已經脫籠而出，打獵去了。

瑞典法爾肯貝里

一九七〇年七月

阿涅塔騎在安利希身上，碩大的乳房也隨著擺動的節奏搖晃，她呼吸加速，一隻手壓在他胸膛上，拱起背來頭往後仰，長髮愛撫著情人，顫抖的大腿緊緊一夾，阿涅塔發出愉悅的呻吟，幾秒鐘之後就倒在安利希身邊，她盯著天花板喘息，身體因高潮仍顫動著。安利希拉上內褲和長褲，阿涅塔連讓他好好脫掉衣服的時間都不給他。

「不行！不行，不行，不行啦……」阿涅塔低聲說，同時又往安利希的身體靠近，還引誘地看著他，「你明知道勾引年輕女孩會有什麼下場，現在快發揮實力吧！」

阿涅塔拉下安利希的長褲拉鍊和內褲，再次撫弄陰莖。

這女孩實在很讓人吃驚，她對性事百無禁忌，坦率的態度讓整個做愛經驗格外愉悅。大概是時代不同了。阿涅塔應該屬於那種性解放的女人，她們把陰道當陰莖用，這對安利希來說相對吃力，畢竟他的年紀是阿涅塔的兩倍，而且已經不再那麼精力旺盛，但這段關係很輕鬆又方便——阿涅塔不求安全感或被愛，這省去很多麻煩，安利希不需要過於禮貌或編造可能被拆穿的謊言，阿涅塔這點和安利希之前發生關係的女人都不一樣，能有這樣的改變實在很不錯，過去的女人在情感上要求太多又太黏人。

阿涅塔邊動作的同時，身體像貓一樣伸展。

安利希喜歡阿涅塔的身體，他喜歡她的柔軟度和乳脂般有彈性的肌膚，彷彿孩童皮膚那樣緊緻細膩。她的乳房有點太大，不過還算能接受，只要在做愛的時候避免盯著那雙奶子晃動就好。

霎時間，安利希感到全身緊繃，他閉上眼，精液在情人嘴裡迸發。完事後他趕緊拉上褲子，免得阿涅塔再次動手，不過她抱著安利希，幾乎是馬上就睡著了。安利希躺著，細細品味頭腦此刻的清醒，以及射精後鮮活起來的強烈感官力量。

安利希幾個月前認識了阿涅塔，現在一週裡總會見上幾次，每次都在安利希家。阿涅塔有天沒告知就忽然出現，安利希明確讓她知道下不為例。從那次以後，阿涅塔出發前一定會先打電話。

阿涅塔的父母兩年前去世，她繼承了房子，隨後賣掉小賺一筆錢，從此之後她就休學了，她稱這是為了「找尋自我」。遇見安利希的時候，阿涅塔正準備出發環遊世界，但決定暫緩行程，先接受生活賦予的各種狀況和挑戰，過一天算一天；目前她的生活就是忙著做愛，阿涅塔曾咬著嘴唇對安利希這麼說，她這個挑逗的舉動有點刻意，大概是看電影學來的。

安利希挪開阿涅塔的手臂，套上毛衣之後就下樓到工作室，他應該要盡快擴建工作室了，他需要更多空間。

開始工作之前，安利希先檢視了「收藏品」。他用批判的眼光觀察這十六具屍體，手指輕觸那柔滑的曲線，肌肉纖維凸出地恰到好處，安利希成功賦予了肉的色澤，肌肉與脂肪形成完美平衡。弗萊舍醫生一定會很替他感到驕傲，眼睛這部位還是很麻煩，反正他總會找出辦法。

安利希穿上白袍、防護帽，套上鞋套和手套之後就開始工作，他感到很幸福。

唯一的阻礙是選擇不多，不像在布亨瓦德，弗萊舍醫生可以任意挑選喜歡的對象，連孩童都可以，而安利希只能滿足於現有的資源。

葬儀社之前來了一個六歲男童，小男孩死於白血病，安利希把他運回家裡，並從這天起展開「收藏」。話說，小男孩叫什麼名字來著？是個法文名……這不重要，一九四八年二月四日星期三那天，兩具屍體等著被送往哥德堡大學醫學院讓學生練習解剖，死者分別是二十六歲的女性和六十九歲的男性，因為一直沒人來認領，遺體冰在冰櫃裡一段時間了。啊，想到了……安東！小男孩的名字叫安東。為了偷運女屍，安利希把她裝在兒童用的運屍袋裡，小男孩的屍體原本就排定要交給殯葬業者；安利希把男孩送走，把女子的屍體運回家。

安利希想改造她，首先切除乳房，他全身因興奮顫動，陰莖也隨之硬挺，還不得不停下好幾次避免出錯。

這工作室是安利希臨時發揮布置起來的，他把浴缸拆了，又從工作的地方帶器材回家。解剖第一具屍體的時候，只能用廚房的木桌當工作檯，他在上面鋪好吸水毛巾就動手了。在那之後，安利希替工作室鋪了磁磚、安裝合適的照明，當然，他還添了一張金屬解剖桌。

安利希看了看牆上的時鐘，吃早餐的時間到了。上樓的時候，他聞到剛煮好的咖啡香，阿涅塔應該已經在廚房裡等他了。安利希禁止她踏進工作室，說自己工作時不喜歡有人打擾。

阿涅塔穿著安利希的襯衫和襪子，襪子拉到小腿肚。這些女人到底是怎麼回事？為什麼下床後總要拿他的衣服來穿？難道男人的衣服忽然間穿起來比她們自己的衣服還要舒適？

阿涅塔對他溫柔地微笑。

「你今天起得真早，很多工作要做嗎？」

安利希點點頭回應，站著把一杯咖啡喝完，他沒心情聊天，是時候叫阿涅塔離開了，這樣他才能好好享受平靜的週日。

阿涅塔坐了下來，雙腿交叉、手掌平放在桌上，然後抬頭看安利希，眼神裡洋溢著從容的喜悅。

「我懷孕了。」

二〇一四年一月二十一日，星期二

年輕女子的嘴唇向兩側伸展開來，露出一口潔白到不可思議的牙齒，他也以笑容回應。女子顯然很滿意，繼續自顧自地高聲說話。她今天穿的衣服既沒有腰身，也看不出胸型或腿，脖子上戴了一條珍珠項鍊，長度剛好在黑色洋裝的圓領底下，珍珠項鍊象徵著中產階級婦女的貞操帶，這件事眾所皆知。不過在她甩頭髮、頭微仰的時候，聖女形象蕩然無存。很明顯啊，她極力賣弄風情，輕觸胸脯和肩頭的捲髮有如熱切獻殷勤的情人。

兩個小時之後，她的洋裝已經被撩到腰上，內褲也滑落到腳踝間，在酒吧寬敞的廁所裡，她因歡愉而嬌喘。他高潮射精，臉埋在女子如瀑布般流瀉的棕色捲髮裡，心裡想著湯瑪士·尼爾森那絲綢似柔軟的髮。

瑞典法爾肯貝里，斯柯雷亞海灘

二〇一四年一月二十二日，星期三，上午六點

愛蜜莉解開派克大衣的釦子，一隻手滑進內裡的口袋，掏出黑色小盒子。愛蜜莉打開盒子，盯著內容物看了一陣，又把盒子放回原本的地方，然後開始慢跑，邊跑邊聽著海浪微微擺盪的聲響，以及腳步踩在積雪海灘上規律的沙沙聲，頭上戴著的照明燈則隨著她前進的每

一步照亮海灘。

連環殺手的一舉一動都在和愛蜜莉對話，可是她還無法理解他的語言，原先建立起的側寫也依舊模糊不清，挫折感折磨著愛蜜莉。對抗這種感受的唯一辦法，就是投身自然的廣闊空間裡，讓自己再次專注，重整紀律。愛蜜莉應該集中思緒，就像照明的光束一樣聚焦，只著重在案情上而不轉移焦點。這也是為什麼她前一天要從貝斯壯家溜走——為了避免干擾和所有其他與案情無關的事。

之前在飯店裡，愛蜜莉恰巧在英國廣播頻道看見皮爾斯的訪談，他向女記者保證調查持續進展，而且不斷重複媒體已知的幾項要點，彷彿是全新的重大發現。到目前為止，還沒人將瑞典發生的莉內雅和尼爾森的案子，與倫敦的男孩謀殺案串聯起來，希望這個情形能持續下去。

酷寒啃嚙著愛蜜莉的臉，她加快腳步，直到感覺肺在燃燒，痛楚在身體裡蔓延開來，讓這項運動變得苦不堪言。

愛蜜莉把精神專注在呼吸上，呼吸變得既規律又沉重，她吸進海水濃烈的碘味，再吐出濃霧般的熱氣。只要再過幾分鐘，所有關於案情想不通的問題都會掙脫束縛，自由地在愛蜜莉腦中飄盪，等著她理出頭緒，一一歸類排列。

***

回飯店沖過澡之後，愛蜜莉在八點準時推開警局大門。她在走廊遇見貝斯壯，他手上拿著馬克杯。

「Hej，愛蜜莉。所有文件都放在會議室桌上了。」貝斯壯補充，「還有咖啡也是。」他對愛蜜莉笑一笑，然後就走回辦公室。

貝斯壯並沒有提到愛蜜莉前一晚的舉動，她在心裡暗暗感激。愛蜜莉在會議室裡坐好之後就開始工作。

愛蜜莉喝到第二杯咖啡的時候，貝斯壯衝進會議室，眼神裡帶著勝利的光芒。

「我剛收到『掛鎖之夜』的賓客名單了，妳絕對想不到莉內雅的伴是誰！」

瑞典法爾肯貝里，警察局

二〇一四年一月二十二日，星期三，上午十一點

貝斯壯、愛蜜莉、艾蕾克希和烏洛夫松站在雙面鏡的另一邊，貝斯壯點頭表示允許，愛蜜莉便進入偵訊室。

烏洛夫松轉向上司，雙眼圓睜又咧嘴的表情儼然像個小丑，貝斯壯難掩不滿，咬牙切齒地對著烏洛夫松發怒：「For halvete（真是見鬼），烏洛夫松！你當警察已經二十年了，遇到事情都還要我再解釋給你聽！這個案子讓女性來問話更好，你難道看不出來？如果我沒搞錯的話，你應該不是女人吧？」

烏洛夫松低下頭，看起來就像被主人責罵過的狗一樣無助。

偵訊室裡，安娜．岡納森用擔憂的眼神盯著愛蜜莉，愛蜜莉在她對面坐下，同時把一個黑色袋子放到桌上。

「安娜，妳不介意我用英文進行吧？還是妳希望和會說瑞典語的人對談？」

「我不介意。」

「莉內雅遇害的那晚，妳和她在一起。」

安娜短暫閉起雙眼。

「我想，」愛蜜莉繼續說，「妳沒告訴警方是為了避免上報紙頭條，畢竟妳在市中心開店，真是這樣的話，對妳會很困擾。」

安娜躲避愛蜜莉的眼神，並不予以回應。

愛蜜莉打開桌上的袋子，從裡面拿出兩條長褲、兩件T恤和一件毛衣，艾蕾克希立即認出這些衣服，她在莉內雅房間的衣櫃裡看過。

「這都是妳的衣服，對不對？」

安娜點頭承認。

「妳是莉內雅的情人嗎？」

「不！不是，完全不是那麼一回事！」安娜大喊。

愛蜜莉往前一傾，雙手交叉放在桌上。

「那就向我們解釋吧，安娜，解釋一下我們為什麼不是在客房的櫃子裡，而是在莉內雅的衣櫃裡找到妳的衣服？告訴我在閃耀俱樂部的『掛鎖之夜』上又發生了什麼事？我知道那晚妳們兩個在一起。」

「好，好，好，我說……」安娜低聲說，同時用指尖搓揉前額。

她重重嘆了一口氣後才開始：「我和先生分開之後，莉內雅提議她不在瑞典的期間，我可以住在她那裡，我只會在姊姊需要私人空間的時候過去。莉內雅睡在小房間裡，因為她喜歡燈塔的景色，可是這個房間沒有衣櫥，所以她把衣服放在主臥室，也就是我使用的那個房間。至於掛鎖之夜……」

安娜忍不住放聲大笑。

「莉內雅的朋友理查．安賽姆剛好人在哥德堡，他發表了新商品，邀請莉內雅一起去玩，作為慶祝。我……我狀況不太好，所以莉內雅約我同行。」

「你們三人一起到俱樂部？」

「沒有，我那天原本在哥德堡，後來才到俱樂部和他們會合。」

「妳幾點鐘到？」

「十點，我和人約了吃晚餐。」

「妳和莉內雅碰面之前，她已經在俱樂部待很久了嗎？」

「這我不知道。」

「她當時和理查．安賽姆在一起嗎？」

「沒有，我從頭到尾都沒見到理查．安賽姆。」安娜趕忙回答，接著低下頭繼續說：

「我找到莉內雅的時候，她一個人在吧檯，我們花了整整半個小時才搞清楚派對的內容。」
愛蜜莉皺了一下眉頭。
「妳們出席之前不知道這是什麼樣的派對？」
「完全不知道，理查．安賽姆只對莉內雅說是替ＶＩＰ舉辦的活動。」
「莉內雅得知以後是什麼反應？」
微笑點亮了安娜悲傷的臉。
「她覺得很好笑。」
「莉內雅不生理查．安賽姆的氣嗎？」
「完全沒有，她覺得整件事都很好笑。」
「妳們後來繼續留在派對嗎？」
「對，我們待在吧檯觀察在場的人。」安娜的臉沉了下來。「後來我們出去抽菸，其實應該是我想抽菸，莉內雅只是陪我。沒想到在門口居然撞見我朋友的先生，他正要進俱樂部，我叫住他問話，這個混帳一直求我不要和他太太說，差不多在這時候莉內雅就不見了，後來我下樓也沒找到她……」
安娜的下巴顫抖，眼淚無聲滑過臉頰。
「我以為莉內雅回俱樂部等我了，所以我又進去，可是她不在吧檯，我找遍整個俱樂部也沒看到她的蹤影。」
「妳沒試著打電話找她？」

「俱樂部在地下室，收訊不好，我等了十分鐘，覺得她可能和安賽姆在一起，後來我又走出去打電話給她，但直接轉進語音信箱，這我也不意外，她在瑞典的時候通常不用手機，打電話給她找不到人很正常。」

安娜又補充：「套一句莉內雅的話，她這樣做是在『排毒』。」說到「排毒」兩字，安娜還用雙手在空中比了隱形引號。「我其實連她有沒有帶手機都不確定。」

安娜用力吞了一口口水。

「所以我後來拿了大衣就離開了。」

「妳就回法爾肯貝里了嗎？」

安娜點點頭。

「我還先到莉內雅家，可是她也不在那裡，於是我就回蘿塔家了。之後打了幾次電話給莉內雅，每次都轉到語音信箱。」

在雙面鏡的另一邊，淚水模糊了艾蕾克希的視線。

愛蜜莉摸了一下安娜的手臂安慰她。

「安娜，我希望妳能幫我，我想更精確地追溯妳和莉內雅相處那最後幾分鐘裡的情況。」

安娜眉頭一緊。

「可是……我已經告訴妳那天發生的事了。」

「妳的腦子裡其實儲存了對這場派對的記憶，只不過有些在妳不自覺的情況下被忽略了，但這之中也許有能幫助我們辨認凶手的線索，所以我想試著提取這些資訊，妳願意和我一起重新檢視這部分嗎？」

安娜同意了，神情十分嚴肅。

「謝謝妳。我現在要請妳找個舒服的姿勢坐好，雙手手掌朝上放在大腿上，肩膀放鬆。」

安娜照著愛蜜莉的話做，身體放鬆下來，看起來就像沒了牽線的木偶。

「很好，再來請妳閉上眼睛，用鼻子緩緩地深吸氣，然後用嘴巴輕輕吐氣，沒錯，就是這樣，很好，再做一次，吐氣，再來一次，就是這樣。」

愛蜜莉說話的速度慢了下來，聲音也變得像在喃喃自語。

「讓我們回到妳決定要出去抽菸的那一刻——俱樂部在地下室，妳們正在走樓梯上樓……」

「對……」

「莉內雅在哪裡？」

「她走在我後面。」

「階梯是什麼顏色的？」

「是木頭階梯，漆成黑色的木頭階梯。」

「牆壁呢？」

「暗紅色，貼了錦緞壁紙。」

「樓梯上人多嗎？」

「呃……有兩、三個人正在下樓。」

「妳看得到他們的臉嗎？」

「看不到……我只感覺到他們經過我身邊……唯一的光源是樓梯旁邊的小照明燈，我怕跌倒，一直注意自己的腳步。」

「當時樓梯上有什麼特殊味道嗎？」

「聞起來有蠟燭的蠟味和甜甜的香水味，是下樓的人當中一個女人身上的味道。」

「妳們現在到了前廳，接下來做了什麼？」

「我們領了大衣要往外走。」

「莉內雅對妳說了什麼？」

「我……我不知道……我看到她微笑著穿上大衣。」

「和我形容一下她的大衣和髮型。」

「她沒有綁頭髮，放下來垂落著，大衣的話……我不記得了……」

在雙面鏡另一邊的房間裡，烏洛夫松轉向艾蕾克希和貝斯壯說：「側寫師現在在做什麼？她希望賣花的想起來人行道上黏了多少口香糖嗎？」

貝斯壯還來不及開口，艾蕾克希就先回答了。

「克里斯蒂昂，這叫『認知性晤談』，愛蜜莉在試著替安娜的記憶解鎖，這項技巧通常對目擊證人很管用。」

被上了一課的烏洛夫松心裡很不是滋味，於是他面對著雙面鏡，雙臂在鼓起的胸膛前交叉，兩腳也大步站開，藉此強調自己剩餘的男子氣概。

安娜按壓著緊皺的額頭，忽然間，她挑眉又瞪大了眼。

「莉內雅的大衣外套是藍色的……寶藍色。」

「很好，安娜，莉內雅穿上了寶藍色的大衣，她正在對妳微笑，是什麼讓她這樣對妳微笑呢？」

安娜閉上眼睛，重重嘆了一口氣。

「我……我不知道……我沒聽見她說了什麼……」

「妳在拿外套嗎？」

「對，莉內雅已經拿到大衣了，換我領外套，她站到旁邊等我。」

「前廳裡還有什麼人在？」

「人很多……我記得很清楚的是一個帶傘的男人，他正準備離開。」

「他長什麼樣子？」

「滿矮小的、金頭髮……」

「妳為什麼會注意到他呢？」

「我……我還以為是我前夫……」

「結果不是他嗎？」

「對，不是他。」

「妳們兩個現在又在做什麼呢？」

「我們走出去了，莉內雅走在前面……」

「外面冷嗎？」

「很冷，一走出去莉內雅就叫了一聲，她抱怨瑞士的冬天很嚴酷。」

「妳們在做什麼？」

「莉內雅一邊說話的時候，我點燃了香菸。她說著法爾肯貝里的房子要翻修的事……講到地板……」

「妳們確切的位置在哪裡？」

「我們從俱樂部走出來，站在大門右手邊的人行道上。」

「人行道上的人多嗎？」

「應該有……二十來個吧……」

「人行道上的光線充不充足？」

「很充足，人行道被路燈照得很亮。」

「妳正在抽菸……」

「對……」

「那莉內雅在哪裡？」

「她面對我站著。」

「相對俱樂部大門和馬路來說，莉內雅站在哪個位置呢？」

「我們側身站在俱樂部前面，大門在莉內雅的左手邊，她臉朝著林蔭大道的北方。」

「路上人很多嗎？」

「有幾個行人經過……」

「莉內雅在做什麼？」

「摩擦雙手取暖，因為她沒戴手套，她在對我說話，可是我不記得說什麼了……因為我看到佩爾……佩爾．派崔克森，他是我朋友的先生，當時牽著一個女孩，那女孩還不滿二十歲吧……他讓我朋友生了三個孩子，而她在家裡忙著顧孩子的時候，這傢伙居然在外面勾搭上和他大女兒年紀一樣的女孩……」

安娜又睜開雙眼。

「安娜，妳想喝杯水嗎？」

安娜搖搖頭，用舌頭舔了舔乾燥的嘴唇，然後再次閉上眼。

愛蜜莉等了一分鐘左右，讓安娜有時間放鬆及緩和呼吸。

「所以佩爾在莉內雅背後……」愛蜜莉繼續引導安娜。

「對……」

「妳要去找他對質……」

安娜點了一下頭。

「莉內雅和妳一起嗎？」

「沒有……我實在太驚訝了，什麼話都沒有說就往前走。」

「她有沒有叫住妳？有沒有對妳說什麼？」

「我……我不知道……」

「妳對佩爾說了些什麼？」

「我問他瑪赫蓮在哪裡，瑪赫蓮是他太太……他看著我，求我什麼都不要對瑪赫蓮說，還說他來參加這派對根本是個錯誤，馬上就要離開了。」

「妳怎麼回答他？」

「我叫他不要再唬我了，他說女人變成母親之後，就很難找回原本的樣子，和他一起的年輕女孩試圖打斷他說話，還硬拉他的手臂往俱樂部走。」

「妳看得見俱樂部的大門嗎？」

「可以，就在佩爾背後。」

「所以妳是背對馬路？」

「對……」

「和我形容一下佩爾背後有什麼。」

「我看到……保全……他把門打開……有人走進去……」

「現在呢？現在情況怎麼樣？」

「佩爾要走了，他留下那女孩自行離開。」

「那女孩說了什麼？」

「她對佩爾破口大罵之後就走進俱樂部了。」

「佩爾往哪個方向走？」

「他右轉，過了馬路之後沿著林蔭大道往下走。」

「妳看著他離開嗎？」

「對……」

「妳在右手邊看到了什麼？俱樂部外面的人行道上有什麼？」

「在我右手邊嘛……有幾個人在交談。」

「妳看到了什麼人？」

「情侶吧……」

「所有人都成雙成對嗎？」

「我不確定……記憶很模糊……應該沒有……我只確定遠一點有兩個人站在一起……不知道是男的還是女的手舉在空中，好像是女的……對了，是女人在揮動手臂。」

「妳看得見他們的臉嗎？」

「女人背對我……她稍微擋到男人，我只看到男人穿了一件黑色的羽絨衣……還有連衣帽。」

「女人是長頭髮還是短頭髮呢？」

「短頭髮……是金髮……」

「他們站得離路燈遠不遠？」

「路燈只照到他們身上一部分。」

「妳看見了什麼顏色？」

「黑色……和藍色。」

「藍色嗎？」

「對，揮手臂那女人的外套是藍色的……」

安娜話沒說完就忽然張開雙眼，彷彿剛從惡夢裡驚醒，她剛剛才意識到，自己看到的金髮女子並非短髮，而是有一半的頭髮藏在大衣裡面，而且女子穿著藍色大衣，寶藍色的大衣。

安娜看見了殺害莉內雅的凶手。

瑞典法爾肯貝里

一九七一年二月

安利希從不鏽鋼槽裡把屍體拖出來，心想孩子出生之後很快就有同夥了，這對他的人生將會是多大的改變。他把剝了皮的小人兒放到乾燥檯上，仔細審視了好一陣子。成果幾近完美，可以進入最後階段了。安利希微笑，這個微笑點亮了整個靈魂。這就是他需要的。他需要的就是這種肌肉組織，年輕而毫無損傷的組織。

一切全要歸功於阿涅塔，在她告知安利希懷孕的那天，他就明白了。安利希一聽到這個消息旋即轉身離開，阿涅塔哭著在他身後追趕，可是他的腳步更快，馬上就拉開了距離。安利希一直走到海邊，不停自問怎麼會全然沒看出這女孩的心思、沒能解讀她的言語；安利希怎麼會讓自己走上這條不屬於他的道路？他坐在沙灘上，雙眼凝視著陽光輕撫的波光粼粼，潮水舔拭沙灘又往地平線折返，拍打在岩石間發出汩汩聲響。安利希想起弗萊舍醫生對他說過的話：「只有兒童值得永恆。」只有孩子們值得。忽然間，安利希理解了這孩子降臨人世的深刻意涵，他當下的反應太淺薄了，這孩子不會是負擔！安利希已經拉緊了弓，這孩子會成為弓上的箭！親生骨肉能讓安利希永世流傳，成為永恆。

那天晚上安利希外出尋找獵物。這是他第一次自己尋找目標、跟蹤、挑選、獵殺，安利希已經無法再等著屍體偶然降臨眼前，也不想再配合這些隨機到來的屍體想辦法了。

他要細心挑選，才能把純潔完美的遺產傳承下去，他對自己和接班人都有責任。

樓上的電話響起，安利希卻完全沒有聽見。

⁂

「阿涅塔，妳先生沒有接電話，很抱歉。」

產婆的聲音聽起來像隔了層霧一樣模糊，阿涅塔使盡全力克服子宮又一次收縮，好不容易才喘過氣來，瀕臨死亡的感覺再度來襲。

頑強的痛楚也再次湧現，過程雖然只持續了一秒，卻旋即達到頂峰，狂暴地鞭打著肚子和背脊，還一路延展到大腿。阿涅塔緊緊握住床緣，咬緊牙關、死命抓緊，藉此對抗這番痛苦。

阿涅塔的生產過程與孕期情況大同小異——漫長而孤獨。她心想自己雖不願意，卻還是變了一個樣子，就算她的性慾還是和從前一樣旺盛，身為男人的安利希仍然難以接受和她發生關係。其實阿涅塔沒有胖很多，但體態圓潤了起來，這似乎不合安利希胃口，求歡時他總是拒絕，還屢屢要求她把衣服穿好；安利希不斷對她說，應該為孩子著想，行為舉止也得像個負責任的大人，她的身體已經成為聖殿了。

從感受到胎動開始，安利希就早晚用德語對著阿涅塔的肚子說話，她一個字也聽不懂，不過看得出安利希有多麼愛他們的孩子。可是他不愛她。她，阿涅塔，安利希已經不愛她了。在這似乎永無止盡的幾個月裡，安利希從來沒照顧過阿涅塔，他的確很仔細監督阿涅塔的飲食，也會固定幫她量脈搏、做尿液檢驗，可是安利希完完全全忽略了她，阿涅塔的身體並不是聖殿，錯了，她的身體其實是船艦，用來負載和運送安利希的孩子。

「用力！阿涅塔！用力推啊！」

阿涅塔根本不需要旁人來告訴她該怎麼做，因為整個身體都在命令她用力往下推擠，而且每次用力都像短暫解脫，她聽到自己的叫喊聲，等大家叫她可以不用再推了，阿涅塔短促地呼吸，又再度吼叫，然後是另一種閃電般的刺痛，接著是奇異的解脫感，再接下來就是哭聲，或者說嗚咽聲比較貼切。

「阿涅塔，看啊，這就是妳的兒子。」

她斜睨著被高舉在天空那紅通通的玩意兒，手腳都摺起像青蛙似的，他們把他放在阿涅塔胸前，那張飢渴的小嘴含住一邊乳頭，握拳的小手放在另一邊乳房上，就像在宣示著地盤。累壞的阿涅塔閉上雙眼，輕輕抱著這個漂亮的小傢伙，感受肌膚貼上肌膚的美妙接觸。

※

阿涅塔在四天後離開產房回到安利希的住處，原本內心沸騰的怒火已經平息下來，理智告訴她說：沒辦法，就是聯絡不上安利希；但她很了解他，安利希在工作室裡聽不到電話聲，而且天曉得他每天到底都花多少時間待在裡面；安利希沒來找她，阿涅塔自己大概也有錯，誰叫她那麼常威脅要帶著寶寶逃跑呢。

她在廚房裡等著安利希，貪吃的小青蛙被她抱在懷裡吸奶。

「我還以為妳跑了，帶著我的孩子遠走高飛了。」

安利希的聲音嚇了阿涅塔一跳，她轉過身去，在那一瞬間，她明白了這個男人為什麼會如此吸引她。阿涅塔搖搖頭，上翹的嘴唇漾出微笑。

「安利希，這是我們的兒子，他叫亞當。」

安利希走近，大手放在嬰兒光禿的頭上。

「他好大好胖。」

「五十五公分、四點九公斤，是個胖寶寶沒錯。」

為了報復安利希缺席，阿涅塔動了手腳，可是一個字也沒說，這件事可以等，畢竟現在也沒那麼重要了，反正安利希最終還是會原諒她的。

孩子會修復他們兩個的關係，阿涅塔深信這一點。

瑞典法爾肯貝里，警察局

二〇一四年一月二十二日，星期三，下午三點

在貝斯壯和艾蕾克希的協助下，愛蜜莉把第一批紙箱從推車上搬到桌子正中央放好，烏洛夫松心不甘情不願地起身幫忙。

「我們要換個方式，」愛蜜莉用毫無起伏的聲調解釋，「還是要檢視失蹤兒童的檔案，只不過這次要回溯到六十年前。」

烏洛夫松不發一語，雖然想開口想得要命，但貝斯壯看起來就像隨時要衝著他來，烏洛夫松雖不明就理，心想目前還是最好不要招惹貝斯壯；因為這個案子，一個禮拜四十小時的工時，烏洛夫松在三天內就做完了，除此之外，他在法爾肯貝里的生活畢竟還算平順，改變是他最不希望發生的事。

無可否認的是，烏洛夫松實在快受不了這個側寫師了，就算她的確長得不錯，身材卻平扁得像砧板，毫無曲線，還結實得到處是稜角。而且這位小姐牽著大家的鼻子東奔西跑，還堆了山一樣積滿灰塵的文件要看，結果調查也沒有進展。難道都沒人發現她這一套就只是在故作玄虛嗎？她對那個賣花的問訊兩個小時，到底作用何在？不就只知道了莉內雅那天穿藍色大衣，出門前去做了頭髮，就這樣！蘇格蘭場招聘的新進人員資質還真是優秀啊……好啦，他們現在知道莉內雅在哪裡遇到凶手了，可是既然安娜．岡納森沒辦法指認嫌犯，所以知道這些還不是沒用！

總之呢，烏洛夫松是唯一看清整件事的人，這一切不過只是屁話，「兩隻奶子加起來還沒有左額葉大」小姐的每一句話，貝斯壯和辣妹聽了都信以為真。

烏洛夫松覺得自己有必要說些什麼，當然說的時候要加上技巧和他那致命的吸引力，這樣大家比較聽得進去。

「愛蜜莉，為什麼不偏不倚，就是從六十年前開始查起呢？」烏洛夫松帶著大大的笑容提問。

「克里斯蒂昂，我正要解釋，我越來越確信我們要找的是兩人搭檔，一人是支配者，另一人是受控者，這是他們『辦事』的機制。可是我不覺得他們用地域分配工作，事實應該相反，他們會一起獵捕目標和殺人，就是因為這樣，受害者身上的傷口才會表現出一致性，因為每次下手的都是同一個人。如果受控者像我想的那樣，目前年約三十五到四十五歲，支配者的年紀至少會大他個二十歲，由他帶頭領導受控者。受控者應該是受過教育的男性，難以被打動或操弄，如果是這樣的話，支配者年約五十五到六十五歲，身體好一點的話甚至可能更老，而且他還很可能從很早之前就開始行動了。所以我們要找的是他對特定同一類受害者的犯案特徵，也就是介於六到八歲的男童。假設他最老的情況是七十五歲，他對兒童的興趣從二十歲開始的話，那我們研究的範圍就要一直回溯到一九五九年，也就是五十五年前。」

謝謝妳哦，我自己會算好嗎，烏洛夫松在心裡咒罵。

接著他又問。

「妳從『認知性晤談』裡又得知了什麼呢？」烏洛夫松再次露出迷人的微笑。

貝斯壯懷疑地看了烏洛夫松一眼，心想他今天是不是吃錯藥了。

「認知性晤談讓我知道莉內雅和凶手很熟，熟到晚上他穿著大衣拉上帽子，莉內雅都還認得出來。」

烏洛夫松在椅子上前後搖晃，刻意表現出漫不經心的樣子。

「安娜不是說路燈把路照得很亮嗎？」

「沒錯，可是遇到有人戴帽子或拉起連衣帽的時候，路燈俯角照射下來的光線就會在臉上造成陰影。」

「這又有什麼差別？」

烏洛夫松的語氣裡帶著不耐煩。

「在我之前建立的側寫裡認為，主要嫌犯應該是莉內雅的朋友、同事、鄰居，或是她經常光顧的商家店主，是她看到就認得出的那種。多虧了安娜・岡納森提供的資訊，我們現在知道即使在有限照明的情況下，莉內雅還是馬上就認出了這個人的臉，也因此確認了她和凶手的確是熟識。」

艾蕾克希感覺到頸後冒著冷汗。

「認知性晤談也讓我知道，下一名受害者一定就住在靠近哥德堡市中心的地方。」

烏洛夫松強忍下沮喪感而變得咬牙切齒，力道大到使牙齒格格作響。

「我剛才提到了這次做法不同，」愛蜜莉接著說，「接下來看失蹤檔案的時候，大家要一一記下兒童的性別、年紀、頭髮和眼睛的顏色，還要注意背景，確認失蹤兒童是否來自單親或核心家庭，家裡是否有問題或不正常，如果有失蹤日期和大致時間的話也要注意，還有失蹤前最後出現的地點和住家地址。」

「不用讀調查報告、心理報告或問話紀錄了嗎？」艾蕾克希問。

「不用了，至少目前不用，目前只要收集我剛剛提到的資訊就好，我會負責分析統整。」

愛蜜莉走出會議室幾分鐘去打電話。

等她回來的時候，艾蕾克希、貝斯壯和烏洛夫松已經在填紀錄表了，那是愛蜜莉先前就準備好的，這群人的神情既專注又投入，看起來就像在應對大考的學生。

瑞典法爾肯貝里，塢洛夫斯博，莉內雅．比利克斯住宅

二〇一四年一月二十二日，星期三，下午六點

艾蕾克希放下研究資料，陪安娜．岡納森來到莉內雅家，因為安娜希望拿回私人物品，艾蕾克希之前在整理莉內雅的遺物時，以為屋裡都是莉內雅的東西，所以已經全數打包，並貼上了標籤。

安娜率先進入屋內，小心翼翼走著，同時用擔憂的眼神審視每個物品，彷彿頭一次來到這裡；艾蕾克希跟在安娜身後，觀察她仔細謹慎地探索，看著她無聲地打開抽屜、櫃子、紙箱，再以慎重的態度收起無關緊要的東西。

收好私人物品以後，安娜踩著夢遊般的步伐走進廚房，在餐桌旁頹然坐下，因悲傷而雙肩垂落、拱起背來。

「好了嗎？東西都收齊了嗎？」艾蕾克希問，一邊在安娜身旁坐下。

安娜緩緩點頭，桌上還殘留著麵包屑，她用手指輕觸沾起。

「我想應該收齊了，謝謝。」

安娜的肩膀忽然間輕輕顫動著，她吸鼻子，試圖忍住眼裡湧出的淚水。

艾蕾克希一隻手放在安娜背後，另一隻手輕撫安娜的頭髮，猶如母親安慰孩子那樣溫柔。

安娜一動也不動，靜靜感受這親密的肢體接觸，她們兩個彷彿以這樣奇異的方式，私密地分享彼此哀悼的心情。

「我前天才看到莉內雅。」安娜低聲說，聲音因哭泣而有些嘶啞。

艾蕾克希靠得更近。

「我在街上要往花店走，結果就看到她了，她站在那裡等我，看起來非常悲傷，如此悲傷……」

安娜用手背抹鼻子。

「我甚至沒有告訴蘿塔，她老是擔心我，再對她說這種事，她一定會受不了。」

「我的男朋友在幾年前去世了，」艾蕾克希也吐露了心情，「他過世三個禮拜後，也在我面前出現過一次，他坐在我們房間的床緣，看著我笑，笑容還是一樣無私、坦率，就像之前每天早上起床時那樣，我眼睛還沒完全睜開，就看見他這樣笑著，沒什麼比這更平凡、更乏味的日常了，但就在那幾秒鐘，他回來了，又回到我身邊。」

艾蕾克希沒有多想，這些話就脫口而出，從悲傷枷鎖中釋放出的一字一句在安娜和艾蕾克希之間飄移，得到了解脫。艾蕾克希對戀人的哀悼有如一場內心的追尋，現在終於尋得了平靜。

艾蕾克希握住安娜的雙手，兩人就這樣靜靜凝視著漆黑的海，海面染上月光，她們分享著這幾分鐘令人安心的沉默。

安娜離開之後，艾蕾克希原本要去叫計程車，瘋狂的念頭卻閃過腦海。她穿上大衣，想著門外正等待她的冰冷寒風，身體便不禁發抖，接著她走出莉內雅家，勇敢迎向極夜。

十分鐘後，艾蕾克希來到施泰倫家。

大門兩側的感應嵌燈自動亮起，照得她無所遁形。艾蕾克希忽然自問：這是在做什麼，晚上這個時間跑來不太熟識的男人家，還想請求他作伴。她到底在這裡做什麼？

應該趕緊回飯店，詢問愛蜜莉有什麼需要幫忙的，或是重讀筆記，就算不為她自己，也該為莉內雅做些有意義的事。

施泰倫開了門，臉上的表情雖然有些驚訝，但立刻轉為擔憂。

「妳還好嗎？」

艾蕾克希滿臉通紅地點點頭，與其說是因為天冷，不如說尷尬的成分居多。

「快進來吧，妳在外面一定凍僵了。」

艾蕾克希越過大門，腦子快速運轉，不停想著該怎麼解釋這次的臨時來訪。

「妳剛剛去了莉內雅家？」

「對，和安娜．岡納森一起。」

施泰倫皺起眉頭。

「安娜……岡納森？」

「對，就是蘿塔．阿爾格倫的妹妹，她也是你的鄰居。」

「噢，蘿塔啊，我知道了。不過為什麼是和她妹妹一起？她認識莉內雅？」

「她們是朋友。」

「是嗎？」

「安娜三不五時會到莉內雅家住。」

「莉內雅對我說過房子有時候會借朋友住，但不知道為什麼，我一直以為是她在倫敦的朋友。」

艾蕾克希脫下大衣和鞋子，動作不必要地緩慢，為的是拖延一點時間找個好藉口，但唯一想得到的就是當下赤裸裸的感受。進家門脫鞋是瑞典人的習慣，主要的考量是衛生因素，但實在少了一點誘惑力。

艾蕾克希跟著施泰倫走到客廳。

「妳要喝點什麼嗎？」

艾蕾克希不太自然地點點頭。

施泰倫隨後拿了兩只酒杯，放在矮桌上之後就在沙發坐下，坐在艾蕾克希身旁。

艾蕾克希又多花了幾秒品嚐紅酒，是波爾多，濃烈但香氣十足。

她感受到施泰倫注視著她的眼光。

「這妳應該都……很熟吧……」

艾蕾克希轉動杯中的酒，她知道施泰倫要說的和品酒無關。

「你想說的是調查連環殺手還是哀悼？」

「兩者關係密切，不是嗎？」

熱切的慾望占領了艾蕾克希全身，就施泰倫的問題而言，這樣的反應並不恰當。

「的確是緊密連結。」

艾蕾克希忽然覺得自己很骯髒，這麼毫不遮掩的渴望和猥褻的思想彷彿讓她變得齷齪不已；她無權只想著自己，無權遠離哀傷，時候未到，她不能拋下已逝的男友，另外找人來取代他；賀爾蒙令性慾高漲的時候，她可以繼續和隨便哪個人上床，但就是不能定下來。

施泰倫的眼神掃過矮桌，他在等艾蕾克希開口，他等著她的解釋與分享，可是艾蕾克希完全不想對施泰倫傾吐自身遭遇，這樣的負擔時時刻刻跟著她，就算沒說出口卻也夠沉重了。

施泰倫點點頭，視線始終沒離開過矮桌，艾蕾克希心想自己是否終究還是把話大聲說出來了？施泰倫放下酒杯，身體轉向艾蕾克希，**他要對我說真心話了**，艾蕾克希想，頓時感到無力，她厭倦了永無止盡的談話療程，厭倦了老是遇到受過傷的男人。

艾蕾克希正準備請求他別開口，施泰倫卻傾身靠近她，並用眼神質疑她，狂熱的眼神愛撫著艾蕾克希全身。艾蕾克希因為吃驚而定住不動，直到施泰倫的唇貼上了她的，驚訝的感覺隨即煙消雲散。艾蕾克希覺得身體像著了火般，卻又不斷融化，彷彿施泰倫將陽光注入她充滿冰霜的體內，剛剛那些想法都飄散開來，艾蕾克希再也無法思考。

施泰倫的嘴從艾蕾克希的上唇移動到下唇，然後來到頸間。他停了幾秒，像是沒氣了一樣，接著舌頭又滑進艾蕾克希的雙唇之間。

慾望如電流般觸擊著艾蕾克希，一股熱浪直往下腹竄流。她喘息著任自己倒在沙發上，雙眼緊閉，四肢都沉重了起來，全身浸淫在如醉酒的恣意放肆之中。

艾蕾克希聽見施泰倫粗糙的牛仔褲磨蹭著她，再來是皮帶鬆開掉到地板上的聲音，接著是褲子滑下雙腿的窸窣聲；施泰倫脫掉艾蕾克希的內褲，碰到她溼潤的私處時呻吟了一聲，艾蕾克希張開雙腿，同時把施泰倫拉向她，他上半身的重量和溫度緊緊壓著她，艾蕾克希感受到久違的快感。

直到高潮在下半身擴散開來，艾蕾克希才張開眼睛，旋即對上施泰倫的雙眼，他溫柔的眼神既滿足又從容，艾蕾克希因喜悅而身體微微顫抖。

英國康瓦爾郡

一九八二年七月

阿涅塔偷親了兒子一下，每次要出發前往瑞典時，亞當就會呈現出這樣的興奮狀態，最讓他開心的事就是去找父親，和父親共度假期。

阿涅塔回溯到最早先的記憶，安利希一直以來都絕對控制著兒子的心。因為母奶對孩子比較好，在「安利希皇上」的堅持下，阿涅塔親餵亞當到滿十六個月，期間忍受著那貪婪小尖牙嚙咬的痛苦；晚上只有阿涅塔會起來安撫兒子，替他換尿布、哄他睡覺、照顧他，可是兒子眼裡只有父親。亞當看著父親的時候，眼神裡滿溢仰慕和敬愛，彷彿安利希就是「完美」二字的化身。有時候阿涅塔會覺得在亞當的世界裡，只要有父親就夠了，她付出了這麼多努力，要給亞當一個健康快樂、身心平衡的童年，對亞當來說，她卻還是像個透明人。「母親這個角色就是吃力不討好，」阿涅塔的母親從前老是這麼說，當時阿涅塔正值難以管教的青春期，「等妳當媽就知道了。」這句話母親對她重複了好多遍，媽，妳說得真對。

如果父母還在世就好了……還記得阿涅塔告訴安利希懷孕的那天，他丟下她，獨自離開，從那天開始，阿涅塔就非常想念父母；她重新檢視讓自己遺憾的事，想著每一次自己是怎麼因為放縱和任性而傷害了他們，當時如果知道父母有多珍貴，阿涅塔就不會這麼做了。

他們實在走得太早，下葬時阿涅塔才十九歲，心智還非常不成熟，套句父親說的話，阿涅塔還沒「長好」。要是父母還在世，就算阿涅塔視而不見，他們也會指出安利希的缺點來警告她。

和安利希的關係完全不如阿涅塔所預期，他滿足了阿涅塔和亞當的需求，母子兩人從來沒餓著過，但除此之外，安利希一直都是令人生厭的伴侶。

阿涅塔認識安利希的時候，他就已經整個週末都關在工作室裡了，亞當出生之後，他更是變本加厲，只要有空閒的時間就待在那裡，除了每天陪亞當散步的那個小時。但是他們父子相處的時間神聖不可侵犯，阿涅塔想跟都不行，她在安利希的生命裡無足輕重，儼然只是孩子的保母，如此而已。

自從阿涅塔宣布懷孕以來，安利希就再也沒碰過她，一次也沒有，連愛撫或單純的親吻都不願意。安利希後來搬到小房間去，大房間留給母子倆睡，這樣的情況一直持續到四年前，後來阿涅塔就帶亞當去英國了。安利希並不是真的沒有慾望，阿涅塔曾經聞到他身上和其他女人做愛留下的氣味，這混帳在外頭鬼混完了，回家前居然連洗都不洗一下。

阿涅塔不是沒試過引起安利希的反應，再次挑逗他。首先，她採取溫和消極的手段，半夜裡偷偷爬上安利希的床，但他連正眼都沒瞧一下阿涅塔的裸體，就命令她馬上回房睡覺。安利希踐踏了阿涅塔的自尊，她沒辦法忘懷這般羞辱的記憶。阿涅塔也試過眼淚攻勢，這招同樣不管用。她使出的最後一招，就是拿著刀擋在安利希面前，威脅安利希要是不像個真男人一樣盡義務、對她好，她就要自殘；安利希只是面無表情地看著她，阿涅塔雖然沒動手，那漠不關心的態度就已經讓她感受到椎心刺骨的痛，阿涅塔這輩子從來沒有覺得自己如此下賤、渺小，她所引以為傲的一切，不管是身材還是性慾，在那一刻都被安利希．埃博納瓦解成碎片。

阿涅塔非常懊悔自己花光了賣房子的錢，而父母留給她的遺產要到三十歲才能解凍領出，阿涅塔因此離不開安利希，也無法搬到其他地方展開新生活。她別無選擇，只能咬緊牙關忍耐。

過了兩年悲慘的生活之後，阿涅塔忍不住了，她聯絡了定居英國的阿姨；老太婆完全不想插手，只以為阿涅塔故意演上這麼一齣戲好提早拿到錢。

她只好一直等，等到自私的阿姨發現事態嚴重，最後主動提議先借錢給她，算是在繼承遺產前幫她一把。

阿涅塔於是帶著亞當逃到英國，因為亞當是「她的」兒子。阿涅塔為了報復安利希，在醫院裡不但自作主張替兒子命名，還在文件上登記「父不詳」，所以安利希在法律上和亞當沒有任何關係，也無權干涉，而且安利希根本就不知道阿涅塔還有這麼一個阿姨存在，所以他既找不到他們母子倆，也沒辦法聯絡他們。

在康瓦爾郡的生活原本可以很完美，要不是亞當那麼傷心欲絕的話……他受不了沒有父親在身邊。來到英國四個月後，阿涅塔終於接受阿姨的建議，主動聯絡安利希，亞當才見到父親，馬上恢復了生氣勃勃的樣子。

亞當現在有一半的假期在法爾肯貝里度過，阿涅塔不得不承認，這對父子建立了和諧而穩固的關係，安利希對亞當如此重要，阿涅塔甚至可以利用這一點威脅亞當，而亞當只要聽到母親要取消瑞典假期，或打電話告知父親他做的壞事，就會乖乖聽話，而阿涅塔也是因此才制止了亞當的縱火癖，兩道威脅攜手發揮了十足的功效。

亞當轉身給母親一個飛吻，看到阿涅塔悲傷的神情，又張開雙臂獻出第二個飛吻，噘起嘴唇的模樣看起來傷心欲絕，但那只是看起來……因為畢竟，畢竟他是要離開母親去見父親。亞當雖然沒說出口，但他更想和父親一起生活，在瑞典，時間總是過得太快，和母親在一起，每分每秒卻變得如此漫長，直到假期再度來臨……

父親曾經告訴他應該怎麼適應現況，在瑞典的時候就要像瑞典人，在英國的時候就要有英國人的樣子；至於德語，基於對祖先和文化的尊重，亞當應該學習、精通這門語言。所以每次回英國之前，父親都會出作業給他，要他在母親家把該背誦的內容背好，並潛心鑽研，只要亞當一抵達法爾肯貝里，父親就會考他，內容不外乎歷史、藝術和文學。像這次亞當得背熟一首詩，但他從來沒告訴母親這些事；亞當也從來沒向母親提過，他在法爾肯貝里的時候都使用父親的姓，因為這樣比較方便。

不知道為什麼，亞當急切地想去釣螃蟹。瑞典的小男孩釣到螃蟹之後都會放生，但是父親告訴他這樣不對：螃蟹被捉住就該犧牲，於是亞當和父親把捉到的螃蟹統統帶回家，父親會折斷蟹腳，就像亞當對待蒼蠅翅膀那樣，再來換亞當動手了，父親給他最小隻的螃蟹，結果亞當很氣自己，因為蟹腳在他指間斷掉的那一刻，他短暫地眨了一下眼。亞當不是故意的，螃蟹斷腳的聲音嚇了他一跳，還讓他覺得有點噁心。父親說如果他想當個優秀的外科醫師，就不能閉上眼睛，不管看到的、聽到的還是聞到的讓他多驚訝或厭惡都不行，所有的身體感官都要隨時處於警覺狀態。

亞當不斷地練習，但當然是私底下偷偷進行，母親住的地方沒有螃蟹，亞當只好用貓練習——那是園丁原本打算淹死的一群小貓，亞當把牠們藏在舊雞舍裡，他就待在那裡面練習。

亞當現在已經不會再眨眼了，父親一定會為他感到驕傲。

父親答應過他，在下次的假期，他們會更進一步，亞當並不明白父親的意思，但這件事還是讓他興奮不已，因為無論如何，更進一步肯定代表更棒的經驗，而且還是和父親一起。

然後，所謂「下次的假期」就在今天展開。

瑞典法爾肯貝里，大飯店

二〇一四年一月二十二日，星期三，晚上七點

愛蜜莉把資料夾放在床上。

他們今天下午工作效率很高，艾蕾克希、貝斯壯和烏洛夫松看完檔案，過濾出一大堆資訊，愛蜜莉要做的就剩下分析，這將花掉她一整晚的時間。貝斯壯還聯絡了哥德堡國家刑事調查部，確認過去六十年間是否出現過氣管被切割或摘除的受害者，刑事調查部的同仁指出沒有任何切除氣管的案子，挖除眼球的情況則大部分與幫派清算或激情犯罪有關。

愛蜜莉打開保險箱拿出信封，裡面裝有倫敦犯罪現場的照片。她盤腿坐在床中央，筆記本就放在旁邊。

在對收集來的資訊抽絲剝繭之前，愛蜜莉想重新回溯這個案子，檢視連環殺手藉由犯罪所寫下的故事；因此，犯罪現場的照片她得一張一張重新看過，把自己當成是第一次看到這些照片，畢竟已經看過太多次，照片變得像熟悉的畫作一樣，就算再盯著看也不見得把細節看進眼裡。所以愛蜜莉要關掉體內「自動導航」的模式，強迫自己用全新的眼光再一次觀察所有照片。

等到檢查完最後一張照片，愛蜜莉重讀先前在筆記本列下的問題。

接下來的一個小時裡，愛蜜莉強迫自己批評之前推論出的各項假設。

「受害者的屍體經過清洗，要洗掉什麼？為什麼？」

凶手清理受害者，同時抹去自己的行跡，這個解釋可以接受，但也很可能只是巧合；愛蜜莉從這個舉動中，首先看出了尊敬和懺悔的意圖，因為凶手仔細照料死者，希望讓他們看起來得體，對凶手來說，替受害者沐浴淨身的程序就和摘除眼球一樣重要。這是一種淨化儀式嗎？然而，孩童本身就是純潔的化身，所以凶手並不希望在殺人的過程中「弄髒」他們？

而莉內雅和小男孩都沒有被性侵。

「為什麼在受害者的左手臂刻上字母『Y』？」

愛蜜莉在筆記本上記下左手臂帶給她的聯想——「Vena amoris」（拉丁語，「愛情之脈」），愛蜜莉幾乎是反射性地寫下這幾個字，埃及人相信左手無名指上有一條靜脈直通心臟。就算是這樣好了，那為什麼「Y」是刻在手臂上而不是手上？

手機在背包裡嗡嗡作響。

愛蜜莉接起電話，另一頭傳來亞瑟．漢納帶著鼻音的問候，他是愛蜜莉在加拿大皇家騎警隊的前同事，她稍早時留了口信給亞瑟，請他有空看一下這個案子。

亞瑟在知名騎警隊裡的地理側寫部門工作，他是部門負責人，自愛蜜莉到蘇格蘭場工作以來，就曾經無數次請求亞瑟協助，他會使用複雜的數學運算程式，最後總是能定位在逃凶手的住家或工作地點，亞瑟也喜歡布魯斯・史普林斯汀[25]，是個無可救藥的歌迷。

「嗨，亞瑟。」

「愛蜜莉，真要命！妳那個凶手實在是糟糕的傢伙，又是一個大變態，早上和大家一樣在星巴克買咖啡，晚上還會親吻太太的額頭，誰想得到隔壁鄰居的小孩已經被他關在地下室裡十天了。

而且居然還有人認為這種人有權接受審判、值得人們為他勞心費神？大家都瘋了！我跟妳說啦，要是他們能看到我們每天看到的東西，一定會想在大廣場上當著眾人的面把凶手活活燒死。」

愛蜜莉沒有回話，默默皺了一下眉頭，接著聽到亞瑟抽著菸吞雲吐霧的聲音。

「我也不曉得為什麼，妳的案子讓我想到了〈世界多美妙〉（What a Wonderful World），飽伯・希爾和喬治・魏斯寫這首歌的時候，成天吸古柯鹼，吸的量之多，多到都可以從屁眼裡出來了，這種情況何來『美妙』之有？總之，我很替妳高興，妳在蘇格蘭場應該待得很開心，而且還很高檔，妳都坐商務艙到維京人那裡？」

「你有時間讀完檔案嗎？」愛蜜莉把話題導回正軌。

「讀完了，說到這個，我一整天都被這件事給打亂了……好不容易我辦公室裡能有一天保持清靜，本來想聽布魯斯・史普林斯汀一九八一年的盜版專輯，再看都柏林現場演唱會的

25 Bruce Springsteen，美國搖滾教父，曾榮獲二十座葛萊美獎等多項榮譽。

DVD，結果我不但沒能欣賞我的布魯斯，反而花時間設計方程式，就是為了找出妳那個瘋子，想必他童年一定很慘，才會把人的眼睛和氣管當雜草一樣亂割亂挖，大家在生小孩之前真的應該要三思，如果生出來是要養這種瘋子，最好使用避孕措施。」

「結果你發現了什麼？」

「愛蜜莉，對不起，我設計的數學方程式沒能找出這傢伙的任何資訊，妳這個案子實在很麻煩，又是倫敦又是瑞典，四個小男孩加一個女人，總之就是一團亂啦，妳希望我能從這之中找出什麼呢？不過我的確同意妳說的，凶手應該有兩個人，可是這一點又讓整件事變得更複雜了……」

亞瑟的聲音裡充滿了罪惡感，在面對犯罪的時候棄械投降，沒什麼比這還要糟糕的了。

「你從犯罪特徵裡有沒有找出什麼線索？挖眼球和切氣管已經夠變態的了，費盡心思用刀刻出刺青，還是頭一遭看到。」

「你是說手臂上刻的字母嗎？」愛蜜莉問，她不懂刻個「Y」有什麼費心思的。

「對啊。」

「我不知道字母傾斜的角度為什麼都不一樣，但目前我對這些字母的解釋是受害者的性別。」

電話另一端響起亞瑟宏亮的大笑聲。

「天啊，愛蜜莉，好吧，我應該是已經老到可以回收了……要是我太太在這裡，她一定會嘲笑我，說是布魯斯．史普林斯汀把我搞糊塗了……我根本沒看出來那是『Y』，妳相信嗎？」

「噢，是嗎？那你以為是什麼？」

愛蜜莉聽了亞瑟．漢納的解釋，在驚訝不已之中掛斷電話。

亞瑟為整個案子帶來了全新的觀點。

瑞典法爾肯貝里

一九八二年七月

亞當驚醒，把棉被推到一邊，睡衣都溼了，他把一隻手伸到屁股下方，床也溼了。

亞當因憤怒而緊握拳頭。出發之前，母親在他行李箱裡放了尿布，但亞當趁抵達瑞典之前就扔了；如果父親發現了，看待亞當的態度一定會有所不同，父親是如此自豪能有這樣的兒子啊！雖然他從不笑開來，但嘴角總是微微上揚，淺淺的笑容裡滿是驕傲。父親上次說，男孩子到他這個年紀就不該再尿床了，只要對身體下令別再這麼做，就不會再尿床。「有志者事竟成」，父親總是對亞當重複這句話。

父親是英雄，他熬過第二次世界大戰生存下來，曾向亞當敘述在布亨瓦德集中營度過那漫長的幾個月，也告訴他關於弗萊舍醫生的事蹟；亞當問父親，既然他是英雄，德國應該有街道以父親的名字命名吧？父親回答沒有，並對亞當解釋，路牌上標有自己的名字不算成功，真正的成功是完全達成自己所訂下的計畫與目標。因此，亞當非常努力遵行「有志者事竟成」的準則，每晚在入睡以前，他都會對自己的身體說話，他命令身體服從，不准再背叛他、讓他丟臉，可是這些方法都不管用，他還是會在自己的尿水裡醒來。

亞當起身拉掉床單，摺成兩半之後放在床墊底下，等父親出門去上班，他就趁機把床單洗好曬乾。亞當脫下溼衣服，換了一套睡衣，接著打開衣櫃想拿新床單替換。

他東翻西找，又爬上椅子查看衣櫃上層，怎麼樣都找不到床單，今晚他也是可以就著床罩睡，但是等明天早上父親來叫他起床，父親一定馬上會看出亞當又「放任自己」了，所以亞當不得不踮起腳尖走一趟洗衣間。

回房間的路上，亞當發現樓下工作室的燈亮著。家裡的規矩是晚上九點就寢、早上七點起床，父親和亞當都遵守這個規定。稍早父親向他道過晚安之後，亞當聽見父親關上房門的聲音，可是父親的房間是在走廊另一頭。也許是父親忘了關燈？還是……有人入侵……？父親不准亞當到工作室裡，但如果有人闖入家裡，亞當就應該要制止！

亞當心跳加速，他看了看四周，找不到可以制服小偷的物品，但他得勇敢起來，因為他要保護父親，畢竟他繼承了父親的性格，亞當也要當英雄！

亞當的心撲通撲通狂跳著，他緩緩打開地下室的門，一邊祈禱門不會發出嘎吱聲。「有志者事竟成、有志者事竟成……」亞當喃喃自語重複這句話，要鼓起勇氣，讓顫抖的雙腳繼續前進。

亞當讓身體靠著牆往前走，同時低頭看階梯，小心翼翼地踩下每一步，消毒水強烈的味道襲來，刺激著亞當的鼻腔和雙眼。

亞當終於走進作為工作室的房間裡，首先映入眼簾的是一排金屬架，他的眼光掃過架上的「物品」，雖然出乎意料，亞當還是怯怯地伸出手，用手指觸摸那發亮的皮膚，他見過這種肉皮，就和吊掛在肉鋪櫥窗裡的肉一模一樣。

原先鼓起勇氣下樓的原因完全被亞當拋在腦後，他忘了可能身處的危險，反而因為看得著迷而走到房間中央，金屬桌上躺著一個全裸的小男孩。

亞當正要伸出手觸摸男孩時，忽然注意到父親就在面前。亞當僵住不敢動作，然而他在父親眼中看到的不是憤怒，而是驚訝。

父親沒有說話，只對亞當點點頭表示允許，彷彿要鼓勵他繼續觀察。亞當繞著屍體走，把左手放在小男孩的手腕上，小男孩就和金屬桌一樣冰冷；亞當用右手握住小男孩的食指向後扳，一直扳到發出清脆的斷裂聲，亞當非常鎮定，眼睛眨都不眨一下。

亞當抬頭看父親，父親也正用熱切的眼神盯著他。

「父親，你看見了吧，我現在不會閉眼了。」

瑞典法爾肯貝里，警察局

二〇一四年一月二十三日，星期四，上午七點

艾蕾克希急忙推開會議室的雙開門，氣喘吁吁又披頭散髮跑了進來，愛蜜莉卻連看都沒看她一眼。

三十分鐘前，艾蕾克希收到愛蜜莉的訊息，請她盡快趕到警察局。儘管艾蕾克希身上還殘留著溫存的餘熱，她還是連忙穿上前一天的衣服。施泰倫載艾蕾克希來到警局，兩人依依不捨的深吻之後，艾蕾克希才一路跑進會議室，施泰倫親吻的滋味還留在嘴裡。

愛蜜莉從背包裡拿出一疊紙製資料夾，其中一堆描圖紙滑落到地板上雜亂地散開，彷彿落了一地的枯葉。愛蜜莉神態自若地拾起描圖紙，把紙放在桌上擺好，動作緩慢而精準，像在演練日本武術招式。愛蜜莉隨手盤起的低髮髻已經在頸後散開垂下，靴子的鞋帶也沒綁，連皮膚都和身上的毛衣一樣發皺；從打扮看來，愛蜜莉應該也是急忙套上衣服就出門了。

接下來走進會議室的是貝斯壯和烏洛夫松，尾隨在他們身後的是局長祕書，艾蕾克希到現在還是不知道她的名字。女祕書把托盤放在桌上，托盤上放了四只馬克杯和一個保溫瓶，然後女祕書就靜靜離開了，她一直以來都是行禮如儀。

愛蜜莉這時才抬起頭來看大家，好像才意識到有人來了，艾蕾克希倒了一杯咖啡遞給她。

「我有線索了，」愛蜜莉喝下一口咖啡說，「針對昨天大家收集到的資訊抽絲剝繭之後，我找出了一組模式，也就是這些失蹤案件裡的規則性。從一九七〇年到二〇一三年，每九個月在瑞典西岸就有一個小男孩失蹤，這些失蹤男孩的年紀介於六歲到十歲，他們全都是棕髮，不是孤兒就是來自問題家庭；這個模式到後來變得更精確了——每兩個孤兒失蹤之後，緊接著就是一名問題家庭的兒童失蹤，以此類推。在大部分的案子裡，警察都認為是孩子逃跑，不然就是被親近的人殺害了，到現在這些孩子沒有一個被找到，一個都沒有。」

「妳覺得為什麼會這樣？」

艾蕾克希和貝斯壯轉頭看烏洛夫松，他問話的語氣既不做作也不惡毒，甚至不帶諷刺，感覺他是真心提問。

「一九七〇年到二〇一三年之間，屍體應該都被埋葬或存放在一個或多個私人墓地裡，可是到了二〇一三年，情況有所改變，應該是發生了大事，壓力源還有待確認，但凶手改變了作案模式，他們開始在倫敦殺人犯案，棄屍手法也不如從前那麼用心，從那時候開始，他們就把受害者留在大眾的眼前。」

「壓力源是什麼？」

烏洛夫松居然延續著認真有禮的態度，貝斯壯暗自心想他為什麼不早點展現出這謙遜的一面。

「這表示凶手受到了一種或多種刺激，例如分手、心愛的人去世、孩子出生或失業等等，任何會引起凶手壓力，進而導致犯罪的原因都可以是壓力源，就算凶手先前已經建立起固定的做案模式，壓力源也可能促使他改變這套模式。」

艾蕾克希用指尖揉了揉眉峰，然後才開口說話。

「依妳看來，從二〇一三年開始，凶手就不再像之前那麼仔細嚴謹……」

艾蕾克希邊說邊理清思緒，眼睛盯著咖啡杯。

「也許兩人搭檔的模式受到影響？支配者生病了？癱瘓了？甚至死了？也因為這樣，受控者不再受到支配者的掌控？說不定他還處在反叛時期？」

愛蜜莉聽了點點頭，貝斯壯站起來幫大家倒咖啡。

艾蕾克希繼續說：「用妳的話來說，這位『支配者』應該從一九七〇年就開始殺人了，如果他還花了點時間『暖身』的話，下手的時間還要回溯到更早……」

「沒錯。」

「……而且還找到搭檔，並經過培訓後和他一起殺人？」

「他們一起找目標、一起下手。尋找『獵物』是很關鍵的一環，選定受害者的那刻就會產生愉悅感受，他們會跟蹤目標，研究受害者的日常作息和習慣，來決定有利於綁架的時間。」

「妳覺得他們是什麼關係？父親和兒子？」

「類似父子情誼的關係，不見得是親生父子，也很可能是遠房親戚或團體裡熟識的兩個人——叔伯、表親或鄰居都有可能。」

「妳覺得他們之前就在倫敦殺過人了嗎？只是沒被察覺。」

「我覺得沒有，他們的搭檔關係是從瑞典開始的，這一點很確定，他們犯罪的起點是瑞典，後來也一直在瑞典作案；等到二〇一三年，因為壓力源出現而改變了他們的關係，也改變了他們的相處和合作模式，受控者的人格出現在犯案手法之中：受控者的條件不允許他前往瑞典或在瑞典殺人，所以他只在倫敦犯案；殺人對他來說就像是生活必需品，他需要這些儀式，也就是追捕目標、處死、毀屍、棄屍等行為。」

「我們現在該從何著手？」貝斯壯問。

愛蜜莉傾身靠著桌子，手臂微微彎曲，眼神十分堅定，就像母獅準備好要躍起撲向獵物。

「還有一件事，我打電話給一位加拿大的前同事亞瑟．漢納，他是地理側寫師，我到昨天才聯絡他，因為受害者超過五人之後，他側寫的結果會比較準確。雖然這次他沒能幫我們定位凶手的住宅或工作地點，可是他對證據提出了很有意思的解讀，尤其是他特別指出的一點，我早該發現才對。」

愛蜜莉拿起白板筆，在白板上寫下「Y」，然後再寫一次，只不過這次是小寫的「y」；她用手指著第一個「Y」，說：「刻在受害者左手臂上大寫的『Y』很像小寫的希臘字母『伽馬』（gamma，『γ』）。」愛蜜莉接著指了指剛剛寫下的第二個「y」。

愛蜜莉把白板另一面轉過來，然後貼上照片，照片全經過放大處理，影像是受害男孩手臂上刻的字母。

「就讓我們把這些字母當成是『伽馬』，字母在每具屍體上的方向都不同，這個差異很明顯，像是第一具和第三具屍體上的方向就完全相反。」

愛蜜莉用食指指了第一張照片，隨著解說進展，手也跟著指向第二張照片。

「把手臂到手掌當成軸，安德魯．杜倫的『伽馬』往東北方傾斜、柯爾．哈利威爾的朝東南方、羅根．曼菲爾德的朝西南方，而湯瑪士．尼爾森的『伽馬』偏向西北方。」

「噢，真要命……這到底代表什麼？」烏洛夫松疑惑地問。

貝斯壯和艾蕾克希也和烏洛夫松一樣不明就裡，他們盯著白板上的照片，卻完全不明白愛蜜莉到底想說什麼。

愛蜜莉畫出四個「γ」，每個都照剛剛說的順序傾斜排列。

「四個『γ』字的底端交會出一個十字，要知道，大寫的『伽馬』字母是這樣的……」

愛蜜莉畫出一個倒寫的大L，短底朝上（「Γ」），然後把原本相連的四個「γ」字都用「Γ」取代。

艾蕾克希看了從椅子上一躍而起，手摀住嘴巴；貝斯壯則是用瑞典語大聲咒罵。

「這樣就得出了一個右旋的卐字符號，也有人習慣稱為『鉤十字』。」

「而且納粹都把袖章戴在左手臂上。」艾蕾克希用機械式的聲音補充。

「完全正確。」愛蜜莉下結論。

瑞典法爾肯貝里，警察局

二〇一四年一月二十三日，上午八點

貝斯壯和烏洛夫松指揮調查，兩人不停對警員下命令，這些警員現在不是忙著打電話，就是盯著電腦螢幕，因為上級的指令是找出這一區和納粹或二戰有牽連的居民或地主。

「講得好像很簡單似的……」一名警員對同事抱怨，「你真的覺得這一帶親納粹黨的人，會像拿名牌包一樣成天把袖章掛在手臂上嗎？」

「仔細按日期找吧。」同事回答，一邊把口香糖吹出來的泡泡弄破。

「什麼日期？」

「上面給下來要找的特定日期啊，也就是嫌犯生命中的關鍵時刻，如果這樣說比較好懂的話。」

「可以說得清楚一點嗎？我兒子早上在車裡打翻柳橙汁，結果我得回家幫他換衣服，沒想到我家的狗這時還拉肚子，拉得家裡到處都是，這才沒聽到早上的簡報。」

「就是因為這樣我才保持單身。」同事冷冷回應，接著說，「側寫師提到『壓力源』，舉例來說就是離婚、孩子出生、親人過世、失業，甚至可能是其中一名嫌犯過世等等，這些事件都會成為『壓力源』。」

「嫌犯要是真的死了，人生的確會大不同啊。」

同事聽完翻了一個白眼。

「你說確切的日期是什麼時候？」

「一九七〇年到二〇一三年。」

「英國妹有說為什麼是一九七〇年到二〇一三年嗎？」

「她是加拿大人啦，兒童失蹤案從一九七〇年開始，但屍體到二〇一三年之後才出現。你最好趕快動手，今天可不是招惹貝斯壯和烏洛夫松的日子。」

「看啊，才說到曹操……」

烏洛夫松手裡端著四杯熱騰騰的咖啡，重心不太穩地經過兩名警員背後往會議室走去。

「有件事我還是搞不懂。」烏洛夫松一邊把杯子放在桌上一邊說。

艾蕾克希把咖啡分給在座的人，烏洛夫松盯著她幾秒鐘。

「我不懂這傢伙為什麼要把事情搞得這麼複雜，他幹嘛不直接在受害者的手臂上刻『鉤十字』就好了？」

愛蜜莉的雙手這時貼著滾燙的杯子。

「我們的嫌犯是有文化的人，大寫『Y』和小寫『伽馬』的相似性可能讓他覺得很有趣，不過這裡說的『他』指的是受控者。」

「等一下，我被搞糊塗了……」烏洛夫松搔著頭說。

「支配者和受控者的生活在二〇一三年因某件事而發生了重大轉變，這件事也影響了他們的關係、習慣和合作模式。受控者起初感到很迷惘，後來慢慢享受起這份全新的自由與權力，他開始發揮創意，卻不敢傾聽自己的幻想。」

「他還沒那個膽。」烏洛夫松插嘴。

愛蜜莉露出一個淺淺的微笑回應。

「對，他還沒那個膽去實現自己的幻想，所以只好用想得到的方式區分自己和支配者的行動，也就是稍微改變師傅——支配者一直以來灌輸他的模式。這有點像參雜了部分事實的謊言，算是很溫和的背叛，但這讓受控者感到無比的喜悅。」

「照妳這麼說來，支配者在二〇一三年之前沒有在受害者身上刻『Y』……也就是小寫的『伽馬』囉？」

「說對了，他要不就是直接刻上ㄚ，要不就只刻ㄚ裡的一道，我比較偏向後者。」

「為什麼只刻一道？」

貝斯壯向烏洛夫松投以擔憂的眼神，烏洛夫松會這樣諂媚恭維一定不懷好意。

「支配者把每一次的謀殺、每一名受害者都當成『作品』的一部分，你可以把『作品』想成一幅畫，如果這樣比較好理解的話，他每次動手殺人就是完成了一部分的『畫作』，而這部『作品』是要展現納粹意識形態的榮耀。因為鉤十字由四道分支組成，所以他會需要四位受害者拼湊成『畫作』。不過，讓我們再回到受控者身上，我覺得他不太敢偏離支配者原先建立的做案模式，因此才保留下ㄚ的符號，這點對師父來說很重要，但他又把符號轉化成富深刻意涵的玩笑——小寫『伽馬』不只和大寫『Y』很像，還能代表受害者的性別。」

「這個王八蛋在莉內雅手上刻字的時候，應該笑歪了吧……」

烏洛夫松環顧四周，想看看大家對他的評論會做出什麼反應，可是一看到艾蕾克希蒼白的臉，烏洛夫松馬上就後悔了。

「局長，抱歉打擾了，但我找到了可能相關的資料……」一名年輕女警站在雙開門前面，會議室裡沒人聽到她走進來。

「比對你們提供的資料，找到了一個相符的名字，我不敢說這就是我們要找的人，但我認為還是應該向各位報告……」

「雅克布松，有屁快放！」烏洛夫松咆哮。

年輕女警的臉紅到了耳根子，吞了三次口水之後才有辦法再開口。貝斯壯甚至沒想到要責罵烏洛夫松，因為他也迫不及待想聽到這個名字。

「我找到一個叫『安利希．埃博納』的德國人，他從一九四七年定居瑞典，出生於一九二〇年、死於二〇一三年。」

雅克布松戲劇化地停頓。

「他在一九七〇年的時候是否有生下一個兒子？」艾蕾克希忽然開口。

「沒有，我也沒找到他和一九七〇年的關聯，但有個問題……」

雅克布松剩下的半句話就這樣懸在半空中，烏洛夫松不耐煩地嘆了一口氣。

「他是流亡來到瑞典，之前被關在布亨瓦德集中營，我在想……如果他是囚犯的話，怎麼會刻上象徵迫害者的鉤十字呢？」

愛蜜莉轉向雅克布松。

「妳聽過『斯德哥爾摩症候群』嗎？」

年輕女警肯定地點點頭。

「這位從布亨瓦德存活下來的流亡者，可能曾經受到極為殘忍的黨衛軍控制，他的精神嚴重受創，因而出現了『情緒感染』，也就是他和黨衛軍之間『情緒未分化』的狀態，他會把對方的情感、思想和信仰都當成是自己的。」

貝斯壯因反感而皺起臉來。

「愛蜜莉，妳是說真的嗎？妳真的相信從人間煉獄存活下來的流亡者，會對施虐者產生同理心？集中營這種地獄可是日復一日的折磨啊！」

「黎納，你要把這種情緒感染當成疾病，就像癌症那樣。從集中營生還是無法想像的壯舉，人們都說納粹營殘忍野蠻，但只有生還者知道其中的恐怖暴行。為了存活，囚犯必須做到身心完全服從，有人會說是交出靈魂，才有辦法熬過不人道的折磨，這種情感未分化的狀態其實是一種自我保護的方式。」

「妳講得好像這就是我們的嫌犯一樣，可是現在還不確定吧？」艾蕾克希打斷眾人談話。

會議室裡頓時陷入緊繃的沉默。

「這個人是做什麼的？」烏洛夫松問。

雅克布松在回答前先用舌頭潤了潤嘴唇。

「入殮師。」

「入殮師！妳一定是在開玩笑吧！」烏洛夫松諷刺地說。

「地址呢？」貝斯壯插嘴。

貝斯壯的語氣比原先想像的更嚴厲，年輕女警緊張得眼淚都快掉出來了。

「就在法爾肯貝里。」

「雅克布松，給我確切的地址。」

雅克布松發抖的雙手裡握著一張紙條，她把紙條遞給貝斯壯。

貝斯壯正要開口，卻又立刻閉起嘴。他認得這個地址，也認得現在住在安利希・埃博納家的那個人。

瑞典法爾肯貝里

一九八七年七月

亞當的背脊感到一陣寒顫，「打獵」實在太棒了，全身的肌肉還因為興奮而發熱著。父親堅持要他傍晚前睡一個半小時，才能保持清醒，堅持到早上。他們一直等到天黑了才上路，那時已經快十一點了。

這是第一次由亞當檢查小貨車，父親把這項任務交給他，所以他仔細確認了汽油和機油充足、輪胎都沒問題，要帶走奧斯卡的工具也全在車上。

他們已經觀察奧斯卡九個月了，根據垃圾桶裡找到的信件看來，奧斯卡現在待的是第二個接待家庭，上一個家庭顯然有問題：那戶人家的母親從早到晚都在醫院工作，十四歲的大兒子一有機會就翻牆逃家，父親只要遇到妻子值夜班，等孩子一上床，就學大兒子偷溜出門，這家人的狀況只能用「不可思議」來形容。

嚴謹的態度和努力工作能確保生活無虞，既然如此，為什麼還是有人選擇平庸呢？每次在跟蹤父親選好的目標時，這個問題就會一直困擾亞當。這些人既懶惰又短視近利，只想懶散地沉溺在毫無樂趣可言的貧瘠生活中。至少亞當和父親替奧斯卡與其他人免除了這樣微不足道的存在，以及伴隨這種生活而來的粗俗平庸，反正人沒用，活在世界上也毫無意義。

要帶走奧斯卡簡直易如反掌，這孩子很笨，完全沒有危機感。

亞當敲門，奧斯卡就開門了，之後又跟著他走，還心甘情願上了小貨車，一直到頭被套上袋子，亞當要拿膠帶纏住他脖子，奧斯卡才開始掙扎。亞當把奧斯卡牢牢固定在原地，看著袋子貼住他瞪大的雙眼，袋子隨著他每次呼吸就陷進嘴裡，直到奧斯卡頭頹軟地往胸口垂下。

然後父親載他們回家。

「亞當，拿消毒液和紙巾給我。」

奧斯卡不只嚇到失禁，還拉屎了，亞當和父親當然就得替他清理乾淨，屎尿弄得到處都是，他們還得用水管清洗解剖桌，亞當很討厭這個過程，父親卻文風不動地著手處理，彷彿對這難聞的氣味早已免疫。

清理好解剖桌和奧斯卡之後，父親剪開由膠帶固定住的塑膠袋，然後替奧斯卡剃頭，父親先使用電剪剃掉頭髮，再用刀片把頭皮刮乾淨；接下來，換亞當擦拭奧斯卡光亮的頭顱，這時，父親拿起手術刀在奧斯卡的左手臂上畫出一道線條。

回想起五年前父親讓亞當加入任務的時候，他的態度十分無情、毫不寬容——父親規定亞當一定要精通解剖學，從第一次開始就得牢牢記住解剖過程的每個細節。這個要求讓亞當不得不完全集中精神，甚至要記住藥劑的用量。因為擔心忘記、做錯會讓父親失望，亞當有幾個月都沒辦法好好睡上一覺。

「亞當！」

父親把手術刀遞給他，亞當低頭看奧斯卡的手臂，上面還沒有任何痕跡。亞當先是愣了一下，然後就一手握住手術刀，另一手抓住奧斯卡冰冷的手臂，開始動手。父親一定會很驕傲的，亞當已經私下用野兔練習好一陣子了。手術刀要以正確的深度穿透皮肉，再畫出兩道垂直相交的完美直線，這件事其實沒有表面上看起來那麼容易。一直到去年，亞當才鼓起勇氣問父親，他那每次畫一半的「T」到底代表什麼意思。

「亞當，這不是畫了一半的『T』，這是『鉤十字』（Hakenkreuz）的其中一道，大家都把這稱為『卐字符號』，但『鉤十字』才是正確的名稱，這個符號由四個大寫的『伽馬』組成。」

「但是，父親，為什麼你要畫鉤十字呢？我以為你是對抗納粹的那一邊。」

亞當還來不及思考就脫口這麼說。

「這是為了紀念弗萊舍醫生。」父親簡潔地回應，並沒有發脾氣。

好了，亞當完成了伽馬，成果非常完美。

剃了頭的奧斯卡皮膚蒼白許多，手臂也多了刀痕，和原本的奧斯卡相比，幾乎完全變了一個人。

父親給了亞當一個淺淺的微笑，亞當挺起胸膛，感到驕傲無比。

「清乾淨吧，我去準備早餐。」

這是父親第一次讓他單獨和獵物共處一室，但亞當知道這是他努力爭取來的。

亞當把手術刀放在托盤裡，托盤閃著鮮紅的血光。

亞當一轉過身，就看見奧斯卡用那驚慌失措的大眼睛盯著他，稍早亞當在他頭上套塑膠袋的時候，他也是用同樣驚恐的眼神看著亞當，然後就尖叫了起來，叫聲之淒厲，聽得亞當耳膜都刺痛了。

「閉嘴！閉嘴！我叫你閉嘴！還有閉上你那該死的眼睛！我不想看到你的眼睛！聽到沒有！」

亞當死命掐住奧斯卡的脖子，但奧斯卡就是不聽話，還是扯起嗓門來叫個不停，就像要被割喉宰殺的豬。

亞當不希望父親回到工作室裡，覺得亞當沒辦法把事情做好，他得想辦法做些什麼讓奧斯卡閉嘴，讓奧斯卡不要再盯著他，這小子要做的就是服從。

亞當重新拿起手術刀，刀鋒放在奧斯卡的下巴上，他用力往下垂直切開，一路切到胸骨柄，切除氣管後取出放在解剖桌上。

滿頭大汗的亞當用袖子擦拭額頭，他豎起耳朵，卻只聽到自己短促的呼吸聲，奧斯卡的尖叫聲消失了。

現在剩下要處理的，就是讓奧斯卡閉上那雙該死的眼睛。

瑞典法爾肯貝里，斯柯雷亞海灘

二〇一四年一月二十三日，星期四，上午十一點

愛蜜莉把車停在壯觀的黃色別墅前面，左右各停了保時捷卡宴和捷豹轎跑車，三輛警車和兩輛鑑識科的廂型車也占據了寬敞的私人車道。

愛蜜莉繞到別墅後方，在舊穀倉前與貝斯壯和烏洛夫松會合，莉內雅的前夫卡爾・史文生站在一名金髮女子身後，金髮女子正對著電話大吼，而史文生的下唇和下巴因緊張而不自覺抽動，雙手交叉環在胸前，背對舊穀倉站著。

「妳也看見了，我們都在等。」貝斯壯用緊繃的聲音向愛蜜莉解釋。

「金髮婊子真的快讓我們抓狂了，」烏洛夫松怒罵，「她和檢察官已經講半個小時了，講到現在還在抱怨。她到底想怎麼樣？難道以為這樣歇斯底里吵下去，檢察官就會對她說：『那好，既然妳這麼堅持，我們就取消搜索，卡爾・史文生也可以擺脫嫌疑犯的身分。』是這樣嗎？」

貝斯壯很清楚大家心裡都這樣想，但只有烏洛夫松大聲說出來，貝斯壯也很希望能像女律師一樣咆哮、像烏洛夫松一般咒罵，要是能這麼做釋放壓力該有多好——叫罵到沒有聲音、狂吼到失去力氣！

貝斯壯承受著巨大的壓力，檢察官每小時都打電話來詢問調查進度。莉內雅前夫是名人，要是他們什麼都沒搜到，這下貝斯壯麻煩就大了，史文生的律師大可一狀告上法庭，貝斯壯局長的位置也就不保了。

貝斯壯一直夢到男孩湯瑪士・尼爾森，清醒的時候也忍不住想到他，貝斯壯的腦海裡老是浮現他的屍體，赤裸著只覆蓋上一層薄霜，空洞的黑眼眶看起來異常的大，裡面什麼都沒有，脖子從上到下被割開，像舊毛衣上的拉鍊那樣翹起；儘管這孩子身上有多處可怕的傷口，貝斯壯還是想緊緊把他抱在懷裡，親吻他的額頭，溫暖他，讓他安心。貝斯壯想到自己的兒子，他們在湯瑪士這年紀的時候，堅持不願泡澡，兩個大人總是追著兩隻裸體的小怪獸跑，小傢伙速度就和風一樣快，而且老是能在房子裡找到奇怪的地方躲起來。他的兒子啊……要是有人敢動他兒子一根汗毛……有個問題一直困擾著貝斯壯，想得他頭都痛了，這個問題非常普通，但不曾動搖過，就是……怎麼有人對孩子下得了這種毒手？

貝斯壯看著愛蜜莉，她正聽著烏洛夫松長篇大論，神態卻十分從容鎮靜。愛蜜莉身上散發出一種平靜沉穩的力量，貝斯壯希望自己也能擁有這種特質。

「艾蕾克希到哪裡去了？」烏洛夫松用較和緩的語氣問。

「市立圖書館，她去找關於安利希．埃博納的資料。」

如果讓艾蕾克希參與搜索史文生家，可能會導致行政程序缺失，因此艾蕾克希自告奮勇去調查安利希．埃博納。

律師掛上電話，緊張地往他們的方向踏了一步，史文生還是跟在她後面。

「你們可以開始了。」她生硬地說。

「史文生先生，那就麻煩你走一趟，和我們一起回警局。」烏洛夫松滿臉笑意，帶著嘲諷地說。

「我的工作室裡什麼都沒有！你們搜不出東西來的！」

貝斯壯走到史文生面前，幾乎與他臉貼臉。

「史文生先生，謝謝你告訴我們該從哪裡下手。」

瑞典法爾肯貝里，市立圖書館
二〇一四年一月二十三日，星期四，下午一點

艾蕾克希用指尖揉了揉眼皮，她使用縮影資料閱讀機看文章，到現在剛好滿兩個小時，而雙眼已經痠澀到不行。圖書館的資料庫裡完全搜尋不到「安利希．埃博納」這個名字，所以艾蕾克希只好從一九四五年四月十一日的地方報紙著手，因為這天是布亨瓦德集中營解放的日子。但要說艾蕾克希「仔細閱讀」就太誇大其詞了，畢竟她不懂瑞典語，也只是在文章裡尋找「安利希．埃博納」這個名字而已，如果真找到了什麼，她會列印出來，帶回警局請人翻譯。就算只是這麼做，艾蕾克希也有七十年的報紙要查，想全部看完還得花上好一段時間。

所幸瑞典有「personnummer」——人口號碼系統，國內的每位居民都有一組專屬的身分號碼，警察局藉此查到安利希．埃博納的基本資料：一九二〇年出生於德國慕尼黑，後來取得瑞典國籍，不再持有德國護照；一九四七年到一九九三年在葬儀社工作，擔任入殮師；一九五五年，安利希．埃博納在法爾肯貝里買下原本承租的房子，他自一九四七年就一直住在這棟房子裡；一九九五年，安利希．埃博納以「以房養老」的形式把房子賣給賈克博．史文生（卡爾．史文生的父親）；二〇一三年十月五日，有人通報安利希．埃博納住家附近起火，消防隊趕到時在床上發現他的屍體。

驗屍官判定安利希．埃博納是自然死亡，以他九十三歲的高齡看來，這點無庸置疑。一

切跡象也都顯示他沒有近親或鄰居會注意到他出事。

然而，瑞典的人口號碼系統在一九四七年才啟用，因此無法確認安利希・埃博納抵達國內的確切日期。貝斯壯猜測安利希就是從一九四七年開始定居法爾肯貝里，這是他登記第一份工作的日期，可是艾蕾克希對這點不太肯定，也不想因投機而有所遺漏，所以決定把調查日期往前追蹤兩年。

艾蕾克希邊看手機邊喝下一大口水。

前往圖書館之前，艾蕾克希聯絡了位在德國威瑪的布亨瓦德紀念基金會，電話轉接到答錄機，艾蕾克希解釋有緊急需求並留下通訊方式，掛上電話之後，她就一直在等對方回電。

艾蕾克希換上新膠捲又開始閱讀報紙，心裡不禁想，安利希・埃博納怎麼會選擇在瑞典海岸邊的小城市定居呢？她可以理解安利希想逃離德國——受納粹占據的祖國早已辜負了他，安利希無疑對德國感到嫌惡，但這也不足以構成選擇瑞典的理由；他應該是和哈蘭省有什麼淵源，也許一九四〇年代有親戚或朋友住在這裡？

艾蕾克希又瞄了手機一眼，還是沒有基金會的消息，但施泰倫倒是傳了簡訊給她，內容雖短卻很明確：「今晚見？」

昨夜甜美的回憶在艾蕾克希的腦海裡綻放開來，艾蕾克希搖了搖頭，試圖在這份喜悅未凋零前驅散腦中的影像，因為擔憂和喜悅總是掩蓋一切，壓得她喘不過氣來，就像拔了又生的野草，怎麼做都難以擺脫。艾蕾克希想要重新來過，想要和施泰倫做愛，想沉浸在這些男歡女愛之中，頭腦完全放空，身體從善如流，至於她的心嘛⋯⋯心怎麼樣艾蕾克希不在乎了，她只想再次重返這趟貼近自我的探索之旅。

艾蕾克希回覆「好」，考慮幾秒之後，又在「好」的後面加上兩個驚嘆號。

艾蕾克希正準備放下手機時，螢幕又亮了起來，她到走廊接聽電話，來電的人是布亨瓦德紀念基金會的希爾達・索恩。

索恩聽出艾蕾克希英語中的法國口音，因此直接用法語和艾蕾克希對話。

艾蕾克希向索恩解釋他們需要基金會協助，找出布亨瓦德集中營一位「安利希・埃博納」的家人，他幾個月前在瑞典過世了。艾蕾克希採取非官方的溫情攻勢，希望打動索恩女士。

「我先用名字搜索，看看能夠查到什麼，請等一下。」

艾蕾克希咬著下唇，迫不及待想知道結果。

「這個嘛……安利希・埃博納，一九二〇年生於德國慕尼黑，一九四四年七月十七日進入布亨瓦德集中營，共產黨人士、政治囚犯、醫學院學生，他曾在礦石場和火化爐工作，後來被派到醫學實驗大樓；看起來沒有加入任何流亡者協會。」

「請問妳那裡有他的照片嗎？」

「沒有。」

「有他父母的相關資訊嗎？」

「也沒有，在妳要求我查所有囚犯名單之前，我先說，集中營裡有非常多位姓『埃博納』的囚犯，如果他的父母也關在布亨瓦德集中營裡，他的身分資料上就找得到，但我這裡有的就是我剛剛跟妳說的。」

「所以妳也不知道有誰和他一起在火化爐或實驗大樓工作嗎？礦石場我就不問了，我猜那份名單上的人應該很多……」

「我們這裡沒有囚犯分派任務的日期，所以沒辦法告訴妳。」

「在同一時期裡，有瑞典人也在布亨瓦德嗎？」

「沒有。」

索恩的態度很好，但要想得到資訊，艾蕾克希還是得堅決一點。

「希爾達，請等一下。」

艾蕾克希閉上雙眼沉思了一會兒，她得把已知的資訊串起來，找出關聯。安利希・埃博納資料裡特別突出的部分是什麼？德國人、政治流亡……誰會想到斯堪地那維亞、到瑞典重建生活呢？

艾蕾克希忽然靈光一現。

在北歐國家裡，文化上和瑞典最相似的就是挪威了，兩國語言也十分相近，瑞典人和挪威人很輕易就能互相理解、溝通。

在第二次世界大戰期間，這兩國面向戰爭的方式並不一樣：瑞典官方選擇保持中立，而納粹德國在一九四〇年強迫挪威投降，挪威首相約翰・尼高斯沃爾流亡倫敦，帶著流亡政府堅決抵抗。

「有挪威人也被關在布亨瓦德集中營嗎？」艾蕾克希試探性地問。

「如果我記得沒錯，有三百五十名挪威學生在一九四四年一月抵達集中營。」

安利希．埃博納是在一九四四年七月進入布亨瓦德。

「當中有醫學院的學生嗎？」

「有。」

「這些學生應該也會被分派到醫療實驗營樓？」

「讓我確認一下……沒錯，他們被分派到實驗大樓、醫護室和病理大樓。」

艾蕾克希聽了為之振奮，全身像有電流通過，這就表示安利希．埃博納遇過這些人，至少一定會認識其中一個。

「可以給我這些學生的名單和聯絡方式嗎？如果他們已經去世了，我會需要他們家人的聯絡方式。」

「我可以把現有的聯絡清單給妳，但不能透露電話號碼，只能給電子郵件地址。」

「這真是太好了！能麻煩妳註明誰是醫學院的學生嗎？」

「這沒問題。」

「真的很抱歉催促妳，這份文件有辦法今天寄給我嗎？」

「可以，名單已經弄好了，再過幾分鐘妳就會收到了。」

「希爾達，妳實在幫了大忙，我得再麻煩妳一件事：能不能請妳聯絡所有集中營的流放者，看當中是否有人認識安利希．埃博納？也許有生還者曾經和兒孫提過這個人……我知道這關係到成千上萬人，可是由妳來聯絡速度絕對會比我一個人快得多……」

「我可以在群組裡傳個訊息，然後也在網站上發文。」

「噢！希爾達，真是太感謝妳了！這樣就很棒了！」

艾蕾克希掛上電話，立刻著手寫電子郵件，準備之後寄給當年的挪威學生和他們的家人。寫好之後，她要繼續讀舊報紙。

畢竟放的線越長，就越有可能釣到大魚。

瑞典法爾肯貝里，斯柯雷亞海灘，卡爾．史文生家

二〇一四年一月二十三日，星期四，下午兩點

貝斯壯用滿意的眼神環顧穀倉，一群穿白色連身防護衣的專業人員緩慢而仔細地檢查著卡爾．史文生的工作室；沉重的靜默中偶爾聽到的，只有鞋套摩擦的沙沙聲，以及鑑識人員開關手提箱的聲響。眾人的情緒混雜，興奮中混合了厭惡，焦躁中又參雜擔憂。

貝斯壯、烏洛夫松、愛蜜莉和鑑識小組進到穀倉之後，一開燈，所有人都僵在原地不動。

「媽的……」

就連烏洛夫松都詞窮，粗糙的燈光設備赤裸地照亮了穀倉內部，而他找不到話語來形容眼前景象呈現出的殘暴：他們面前聳立著一座紅磚打造成的立方體，表面被煙炱染黑，寬兩公尺、長三公尺，牆體轉角處有角鋼加強固定；中央有半月形開口，高約五十公分、寬約七十公分，金屬雙開門此時往兩側打了開來。

「是我思想太扭曲了，還是這看起來真的很像焚化爐？」鑑識組裡的一名成員開口。

唯一的回應是眾人嘆氣和清喉嚨的聲音，光是這座火爐就有太多要查的線索，在右手邊兩公尺的地方，還有一座直徑一公尺的大槽，旁邊是工作檯，檯面上整齊擺放了一整套手術用的工具，還有兩支長柄鉗。

工作檯旁的牆面上掛著兩件工作圍裙和兩雙厚手套，手套上有幾處都破洞了。

貝斯壯示意所有人分散開來展開搜查，大家邊動手的同時，心裡都想著小男孩湯瑪士．尼爾森。

一名技術人員傾身檢查偌大的空槽，貝斯壯向他走近。

「看得出來這裡面之前裝了什麼嗎？」

「氫氟酸，腐蝕性非常強。」

貝斯壯想到從一九七〇年之後失蹤的小男孩，至今一直沒有找到他們的屍體。

「強到能完全腐蝕孩童的屍體嗎？」

「再加入硝酸，然後加蓋的話就可以。」

「這裡面有沒有硝酸？」

「我可以驗一下，結果出來就告訴你。」

貝斯壯用眼神搜索著愛蜜莉，正好看到她再次走進來，貝斯壯之前根本沒注意到她離開了。

「愛蜜莉，怎麼了？」

「這房子又大又偏僻，穀倉面積將近一百平方公尺，院子幾乎稱不上是花園，到處都是石頭，我沒看到能埋屍體的地方，除非……」

「用強酸分解屍體？」

愛蜜莉抬起頭來，用驚訝的眼神看著貝斯壯。

「我想的不是這個，我覺得孩子的屍體應該在房子或穀倉下方，有必要掃描探測。」

「畢約恩！」貝斯壯聽了立刻大喊。

原先正在檢查史文生工作檯的技術人員轉過身來。

「你們車子裡有沒有透地雷達？」貝斯壯問。

身為犯罪科學警察主任的畢約恩．侯爾摘掉保護口鼻的面罩，露出花白的鬍鬚。

「黎納，犯罪科學的車子可不是瑪麗．包萍[26]的手提袋，雷達在總部，你現在馬上就要？」

貝斯壯點了點頭。

侯爾深深嘆了一口氣。

「好吧……我派人去拿，一個半小時之後就會到了。」

---

26 Mary Poppins，英國兒童文學系列裡的知名主角，是一位有神奇力量的仙女保姆，相關書籍也多次改編成電影。

✻

兩個小時之後，侯爾把穀倉的地面掃描過一遍，沒探測到任何異狀。他放下透地雷達，用疲憊的眼神先看向貝斯壯，又看了看愛蜜莉。

「黎納，你確定地下有東西嗎？」

貝斯壯不發一語，只是點點頭。

「如果我沒搞錯的話，接下來要去屋裡掃描嗎？」

貝斯壯又再次點頭。

侯爾快步走出穀倉，穀倉離別墅不過幾公尺的距離，愛蜜莉和貝斯壯尾隨在後，屋外的溫度低得幾乎能讓血液結冰了。

「我們從哪裡開始？」侯爾啟動透地雷達之後問。

「廚房。」愛蜜莉下了指令。

侯爾二話不說展開行動，他像用狗繩牽狗那樣拉著雷達，雙眼注視著控制螢幕，接著開始探測；侯爾沿著開放式廚房仔細地掃過每一寸地面，然後往儲藏室走去。

「黎納！」

貝斯壯硬是鑽進狹小的儲藏室，愛蜜莉站在他身後。

「有發現了嗎？」

「算是吧，廚房的正下方有類似地下室的空間，看來活板門就在我腳下。」

「這你不能早點說嗎？」

侯爾忽略貝斯壯口氣裡的不耐煩，用手指著地板。

「你看，厚實的鑲木地板，下面應該鋪了一層十公釐厚的水泥。在你開口問我之前，我先說，我是鑑識科的，不是工地工頭，所以我身上沒有鑽地機或撬棍這種工具。」

「畢約恩，這我當然知道，如果你動手用鑽地機或撬棍打通木地板和一公分的水泥層，大家就真的會把你當成工頭。」貝斯壯微笑著說，「去拿刷子繼續玩你們的神奇粉末吧，我回家去拿鑽洞機就是了。」貝斯壯說完，友善地拍了一下侯爾的背，侯爾搖了搖頭，鬍鬚因微笑的嘴角而微微上揚。

⁂

貝斯壯拒絕把自家的鑽洞機交到任何人手上，所以扛下打地的工作，他花了二十多分鐘才拆掉木板並打通水泥層。

等貝斯壯終於打開活板門，地下室的燈光自動亮起，他看到一道階梯，階梯上覆蓋了一層薄薄的灰塵。貝斯壯率先下樓，愛蜜莉、烏洛夫松和侯爾依序跟在後頭，所有人身上都穿戴了白色防護衣、鞋套、無塵網帽和乳膠手套。

一行人來到地下室，主空間長四公尺、寬三公尺，天花板高度約二點二公尺，地板和牆面都鋪有白色磁磚，一張大桌子和一臺不鏽鋼推車占據中央，右邊放了一座鋼材浴缸和另外兩臺推車，面對入口的另一頭有十二個紙箱被仔細擺放在鐵架上，所有鐵架都固定在牆上，左手邊有一扇門。

「看起來還真像廢棄的停屍間。」烏洛夫松低聲評論，聽起來更像在喃喃自語。

愛蜜莉朝鐵架旁的門走去，謹慎轉動門把。

門後也安裝了動作感應器，門一開，燈光就自動亮起。映入眼簾的房間比前一個要大得多，面積和整棟房子的平面差不多，置物架從地板延伸到天花板，每個架子間隔五十公分，全都經過精心排列對齊。

愛蜜莉往前走了幾步進到房間裡，才進門就愣住了，她的心狂跳不止，根本沒聽見其他人驚恐的叫喊聲。

這個房間裡放眼所見全是兒童屍體，屍體被平放在金屬架上，皮膚皆被剝除，只看見肌肉組織，薄薄的肌肉纖維幾乎包覆不住骨頭。

忽然間，愛蜜莉聽到這些孩子的聲音，她聽見這裡所有孩子狂亂而淒厲的喊叫聲，那是由痛苦和絕望所組成的哀號。

愛蜜莉把手放在離她最近的孩子手上，那隻小手既纖細又冰冷，愛蜜莉像是透過這個舉動告訴他，放聲哭吧，和其他人一起哭泣，哭到心中再也沒有痛苦為止，哭到痛苦全都消失殆盡為止；愛蜜莉告訴他，我現在聽到你們所有人的聲音了，你們再也不是孤零零的。

瑞典法爾肯貝里，警察局

二〇一四年一月二十三日，星期四，晚上七點

卡爾．史文生緊盯著骯髒的牆面，彷彿牆上有窗戶似的，他不時拉一拉格紋襯衫的領子，然後又陷入沉思之中。

貝斯壯一進入偵訊室，史文生就用高傲的態度打量他。

憤怒像毒藥一樣在貝斯壯體內擴散開來，他的肌肉變得僵硬，呼吸也急促起來。貝斯壯暗暗咒罵自己，他痛恨自己缺乏專業性、主動性和洞察力。他已經監視這位雕刻家好一陣子了，卻沒能逮到他行動，那些女孩總是假裝因為搭便車才認識史文生，要不就說是他的模特兒，家長也不願意公開投訴。如果貝斯壯之前能不屈不撓堅持下去，做好自己的工作，現在也不會發生這種事。

烏洛夫松負責確認在湯瑪士．尼爾森與其他倫敦男孩失蹤期間，卡爾．史文生的行蹤。愛蜜莉和侯爾留在史文生家的地下室，貝斯壯向她提議回局裡協助偵訊時，愛蜜莉沒有回答，她站在工作梯上，臉龐距離一具孩童屍體的臉頰只有幾公分，看起來就像在對屍體說悄悄話。

貝斯壯在史文生對面坐下，又放了一個紙製資料夾在他面前。

「卡爾，你是什麼時候搬進別墅？」

貝斯壯的聲音恢復了平靜，但是他放在桌面下的手卻因暴怒而不停顫抖。

「去年十一月中。」

「你為什麼決定離開斯德哥爾摩？」

「我每個週末都來法爾肯貝里找朋友，這讓我產生了留下來的念頭，而且我也需要空間創作。」

「斯德哥爾摩沒有足夠的『空間』嗎？」

「斯德哥爾摩再怎麼樣都不靠西海岸。」

「你為什麼不選博斯塔德？你母親的家鄉就在那裡，你從小每年都在那裡過暑假吧。」

「我父親在法爾肯貝里出生，祖父母的住處也離斯柯雷亞海灘很近。」

「你父親為什麼特別買下這棟房子？」

「我不知道，這就要問他了。」

「你不知道？一九九五年的時候，你已經二十四歲了，應該多多少少會有印象？」

「我那時住在倫敦。」

「那段期間都沒回來瑞典？」

史文生惱怒地嘆了一口氣。

「那間房子直接通往海灘，就算在那個年代，這麼大的房子在法爾肯貝里也已經很少見了，而且周邊的土地也歸我們所有。」

「前屋主以房養老，用非常低的租金把房子賣給你父親，你知道為什麼嗎？他們認識嗎？」

「我不知道。」

貝斯壯的手指不斷敲擊著文件夾，史文生盯著貝斯壯手指的動作，又潤了潤發乾的嘴唇。

「你是十一月搬來的，也就是說前屋主一去世，你就搬進去了？」

「沒有，我先請人翻修，工程花了六個禮拜。」

「什麼樣的工程？」

「油漆、改造廚房和浴室。」

「還鋪了地板。」

史文生大聲吞了一口口水。

「對。」

「地下室呢？」

「什麼地下室？」

「就是地下室。」

「房子裡又沒有地下室。」

貝斯壯盯著史文生。

「你認識一個叫『安利希・埃博納』的人嗎？」

「他是我房子的前屋主。」

「沒錯，你知道你和他還有什麼共通點嗎？」

貝斯壯打開資料夾，從裡面拿出幾張照片，面對史文生的方向攤開。

「你們都喜歡小孩子。」

照片裡都是身體赤裸的年輕女孩，史文生驚恐地看了一眼，額頭和太陽穴沁出汗珠。

「這是我為雕刻作品請來的模特兒，她們都至少超過十五歲，不是什麼小孩子。」

貝斯壯一臉懷疑。

「卡爾，我可沒那麼確定……我剛說到，你和安利希．埃博納的共通點就是喜歡小孩子。」

貝斯壯又在桌上擺出另外四張照片，照片裡是他們在地下室找到的屍體。

史文生一看就從椅子上跳了起來。

他的背靠著牆，伸出顫抖的食指指向桌上的照片。

「見鬼了，這是什麼？這到底是什麼？」

史文生高聲喊著，口水因為激動噴得到處都是。

「這是在你家地下室找到的，被活活剝皮的兒童屍體啊，卡爾。」

「他媽的，就跟你說我家沒有地下室了！」

「卡爾，那你在工作室裡放的那些工具，又是拿來做什麼用的？」

「不對，不對，不是你想的那樣……」

史文生雙手合十，上半身前傾，眼睛瞪得老大，用盡全身力氣懇求貝斯壯：「局長，請你聽我說……」

「還有那個火爐又是怎麼回事？我們還找到十幾公升的氫氟酸和手術工具。」

「請……請你聽我解釋……」

史文生張大了嘴想多吸進一點空氣。

「那些都是我工作用的工具！」

史文生上氣不接下氣，又再次大口深呼吸。

「那些都是我工作用的工具，我用這些工具雕塑玻璃，不管是大缸子、氫氟酸還是用來吹玻璃的火爐……全都是工作用的器材而已！石綿手套……和你所謂的手術工具，那是四〇年代的牙醫器材，我拿來為玻璃塑形，主要是用金屬尖端和手術刀雕刻……」

史文生重新坐定，雙手平放在桌上。他幾次移動手掌，手指打開又併攏，看起來像是想畫出某種特定的形狀。

「局長，所有工具都是我用在雕塑創作上的。」史文生用顫抖的聲音繼續說，每說一句，頭就用力點一下，「這些都只拿來雕刻，我從來沒有、也絕對不會用來傷害兒童，絕對不會！可是你們……你們是在哪裡找到這些……？」

「我已經說過了，卡爾，在你的地下室。」

史文生雙手合掌靠在嘴唇上啜泣了起來，身體也不停前後搖擺。

「到底哪裡來的地下室啊？我真的不懂，我真的不懂……」

貝斯壯往後傾，背靠在椅背上。

「卡爾，你知道還有什麼事困擾著我嗎？莉內雅．比利克斯失蹤那晚，替你做不在場證明的那個年輕女孩改變心意了。」

瑞典法爾肯貝里，警察局

二〇一四年一月二十三日，星期四，晚上七點

烏洛夫松邊搖頭邊眨眼，孩童被剝皮屍體的強烈印象還歷歷在目，就像擋風玻璃上用雨刷夾住的廣告傳單，一路上不管怎樣都會妨礙視野。

第一眼見到那些孩童的屍體時，烏洛夫松還以為是惡作劇，漆黑的眼眶和外露的肌肉都讓人覺得可能只是塑膠製品，而且屍體既沒有腐化，也不帶屍臭味。

這個心理變態的傢伙剝了小孩的皮之後，又把他們浸到不知名的溶劑裡，然後把他們排在架子上，就像是再普通也不過的肉品那樣，腳踝上還掛了標籤註明來源；沒錯，就是這種感覺，他把小孩弄得像肉製品，還標示出產地。

烏洛夫松很想逃跑，但隨同的三名警察看起來都頗有膽識，所以他也得展現出無所畏懼的態度。貝斯壯馬上聯絡了檢察官和法醫，侯爾則是聚集了整個團隊蒐證；至於加拿大妹嘛……她靠那些屍體靠得有夠近，烏洛夫松光用看的都覺得想吐。

但是烏洛夫松不得不承認，這女人的確唬住他了。他其實很不想這麼說，在愛蜜莉前一天和安娜．岡納森進行認知性晤談的時候，烏洛夫松竟然感到滿佩服的。

烏洛夫松一輩子都想不到，光是聊衣物和頭髮，就能讓她找出調查的關鍵，還有鉤十字那套理論，根本是錦上添花。這人怪雖怪，但確實有兩把刷子，這點無庸置疑。

烏洛夫松畢竟是聰明人，他吞下了自己的傲氣，不去搶鋒頭。如果他能收服側寫師的話，她可能還會教烏洛夫松幾招，也許這樣一來，大家對待他的態度會尊敬一點。

烏洛夫松的手機螢幕上跳出新視窗，他剛收到一封電子郵件，希望是好消息。

先前貝斯壯要烏洛夫松去找人問話，史文生住的那區還有另外兩戶人家，貝斯壯要烏洛夫松去找這兩位屋主談話。也許他們認識安利希・埃博納，或者他們可能見過埃博納和史文生在一起。烏洛夫松查出一九四七年起的歷任屋主，埃博納在一九四七年搬來瑞典，然而時間對得上、同為屋主、現在還在世的，只剩下拉什・羅德和瑪爾克斯・施多瑪雷兩人。

八十五歲的拉什・羅德在一九八九年買下房子，每年夏天都租給不同的觀光客，他則是從來沒在這棟房子裡住過。羅德說不記得有房客提到或抱怨鄰居的事，更沒聽過什麼「埃博納」。更糟糕的是，羅德完全沒有留下房客的資料。

瑪爾克斯・施多瑪雷則是剛寄了電子郵件給烏洛夫松，他提議烏洛夫松晚上打電話與他聯絡。

烏洛夫松馬上撥了施多瑪雷的號碼，施多瑪雷才接起來，烏洛夫松就聽出他有斯堪尼省的口音——他們那邊發「r」不捲舌，比較接近法語「r」的發音。

「我父親是法爾肯貝里人，他在一九七五年買下房子，」施多瑪雷解釋，「父母原本想在退休之後搬進去養老，因為他們一直住在斯堪尼省，很想換換環境。可是後來父親生病，在他養病期間，我們只好先把房子租出去。我一直捨不得賣掉房子，卻也沒辦法自己搬進去住。」

「你有沒有留下房客紀錄？」

「我應該有過去十年住過的房客的電子郵件地址，還有其中一些人的電話，再之前的就沒有了，那時來住的都是夏天度假的遊客。」

「在這些遊客裡，有沒有向你租過房子好幾次的？」

「有，一對丹麥夫妻，有兩個女兒，姓克努森。他們在七〇年代末十幾年來都向我們租房子，叫瑪莎和瑪呂斯．克努森。我記得很清楚，因為他們和鄰居發生了嚴重的爭吵之後，就忽然決定再也不來了。」

烏洛夫松一聽，身體馬上僵住。

「你知道他們和哪個鄰居爭吵嗎？」

「完全不曉得，但我很確定克努森一家一定記得。」

瑞典法爾肯貝里，警察局

二〇一四年一月二十三日，晚上十一點

愛蜜莉走進會議室，雙開門才剛關上，她就立刻開口，打斷了艾蕾克希、貝斯壯和烏洛夫松的談話。愛蜜莉發現的消息讓她措手不及，於是她也用同樣令人措手不及的方式分享資訊。

他們在史文生家的地下室裡一共找到六十二具屍體，每具屍體的腳踝上都掛有標籤，上面標示地址，無疑是他們被綁架的地方或住家地址，標籤上還有年分，應該就是死亡時間。如果標籤上的日期可信，那麼安利希．埃博納——也就是殺手，是從一九四八年開始犯罪。

愛蜜莉稍作停頓，她停下來倒不是為了眼前的三人，雖然他們聽到消息的確十分震驚，不過愛蜜莉主要也想給自己一點時間控制住情緒。

思考和建立心理側寫的過程其實非常私密，愛蜜莉通常會獨自完成每個階段，這個過程就像一趟旅程，愛蜜莉的每一個想法都會指引她進入凶手的腦中，只是她從來沒想過要和人分享；然而，今天的分享意外地成為一種宣洩，愛蜜莉頓時覺得肩上的重量減輕了，頭腦和精神也變得更加鮮活、清晰。

「就像我們之前猜測的，七〇年代是創造出埃博納犯罪人格的關鍵日期。」愛蜜莉邊脫下外套邊說。

「受害者特徵在一九七〇年忽然出現澈底的改變，根據法醫初步觀察，一九七〇年之前所有的受害者都是成人，有男有女；一九七〇年之後，受害者就全是小男孩了，而且標示在屍體上的年分和我們之前蒐集的失蹤兒童資料吻合。」

烏洛夫松原本用身體前後晃動著椅子，聽到這裡忽然停下來。

「成人？我以為他只對六到十歲的小男孩感興趣。」

「埃博納的生活，在一九七〇年發生了關鍵性的事件，最合理的假設是艾蕾克希之前提出的——他的兒子出生了，或是妻子懷孕了，可是在瑞典的紀錄裡，埃博納沒有小孩，所以我們要往這個方向深入調查。」

「一九七〇年有可能是他搭檔加入的時間？」

「應該不是，我認為搭檔當時至少要十五歲才能跟他合作，而且我不太相信『受控者』現在會是六十多歲的人，所以我還是堅持現有側寫是正確的，他的搭檔——也就是受控者，是介於三十五到四十五歲的男性。」

「如果埃博納從一九四八年就開始殺人，我們要找的屍體應該不只六十二具？」艾蕾克希問。

「一九四八到一九七〇年間，埃博納每隔十五到十八個月殺一次人，到了一九七〇年之後，犯案時間才變成每九個月一次。但就算把冷靜期算進去，屍體數量的確還是少了，有些一九七〇年之後失蹤的孩子並不在地下室裡，我們算過，大約還少了二十多個。」

烏洛夫松原先大聲嚼著洋芋片，這時卻停了下來。

「他們在哪裡？也許綁架這些孩子的另有其人？我們怎麼能確定都是他幹的？」

「九個月的犯案時間實在太精確了，所以不可能會是別人，發生這種巧合的機率太低了。」

「鉤十字呢？」

貝斯壯感到前額因疲倦產生的偏頭痛，在回答烏洛夫松的問題之前，貝斯壯不耐煩地嘆了一口氣。

「愛蜜莉之前就說過了，地下室的每具屍體左手臂上都刻了鉤十字的一道。」

「這個變態傢伙是怎麼做到讓屍體不腐爛？」

貝斯壯清了清喉嚨。

「法醫認為埃博納使用聚合物質浸漬的手段，也就是說他用矽利康取代有機液體來保存屍體，這個過程非常耗時，正好解釋了做案之間九個月的間隔時間；除此之外，九個月也可以象徵『懷胎九月』，不過我覺得埃博納應該沒想到這點。」

愛蜜莉拿起桌上的瓶裝水，打開之後喝了一大口。

「還有一個日期看來對埃博納也很重要，那就是一九八七年，」愛蜜莉自顧自地繼續說，彷彿烏洛夫松和貝斯壯剛剛的對話根本沒發生過，「從一九八七年開始，挖眼球和割氣管就變成了固定手法。」

「搭檔應該是這時候加入的吧？」艾蕾克希提問。

「沒錯，挖眼球和割氣管在埃博納的殺人形式裡是很大的轉變，已經殺人將近四十年經驗的凶手不會突然改變，也不會沒來由就澈底轉換做案手法；反過來說，搭檔加入倒是解釋了死後毀屍的做法。埃博納在一九四八年獨自犯下最初的謀殺案，到了一九七〇年，某件事改變了他對受害者的選擇，接著他開始訓練搭檔，或有搭檔加入，然後搭檔的做案特質在一九八七年開始出現，挖眼球和割氣管的手段也是從這個時間點開始的。埃博納在二〇一三年去世，搭檔因此解放了，於是刪除了原先做案模式裡所有他不喜歡的部分，也就是剝皮防腐的『轉化』儀式，他改變了『師傅』儀式中的核心部分。」

愛蜜莉替自己倒了一杯咖啡並接著下去說，又像在喃喃自語：「所以，首先，我們知道有安利希．埃博納，他是支配者，對他來說殺人只是一種手段，令人厭惡卻必要的過程，因為他得先殺人才能完成醫療或藝術實驗，至於是哪種實驗就取決於他個人的觀點了，他討厭大肆宣傳，還想辦法隱姓埋名超過六十年。再來要說到受控者，他從埃博納死後就獨自行動犯案，他觀察、跟蹤目標，直到對受害者的習慣掌握得一清二楚，這樣的『獵捕』方式，再加上他在倫敦和瑞典兩地進行，都讓我們了解他非常謹慎仔細，極有耐心且有條不紊；他也很聰明、有文化素養，這點從他操弄『Y』和『伽馬』的相似性可以看出來。」

「這傢伙聽起來可一點都不像『受控者』啊。」烏洛夫松評論，同時仍繼續搖晃椅子，只用椅背下方的兩隻椅腳平衡。

「他只有在『師徒關係』裡才是受控者，在社交生活和工作上，這個人病態地需要控制身邊的人，並且展現自身的權威性——他因為被師傅領導和控制，潛意識裡感到挫敗，必須藉由控管別人來彌補這種挫折感。畢竟他從一九八七年開始就活在師傅的監管下，或者被限制了更久，一九八七年是挖眼割喉出現的日期，也代表他正式加入師傅的行列，他協助完成的不是自己的慾望，而是師傅的幻想。支配者去世之後，他等於是成熟了、獨立了，於是探索、追尋自己的幻想。他還是繼續師傅的『作品』，因為師傅一直以來都訓練他這麼做，可是他一點一點改變師傅原先建立起來的規矩；他在倫敦殺人、不再『轉化』受害者、用小寫的『伽馬』代替大寫，他還埋葬受害者，又殺了一個女人，而且應該是在自戀心態作祟下，直接把受害者留在地面上，以供他閒暇之餘再次玩味，這個舉動也讓其他人有機會可以欣賞他的『作品』。每項進程對他來說都是解放和勝利，漸漸地，他抹去了師傅的蹤跡，他在領導者這樣的新角色中感到舒適，因為太過自在，也就變得自大，結果反而忘了師傅從前反覆教導要嚴謹細心的態度，他每出一次差錯，就讓我們更有機會逮到他。」

烏洛夫松起身，拉了拉毛衣抖掉上面的洋芋片碎屑。

「好吧，說來說去，史文生到底是不是兩人組裡的徒弟？埃博納住得離史文生祖父母家很近，所以很有可能和史文生來往，還可能慫恿史文生的父親買下房子，這麼一來，他就不用把收藏的死人搬去別的地方了。等埃博納一死，史文生就把地下室封死，因為他沒興趣當科學怪人，但是這樣做又可以保留從前和埃博納共享的美好回憶；而且，別忘了他還是莉內雅．比利克斯的前夫！」

艾蕾克希觀察愛蜜莉的反應，愛蜜莉緊盯著板子，彷彿完全脫離了對話，沉浸在自己的思緒中，心思飄移不定，她可能也掛念著那六十二具屍體的家人；家中孩童失蹤的創傷一代傳過一代，為家族的歷史帶來了沉重而難以抹滅的重擔，而如今他們終於可以得到答案了，殘暴與野蠻以外的其他答案。

瑞典法爾肯貝里，警察局
二〇一四年一月二十四日，星期五，上午八點

貝斯壯掛上電話，轉身面向愛蜜莉。

「畢約恩剛跟我確認了地下室裡沒有史文生的指紋，不過從史文生的解剖工具和器材看來，他應該會戴手套。至於DNA方面，要檢驗的屍體數量實在太多了，全部採樣完之後再等比對得花上好一段時間。」

愛蜜莉的手肘撐在桌上，嘴唇靠著十指交握的雙手，地下室裡找不到指紋並不意外，畢竟安利希·埃博納殺人超過六十五年都沒人發現了，從這點就可以看出他做事有多麼小心謹慎。

這時，烏洛夫松有如旋風般衝進會議室，他鼓起胸膛、雙腳大開站在貝斯壯和愛蜜莉面前，看起來活像個牛仔。

「你們想要先聽壞消息……還是壞消息？」

烏洛夫松看了看貝斯壯，又轉頭看向愛蜜莉，噘起的嘴流露出氣惱的神情。

「好吧，我先從壞消息說起，雅克布松已經清查了瑪爾克斯·施多瑪雷的房客清單，瑪爾克斯·施多瑪雷就是史文生家隔壁房子的屋主，還記得吧？這些房客沒有一人提到安利希·埃博納；事實上，根本沒有人記得安利希·埃博納。」

「施多瑪雷提到的那對丹麥夫妻呢？」

「瑪莎．克努森大約下午一點會回我電話。」

「另一個壞消息是什麼？」貝斯壯嘆氣。

烏洛夫松低頭看筆記本。

「我確認了史文生在每個謀殺案發生時的不在場證明，結果全都成立：安迪．彌多班克斯遇害的時候，他人在斯德哥爾摩，史文生整個禮拜都待在那裡；柯爾．哈利威爾受害時，史文生和經紀人在哥德堡見潛在買家，那時他應該很難飛到倫敦；羅根．曼菲爾德命案發生時，同一家玻璃公司連續三天送貨給他，貨運司機很確定見過他，因為他們大吵了一架；至於湯瑪士．尼爾森呢，我不知道史文生在做什麼，不過找到屍體的時候，他人在柏林。」

貝斯壯聽完揉了揉眉峰。

「莉內雅．比利克斯遇害的時候呢？」

「噢，對了！說到這個，史文生當時和經紀人的女兒在床上，她才十五歲。總之，莉內雅．比利克斯失蹤時，史文生和這女孩在史文生的別墅裡，也是因為這樣，他才要『小女朋友』做不在場證明，順道一提，這小女孩實在很難搞。」

「她證實了這個說法嗎？」

「對，還有外送披薩的小弟，他說披薩送到時，是史文生來開門。差點就忘了，第三個壞消息是我們在史文生的工作室裡完全沒有找到血跡，連工具上也沒有，看起來他在穀倉裡玩的只有玻璃。」

烏洛夫松的電話在牛仔褲裡震動起來。

「是瑪莎・克努森打來的。」烏洛夫松解釋，然後接起電話。

他開了免持聽筒之後就把手機放在桌上。

「喂，瑪莎，我是烏洛夫松警探。」

「我提早打來，希望沒有打擾到你，因為我要去車站接我孫子安東，之後還要帶他和鄰居小孩去滑雪橇，所以我們最好現在就談。你說想聊我們在法爾肯貝里過暑假的事，是嗎？」

「沒錯。」

「我們非常喜歡這一區，退休之後還搬到這裡定居，我們現在住在瓦爾貝里，因為小女兒住孔斯巴卡，這樣比較近，方便一點，我大女兒在費城……」

「你們是否在七〇年代末都向瑪爾克斯・施多瑪雷租房子？」

「一九七七年到一九八六年都是，在那之前，我們待在海灘的露營區，就在施多瑪雷的房子旁邊；後來因為我丈夫升遷了，也有錢租房子。我跟你們說，施多瑪雷那棟房子真是漂亮！更別提我兩個女兒有多喜歡那裡了！」

「瑪爾克斯・施多瑪雷告訴我們你和鄰居起了爭執……」

「噢，我的天啊，對！在一九八六年的時候，那也是我們最後一次在法爾肯貝里度假……因為實在是太糟糕……太糟糕了……」

「到底發生了什麼事？」

「我的小女兒琳達就像個小跟屁蟲一樣到處跟著姊姊……琳達那年已經十二歲了，所以我們讓她自己騎腳踏車到海灘找姊姊，路程不過五分鐘。有一天傍晚，她哭著回來……其實這樣說不對，她先在門口吐了一地，然後衝進我的懷裡大哭，就這樣哭了一整晚，不管我們怎麼安慰她都沒有用！我就不說當時有多擔心了！琳達直到隔天早上才告訴我們發生了什麼事，而且還是在她姊姊堅持之下，加上琳達很崇拜她姊姊，小孩就是這樣……」

「瑪莎，到底發生了什麼事？」

烏洛夫松的語氣愈發不耐煩，瑪莎．克努森卻似乎渾然不覺。

「就是鄰居的兒子啊……我不曉得那是不是他兒子……總之，他在琳達面前殺死一隻活生生的兔子。他先把兔子的腳都折斷，要我女兒聽兔腳斷掉的聲音……我現在光用想的還是會起雞皮疙瘩；然後他再弄斷兔脖子，最後在琳達面前放火把兔子燒了。這孩子很殘忍，實在是殘忍得不得了。」

瑪莎．克努森說到這裡停頓了一下，她大聲深吸一口氣才繼續說下去。

「我先生非常生氣，他打電話報警，警察卻隨便就想打發我們，所以我們直接去找鄰居理論。」

「這位鄰居是不是叫安利希．埃博納？」

「我不知道他叫什麼名字，他開門之後，也沒有請我們進門，只躲在門後面，冷冷說他那個……我不知道叫什麼名字的小孩……以後絕對不會再犯。」

「嚇唬妳女兒的男孩當時幾歲？」

「我真的不知道，我們從來沒見過他，但琳達說他很高大，我們就知道這麼多了。」

「發生這件事之前，妳女兒會跟他玩嗎？」

「不會啊，不太可能，因為我們通常都四個人一起行動，可是那年夏天，我大女兒和當地一群年輕人玩在一起，她那時十五歲了，你懂的……她已經不想和父母一起了，所以會和朋友去海邊，畢竟和父母一起看起來很遜……你明白吧……」

「你們那時候拍的照片裡，有剛好拍到那男孩的照片嗎？」

「我只有我們一家的照片，我女兒應該有和當地朋友的照片，也許他會在裡面。」

烏洛夫松記下瑪莎．克努森兩個女兒的電話號碼，又謝過這位滔滔不絕的女士之後就掛斷電話。在烏洛夫松打電話給克努森家女兒留言的時候，貝斯壯把剛剛的對話重點翻譯給愛蜜莉聽。

「三元素。」貝斯壯說完，愛蜜莉喃喃自語說出這三個字。

「妳說什麼？」

「根據瑪莎．克努森的說法，埃博納收留的那個孩子不管是不是他兒子，都有虐待動物的傾向。我想發現埃博納死在家裡的人就是這個人，他應該花時間搬了幾具屍體到自己家裡收藏，用水泥封好地下室的入口之後，再到埃博納家附近縱火，然後打電話給消防隊。出於對師傅的敬意，他想辦法讓埃博納的屍體被發現時，樣子和生前差不多。不過，他這麼做的時候還是很小心，沒有留下會連結到他的證據，他想辦法保持匿名，這樣才能繼續完成師傅的作品而不被逮住。他有縱火和捕殺小動物的習慣，而且從童年時期就開始了，說到這裡，他已經具備了『麥克唐納三元素』裡的兩項，這個理論用童年的三項行為特徵預測成人後的暴力犯罪行為，還有一項元素就是過了正常年紀之後，晚上還繼續尿床，我相信他小時候一定也有這個問題。」

「妳的意思是……」

「我們已經找到兩人組裡的第二名成員了，目前只剩下確定他的身分。」

瑞典法爾肯貝里
二〇一三年十月

亞當看著父親喝下晚餐的湯，父親的手像乾癟的蘋果一樣皺巴巴的，舀湯時也不住顫抖，把湯匙從湯盤送到嘴邊的距離彷彿是趟危險又遙不可及的旅程。

這些年下來，父親的背駝了、腰也彎了，樣貌有如長年經強風吹襲而彎曲的樹。安利希・埃博納得了灰疫病，他終究只是凡人。雖然飽受病痛折磨，安利希視其為不可避免的事實而坦然接受；安利希了解自己的身體就像下沉的船，他只能盡量讓頭腦保持在水面之上。從過了六十歲生日之後，安利希每天都強迫自己做記憶練習，以保持頭腦始終清晰敏銳。

今天早上，亞當把父親迴避了十年的話題再次搬上檯面。

「父親，你一定要聽我說，是時候把工作室搬到我那裡了。」

安利希放下湯匙，彷彿湯匙有千斤重。

「我已經說過了——不可能。」

亞當不耐煩地用手拍了一下額頭，父親什麼都聽不進去，也許亞當應該要不顧他反對，直接搬走屍體？如果父親忽然死了，他還得解決所有問題，而且要想辦法速戰速決。

「父親，你也知道你死了會變成什麼樣子，這間房子不是你的，也不會是我的。」

「我當時沒有別的選擇。」

「我知道，我知道，我不是在責怪你做了該做的事。可是現在還有選擇，我有工作了，我可以幫你……我們如果不想倉促行事，就應該要安排一下，交給我來處理吧。」

安利希喝完盤中的湯，驕傲地擦了擦嘴。

「亞當，不是因為我動作變慢，就代表死神已經來敲門了，死期快到的時候，我一定會知道，那時再計畫吧，沒來之前都不用再說了，兒子，別急著把我推進墳墓裡。」

亞當惱怒地嘆了一口氣，又焦躁地搖了搖頭。

「我只是請你先為離世做準備，天下所有父母為了孩子都會這麼做，父親，我知道你一直想相信自己會長生不老，可是事實相反啊。」

「我的後事已經準備好了，你什麼都不用做。」

「我指的不是火葬，我是要討論你的遺產，也就是我們一路一起建立的成果。為什麼你就是這麼頑固？你到底為什麼不肯聽我說？你不信任我的判斷力嗎？難道我做得還不夠，還沒辦法證明我有能力照看你的作品？你是不是覺得我不夠格，沒辦法承接你的事業？」

安利希的眼神從湯盤轉移到牆上的時鐘，這是在告訴亞當，他該走了。

亞當忽然起身，動作快又猛，椅子都倒了，他沒把椅子扶起來就怒氣沖沖往外走。亞當進到車裡，一次又一次大力甩門，直到淚水終於戰勝沮喪。等到終於冷靜下來，亞當才意識到自己坐在副駕駛座上，憤怒的眼淚再度爆發。

父親現在晚上已經不和他出門「打獵」了，父親再也沒辦法熬夜了，雖然之前都看不出他有疲憊的跡象，可是，就在某一天，父親忽然宣布，從今以後亞當應該獨當一面，單獨找目標和綁架，亞當也欣然接受，就像他一直以來服從父親那樣，安利希．埃博納從來就只會陳述事實和下命令，不會詢問別人的意見。

或許是因為這樣，安利希才沒有再娶和重組家庭，母親已經是亞當認識最溫順服從的女人了，連她都放棄了安利希，任他聽天由命。到最後，亞當是唯一受得了安利希的人。

亞當挪動身體，坐到駕駛座上便上路了。這五年來，他都在夜裡獨自行動。有時候父親會在白天陪他去確認地址和計畫行動細節，但到了夜裡，亞當就全都得靠自己。沒了父親的協助，單獨綁走小孩可不容易，亞當必須計畫得更周詳、更小心。

今晚，他要去觀察下一個目標——湯瑪士．尼爾森，這個破碎的家庭似乎沒有固定作息，這讓行動變得複雜許多。

⁂

亞當在隔天早上六點回到父親家，肚子餓壞了。通常出發的時候，亞當會帶上一兩個三明治，可是昨晚出門得太倉促，來不及準備。

洗過澡之後，亞當就下樓到工作室找父親。他會等到吃早餐的時候再和父親討論「搬家」的事，他知道最後一定能說服父親。

亞當穿上連身防護衣和鞋套，又戴上無塵網帽和手套，然後進入工作間。他快速在工作室裡繞了一圈，卻不見父親蹤影。亞當脫下身上的裝備，急忙跑到父親在二樓的房間。父親還在床上。亞當靠近床邊，邊走心裡已經有數，他觸摸到的會是父親冰冷的身軀。亞當輕撫父親稀疏而花白的頭髮，又親了親他那高聳而富智慧的額頭、堅毅的下巴和勤奮的雙手。他請求父親原諒他們最後一次談話，原諒他前一晚過於激動，不過亞當曉得，父親離開人世的時候，心裡絕對充滿了對兒子的驕傲和尊敬；亞當明白，他與父親的連結遠勝於家裡的爭吵；他更確信的是，父親就算去世了，也還是會繼續掌控他的人生。

亞當在枕邊陪伴了父親九個小時，時而靜默沉思，時而把臉靠在父親胸膛上，沒想到這份未曾有過的親密感居然如此怡人，亞當後悔父親在世的時候沒能這麼做。亞當向父親傾訴，能在父親身邊有多麼快樂，這輩子身為安利希・埃博納的兒子讓他感到無上的光榮；然後，亞當親了父親的臉頰一下向他道別。

亞當下樓走到廚房，拿起父親固定放在日記旁邊的筆記本，同時整理思緒。他需要擬訂計畫，一項全新的計畫。亞當原先想把所有的「收藏品」都運回自己家裡，藉此重建父親的工作室，但在動工之前，他需要取得父親的同意。現在父親死了，混帳傢伙賈克博・史文生虎視眈眈地要接收父親的房子，史文生每個月都派律師來確認父親的健康狀況，他們上次來訪是三個禮拜前。

亞當在四十八小時之內就得回到倫敦，而且還要再等上十多天才能回來，這讓他別無選擇，一刻都不能浪費，兩天的時間根本不足以搬完所有「收藏品」，他得找出解決當務之急的辦法。亞當知道父親一定會建議他：「寧願做得少，也要做得好。」所以在有限的時間裡，他會盡可能不引起任何人注意，盡量多搬走一些屍體，然後他會把通往工作室的活板門封死；等待一切就緒，他再想辦法讓人發現父親的遺體，亞當絕對不會讓史文生的手下在床上發現父親腐爛發臭的屍體。

亞當放下手中的筆。

很好，這個計畫非常完美，而且還很偉大。永遠塵封地下室的大批「收藏品」，這是亞當為父親打造的陵墓，就像秦始皇的兵馬俑那樣，這是他對父親至高無上的敬意，父親死也要死得像個英雄，就和他生前一樣。

瑞典法爾肯貝里，大飯店

二〇一四年一月二十四日，星期五，上午八點

這個夜晚過得很快，但艾蕾克希睡得很沉，難得有一天，疲憊戰勝了憂慮。

艾蕾克希前一晚取消了和施泰倫的晚餐約會，他今早就從瑞典到外地出差了。

艾蕾克希想念施泰倫的程度之深，連她自己都嚇了一跳，畢竟她和這個男人還算不上太熟啊。真是不可思議，艾蕾克希心想，她如果不分析情緒，就沒辦法感受情緒，她真該改變自己做事的方法了，原本的方式不夠歡樂又太累人。

艾蕾克希要自己找回紀律，不只是腦海中那些枝微末節的少女情懷，還有母親近在耳邊的評語和警告，全都要拋到一邊去，就是因為施泰倫不在，她要專心體會那份思念他時美妙又刺激的感覺。

艾蕾克希啟動免持聽筒功能聽手機留言，同時往浴室走，衣服還沒穿好，手機就響了起來。

「喂，媽，我正準備出門，我再打給妳……」

「我的天啊，艾蕾克希，不要告訴我妳蹚進這淌渾水裡了……我就知道，妳整個人都深陷其中了吧！」

「媽，妳在說什麼？」

「艾蕾克希，每臺新聞都在報！警方在那個雕刻家的家裡找到屍體了，就是莉內雅的前夫！」

艾蕾克希連忙用另一隻手撈起遙控器，她打開電視，連續轉了好幾臺，果然每個頻道播出的畫面都一樣，全世界都在關注法爾肯貝里。

電視裡的男人把黑色塑膠密封袋一個接著一個搬進法醫車廂裡，畫面拍攝品質很差，看得出來是從遠處跟拍，而就算沒受過專業訓練，任誰都看得出來袋子裡裝的是屍體。

母親在電話另一頭喋喋不休，艾蕾克希能想像貝斯壯此時有多麼憤怒。

「……在瑞典，早上就連太陽都不情願出來！妳就不能和同齡的女孩子一樣，去做水療或去地中海俱樂部度假嗎？為什麼一定要去……」

聽到這裡，失去耐心的艾蕾克希猛然掛上電話，她這麼做是為了不讓自己對母親說出會後悔的話。

才掛上電話就響了起來，是阿勒芭打來的，她打來要問的事應該和母親一樣。

「噢，艾蕾克希，聽到妳的聲音真是太好了，我擔心得要命……我開擴音哦，我和保羅在家裡。」

電話另一頭傳來咖啡機泡咖啡的聲音，倫敦現在是早上七點。

「妳還好嗎？妳不覺得是時候該回來了嗎？」

阿勒芭的話裡參雜著咀嚼聲，有幾個字聽起來像跟剛塗好奶油的麵包一起被吞掉了。

「我覺得這件事變得越來越危險了。」

「這案子也太可怕了，」保羅說，「全都是莉內雅的前夫幹的？」

艾蕾克希張開嘴想說些什麼，卻又立刻閉上，她沒料到一早就要回答這樣的問題。

「保羅，對不起，我什麼都不能說。」

「我懂啦，但我希望他們已經把人抓起來了？一想到這種禽獸逍遙法外，就覺得不得安寧……」

「保羅，你不要再說這些事煩她了……你還看不出來她受的夠多了嗎？親愛的，妳有沒有需要什麼？還是要我過去陪妳？保羅也一起？」

「不用了，真的，什麼都不用，謝謝，你們真的很貼心，可是我很好，我保證很快就回去了。」

艾蕾克希穿上褲襪、厚毛襪和絲絨長褲。

因為沒時間好好整理了，所以她把頭髮綁起來，這時候，第三通電話進來了，螢幕上顯示的是瑞典號碼。

「請問是艾蕾克希・卡斯泰勒嗎？」

艾蕾克希謹慎地回答了一聲：「是。」

「妳好，我叫夏洛特・林克維斯特，妳之前寫了電子郵件給我，想問關於我父親在布亨瓦德集中營的情況，我父親叫安德烈亞斯・尤里福斯德。」

艾蕾克希知道這應該是希爾達・索恩提供名單上的人，可是她記不起所有挪威學生的名字。

「是的，沒錯。」艾蕾克希出於禮貌，假裝自己記得這個人。

「妳提到在收集流亡者『安利希・埃博納』的資料？」

「完全正確，他是德國籍的政治流亡者，戰後移居瑞典。」

「我父親對我提過一些囚友，但我不記得埃博納這個名字。不過，父親在被釋放之後，在日記裡寫下了布亨瓦德解放當時的狀況。我在他去世之後才知道有這本日記，但我實在沒有勇氣讀。我想裡面或許會提到『安利希・埃博納』這個名字。我不想讓這本日記離開身邊，不過我可以請助理掃描內容之後用電子郵件寄給妳。」

艾蕾克希忽然燃起鬥志。

「夏洛特，妳願意這麼做真是太好了，這樣就很棒了，謝謝。」

「請稍等一下。」

艾蕾克希聽到話筒被放在桌上，間隔固定的四次響聲，一陣沙沙聲，接著是模糊不清的對話聲。

「我如果不馬上辦，一掛上電話就會忘記這件事了，所以現在立刻處理，我的助理已經在掃描了，妳最多再一個小時就會收到。」

二〇一四年一月二十四日，星期五

他拉了一把椅子過來，在離電視機只有幾公分的地方坐了下來。他全身赤裸，挺直了背，緊緊交纏的雙手像老虎鉗一樣放在膝蓋上，金屬製的椅子讓他感到臀部和睪丸一陣冰涼，全身因此起了雞皮疙瘩。他睜大了眼，仔細看著每個頻道上重複播放的畫面。

才不過三個月的時間，他就毀了六十年的心血。他閉上雙眼，六十年的心血毀於三個月。

指甲隨著他不停用力，像刀切入奶油那樣刺進腿上的肉裡。

他知道「另一個人」一定氣死了，「另一個人」在死者之中怒吼著，激動地咆哮他不值得信任，他應該對抗虛榮心，而不是沉溺其中任意而為。

「另一個人」說得對。

他用力拉住頭髮，張大了嘴，臉頰因高聲尖叫而凹陷。

「他—說—對—了！」他每說出一個字，一撮頭髮就隨之落地。

他猛然起身，跑到房間的角落縮成一團，像是被老師處罰面壁思過的小學生，眼睛直盯著雙腳，雙手環抱住雙腿。他應該要懺悔，請求寬恕，為自己贖罪。

忽然間，他又起身遠離牆角，他搖搖頭，不對、不對，這不完全是他的錯，「另一個人」早該聽他的話，他原本的計畫是要把所有的屍體都搬回家，把他們保存在安全的地方，免於「收藏品」遭受任何損害。

要是「另一個人」不那麼冥頑不靈，這一切也不會發生。

雖然「另一個人」仍然一直對他說話，就像跳針的唱片那樣，但「另一個人」的死還是讓他獲得了解放，這自由如此甜美，美妙到讓他無法放棄。他再也不用花上好幾個月觀察追蹤，最後只是關在地下室裡聞甲醛的味道、解剖孩童；他現在可以隨心所欲地打獵、殺人、棄屍。

他終於體會到分享帶來那高潮般的喜悅與快感，專家檢視、研究、分析他的「作品」，他們應該還很欽佩哦，這點他很確定。

他握住勃起的陰莖。

他得防禦領地，趕走入侵者才能繼續打獵。

他要從那該死的側寫師下手，他要切掉她的奶子、吞下她的奶頭；聽說，奶頭吃起來的味道像魷魚。

瑞典法爾肯貝里，警察局

二〇一四年一月二十四日，星期五，下午兩點

會議室裡的氣氛沉重。

貝斯壯、烏洛夫松和另外兩名警員靜靜聽著安德烈亞斯・尤里福斯德的日記內容，這位挪威流亡者詳盡描述了布亨瓦德集中營裡每日的恐怖生活。

他們之中偶爾會有人發出驚叫，或因為驚恐而倒抽一口氣。

艾蕾克希和愛蜜莉把隨身物品放在椅子上，兩個人坐好之後就各自打開電腦，無論聽到什麼聲音都沒有抬起頭來。

日記是用挪威語寫的，愛蜜莉和艾蕾克希沒辦法梳理其中的細節，所以她們稍早又去了圖書館，希望能繼續艾蕾克希之前未完成的搜索，找出有關安利希・埃博納的資料。儘管瀏覽了上百頁報紙，兩人還是一無所獲，到處都沒看到安利希・埃博納這個名字。

艾蕾克希打開電子信箱，希望也許有其他人收到留言後回覆她，可是也沒有進展。

艾蕾克希走到警局的茶水間裡泡咖啡，同時想著瑪莎・克努森提到的年輕男孩，她很確定男孩就是埃博納的兒子，埃博納逃避人群、孑然一身，就是為了放心殺人，所以唯一能進入他世界的人絕對是他的後裔，而且還接受他的教誨與指導長大成人。

「Jag har hittat nagot!（我找到了！）」

這句話沒必要翻譯，光是驚喜的語氣就說明了一切。

艾蕾克希趕緊回到會議室，手裡還拿著裝咖啡的袋子。

貝斯壯、愛蜜莉和另外兩位警員全都圍在烏洛夫松身邊，烏洛夫松伸出食指高舉過頭，看起來就像是搶著發言的小學生。

「安利希．埃博納，醫學院外科的學生，每個星期天下午，尤里福斯德和他那群醫學系的朋友都會在茅廁前和埃博納會面，還在那裡是為了不被黨衛軍打擾。為什麼在茅廁就不會被打擾？」

「黨衛軍不會靠近那裡，因為那種公用廁所都臭氣沖天。」艾蕾克希解釋。

烏洛夫松點點頭表示理解，然後繼續往下讀。

「呃……他說他們偶爾會用英語聊天，但是大多說挪威語，因為埃博納想學……」

「尤里福斯德有沒有提到為什麼？」貝斯壯插嘴。

「沒有……他寫到還沒蓋集中營之前的布亨瓦德，說是『文化與野蠻的交會』，還談到哥德、席勒、李斯特和巴哈，這些藝術家都在威瑪住過……啊，有了，他又談到埃博納……埃博納在布亨瓦德解放之後想逃離德國，因為希特勒對德國和德國人的所作所為讓他作嘔，所以他決定到瑞典生活……啊，因為埃博納的母親是瑞典人……」

「我就知道！」艾蕾克希大叫。

「……埃博納的父親出生在德國布蘭登堡的法爾肯貝里，一位挪威學生告訴他，瑞典沿岸也有個同名小鎮，埃博納說這是命中注定，決定到那裡定居，才說完，一名躲在茅廁後面的黨衛軍就偷襲他……」

烏洛夫松因厭惡而噘起嘴。

「Helvete!（見鬼了！）埃博納倒下，頭先跌進屎堆裡……黨衛軍反手拉住埃博納的手臂，我引述尤里福斯德的原句：『像拖著剛獵到的野豬一樣把他拖走了』。尤里福斯德說從這天之後就再也沒見過埃博納，他後來聽說埃博納被招募到四十六號樓工作，那是實驗營樓。」

烏洛夫松的手機在這時響起，他眼睛沒離開過日記，拿起電話直接遞給貝斯壯。

貝斯壯接起電話，聽完對方說明又用瑞典語回答之後，他按下擴音鍵把手機放在桌上。

「是琳達．史泰納打來的，就是瑪莎．克努森的小女兒，」貝斯壯解釋，「我剛剛向她解釋了在場有兩位講英語的顧問——愛蜜莉．洛伊與艾蕾克希．卡斯泰勒也參與本次調查，她同意用英語對話。」

「我對局長說我收到你們同事的訊息，剛剛又在新聞上看到卡爾．史文生和在他家發現的屍體，那棟別墅就在施多瑪雷的房子旁邊，我們以前都向施多瑪雷租房子……」

琳達．史泰納停頓了好一段時間，艾蕾克希還以為該不會電話斷線了。

「我猜想你們會問一九八六年夏天發生的事，應該是因為和這個案子有關……」

「琳達，妳能不能告訴我們那件事的經過？」

在琳達．史泰納開口之前，又是一陣彷彿永無止盡的沉默。

烏洛夫松雙手高舉表示不耐煩。

「有天晚上，姊姊偷溜出門，我也偷偷跟在她後面，可是跟著跟著就跟丟了，反而在海灘上遇見了一個帥氣的男孩，他半夜出來游泳，我當下馬上就瘋狂喜歡上他，就是十二歲小女孩那種純純的愛戀。那天之後，我就整天關注他的舉動。他住在隔壁的房子裡，我用望遠鏡看他什麼時候出門，他前腳才踏出家門，我就趕快衝出去；一開始，我只是遠遠地觀察他，後來有天我不再躲藏，我走出來假裝迷路。

在那之後的三個禮拜裡，我每天都會去找他，可是都沒有對爸媽說，原因可想而知……總之，一直到『那天』以前都是這樣，可是『那天』……」

琳達的話就這樣懸在空中。

愛蜜莉注意到琳達一次都沒提到男孩的姓名。琳達除了把心給了他，應該還給了他別的「東西」，愛蜜莉心想。

「他叫我閉上眼睛，等到我再睜開眼睛的時候，他手裡抱著一隻兔子，他把兔子遞給我，要我摸，我在摸兔子的時候，他從背包裡拿出了……我也不知道該怎麼形容這東西……就是兩根樹枝用金屬架子連接，中間有個洞；他把兔子的頭卡進洞裡，兔子這時開始掙扎。我當下還沒意識到發生了什麼，也不知道他想做什麼。我疑惑地看著他，他叫我仔細聽，他要創作一首交響樂，而且只為我一人演奏。然後他抓起兔子的腳用力折斷，一隻接著一隻，他的動作乾淨俐落，好像很習慣這麼做似的。」

琳達悲傷地輕嘆了一口氣。

「他打開刑具，扭斷兔子的頭，然後放火燒了兔子，而且在整個過程中，他都面帶微笑。」

又是一陣沉默，彷彿一字一句都太過沉重，使琳達喘不過氣來，不得不停頓。

「我因為太震驚又太害怕了，根本沒想到要逃跑，我害怕他也會傷害我，所以我在和以往一樣的時間離開，那已經是兩個小時之後了，我向他保證明天會再去找他。」

和這傢伙單獨相處的這兩個小時，不知道對琳達的人生留下了多深刻的影響，艾蕾克希心想。

「琳達，我是愛蜜莉．洛伊，這男孩叫什麼名字？他當時幾歲？」

「他叫亞當．埃博納，十五歲。」

烏洛夫松的手擺出了勝利的姿勢，伸手握拳向上高舉。

所以安利希．埃博納的確有個兒子，出於某個原因沒有冠上安利希的姓登記，但至少知道他的名字了，這是好的開始。

「亞當．埃博納和父親一起住嗎？」愛蜜莉接著問。

「沒有，他只有放假才會來，父母分居了，他平常是和母親住。」

「妳知道他和母親住在哪裡嗎？他母親叫什麼名字？」

「這我就不知道了，抱歉。」

「妳還留著這男孩的照片嗎？」

琳達苦澀地笑了一聲。

「有，不要問我為什麼。」

瑞典法爾肯貝里，警察局

二〇一四年一月二十四日，星期五，下午四點

艾蕾克希穿上大衣，她要陪愛蜜莉走一趟琳達·史泰納家，就在她們準備出發前往孔斯巴卡的時候，艾蕾克希的手機響了；在對方解釋了來電的理由之後，艾蕾克希對愛蜜莉打手勢要她先走，接著就坐下來，把筆記本拿到手邊。

貝斯壯和烏洛夫松著手調查現有的唯一線索，也就是琳達·史泰納提供的資料——連環殺手二人組裡第二名成員的姓名和出生日期；安利希·埃博納的兒子在一九八六年時是十五歲，而且可能在年底前過十六歲的生日，因此全警局的人都在找瑞典的出生紀錄，他們要找出所有在一九七〇年和一九七一年出生的「亞當」。

艾蕾克希完全忘了周遭其他人的存在，她聽著狄奧多·朗格曼解釋從基金會收到的訊息讓他有多麼感動，朗格曼的法語腔調圓融，用字講究卻顯得有些文謅謅。

「卡斯泰勒女士，請您務必理解，是埃博納救了我的命，那是在弗萊舍把他變成沒人性的禽獸之前……」

「弗萊舍？」

「沒錯，這個字的意思是『屠夫』，還真是人如其名啊……」

艾蕾克希不太明白，所以搖了搖頭。

「朗格曼先生，弗萊舍是誰？」

「真不好意思……我兒子說的對……每次我講到戰爭的那些年，就會說得好像全世界都很清楚我的故事一樣……那是一九四四年的十月，我當時六歲，剛剛和二十來個孩子抵達布亨瓦德集中營。健康檢查之後，一名黨衛軍把我們帶到外頭，我們全都裸著身體，強勁的冷風呼呼地吹，這時，其中一個本來就不舒服的孩子昏倒了，黨衛軍就走到他身邊，朝他的頭開了一槍。接著用法語說：『你們的大好機會來了，這傢伙剛剛自願出列，我只要再選三個就可以了。』他要我們站成一列，然後選了最小的三個孩子，我就是其中一個，他叫我們往前站一步，說這遊戲的規則就是要想辦法雙腳踏地、站直站好，如果倒下了，就再也見不到父母；要是做得到保持平衡，他就請我們吃一頓熱食。他從隊伍中站最後一個的孩子開始『測試』，手持短棍不停揮打，直到那孩子被活活打死為止，再來他開始毆打我左邊的孩子。」

狄奧多．朗格曼的聲音嘶啞，輕咳了一聲。

「我不知道哪個比較糟糕，是孩子的慘叫聲，還是短棍結實打在他們身上的悶哼聲……」

艾蕾克希閉上雙眼，彷彿這劊子手的短棍聲就迴盪在耳邊，她不相信黨衛軍這番殘酷的暴行純粹是為了服從命令。

「輪到我了，黨衛軍才打到第二下，我就倒在地上裝死，那人應該也打累了，就沒有繼續動手。他用德語咆哮，接下來是一陣摩擦聲和恐怖的聲音，我被丟到又冷又硬的平臺上，另外三個孩子的屍體很快地也被扔到我身上。我的身體在搬運過程中搖來晃去整整十分鐘，腦袋開花那孩子幾乎要把我悶死了。後來我感覺到有人把我舉起放在肩上，然後小心翼翼地把我放在草蓆上，之後不知道躺了多久，我逼自己閉上眼睛，逼自己不要害怕、忘記寒冷，我還強迫自己不准發抖，更不准哭……

最後我應該失去了意識，再醒來的時候，我先聽到男人尖細的聲音，接下來是金屬碰擊的響聲，空氣中瀰漫著噁心刺鼻的味道；這樣的情況持續了幾個小時，至少在我的記憶中是如此，當時我覺得那一刻彷彿永無止盡，直到有雙手觸摸我。我因此被嚇了一跳，同時睜開眼睛，只見兩個男人正盯著我看，我覺得他們就像是死神派來的使者。他們其中一人又高又瘦，身上穿著白袍，臉很細長，有雙湛藍的大眼睛，這個人是霍斯特・弗萊舍；另一人裸體，手上戴著沾滿血的手套，他就是安利希・埃博納。恐懼在我的胃裡糾結成一團，埃博納卻對著我溫柔地微笑，還輕聲對我說話，他先說德語，後來又換成英語。我剛到集中營的時候還不懂這兩種語言，不過在那種情況下，相信我，我很快就強迫自己學會了。埃博納進而轉向弗萊舍求情，弗萊舍什麼都沒說，冷冷的眼神裡冒出一絲興味。他打量埃博納，享受著這一刻我替他帶來的絕對權威，就像凱薩大帝那樣——弗萊舍當下有權決定我的生死，只要簡單一個動作，拇指往上或往下就決定了我的宿命。雖然我聽不懂他們說的話，可是我知道我的命運就在這一刻的沉默中定下了生死。忽然間，只聽見弗萊舍大喊『漢斯！』，一名黨衛軍出現在門口。弗萊舍對他下了一串命令，漢斯在每一句話之後都大聲說『是！』表示理解。接下來，弗萊舍猛然拉住我的手臂把我拉下解剖桌，我整個人嚇呆了，等著他朝我的頭開槍，或把我活活打死。我還記得在那一刻，我心裡想的是我母親，我想著她頸後的痣，我會邊吸拇指，邊用食指摸那顆痣。我一直屏住呼吸，沒聞到房間裡瀰漫的氣味，那是混雜了屍體腐爛、排泄物和清潔劑的味道，我只聞到母親的橙花香水味。」

艾蕾克希忽然注意到貝斯壯和烏洛夫松用奇怪的神情看著她，為了不打斷朗格曼的話，她對他們豎起大拇指，表示一切都沒問題，又馬上意識到，在集中營囚犯敘述生平到一半的時候，做出這個動作非常不恰當。

「那個叫漢斯的黨衛軍把我帶回集中營的主營區，一路上不停用短棍打我，然後讓我待在其中一棟營房，我後來就一直在那裡住到解放日，也就是一九四五年四月十一日。在這之中的七個月裡，我每天都準時在晚上六點端晚餐去給弗萊舍和埃博納，連最後一晚也一樣，解放日前夕，一九四五年四月十日那天晚上，我還是照常替他們送晚餐。另外有一個叫史坦的囚犯，他負責送午餐。」

艾蕾克希想著朗格曼那地獄般的經歷，以及所有被關進集中營的孩子，她聽過布亨瓦德集中營裡的「男童妓」，彷彿被迫與父母家人分離，在不人道的生活條件下受折磨這些事還不夠苦似的，這些男孩還得遭受有戀童癖的黨衛軍和囚監蹂躪。

「我送飯去的時候，弗萊舍和埃博納會把手術用具放在解剖的屍體旁邊，弗萊舍會回辦公室，坐在木頭大桌旁，邊看信邊吃豐盛的晚餐；埃博納則在腐爛的屍體旁邊，快速把湯喝完。」

因為聞過屍體腐臭的味道，艾蕾克希大力用鼻子呼氣，好趕跑這段故事激起的嗅覺記憶。

「在這七個月中，我發現弗萊舍和埃博納的關係從小地方開始一點一點轉變，那時我才六歲，要到後來才能明白。最先轉變的是埃博納的眼神，比起第一次看到我的時候，他眼裡的同情漸漸不見了，而且慢慢地，他……怎麼說呢……他的人性也乾涸了。弗萊舍和埃博納原本沉默以對，但漸漸地他們開始說話，談話內容也越來越多，越來越生動、有禮。後來有一天晚上，我提著一個幾乎和我一樣重的食物籃到營樓，他們一開始沒發現我，我看到這兩人彎腰看著一具屍體一起大笑。他們還是一如往常把手術工具放在屍體旁邊，但這天，弗萊舍用手拍了拍埃博納的背，看起來活像驕傲的父親。他們同桌吃飯，弗萊舍和埃博納分享了自己的晚餐，兩人心情好得不得了，他們那模樣在我眼中幾乎可說是猥褻了，我的恩人被折磨他的人所深深吸引了。」

瑞典孔斯巴卡，琳達．史泰納家

二〇一四年一月二十四日，星期五，下午五點

琳達．史泰納瞇起眼，仔細檢視過每張照片之後，才接著看下一張。

琳達把整疊照片還給愛蜜莉，同時搖了搖頭。

「很遺憾，這疊照片裡的男人沒有一個長的像他。」

愛蜜莉於是把莉內雅身邊男性友人的照片收進背包裡。

琳達把咖啡杯放在廚房的桌上，接著起身。

「我之前一直沒時間上閣樓，可能會有點久，」琳達解釋著，她走在愛蜜莉前面，兩人走上樓梯，「我到現在都沒能下定決心收好閣樓上的東西，也不知道到底照片……亞當的照片……在哪裡。」

琳達走進洗衣間，拉下天花板上連接活板門的帶子，摺疊窄梯隨之伸展開來。琳達從陡斜的階梯爬進閣樓，在黑暗中摸索著電源開關，愛蜜莉也尾隨在後進入閣樓。

「好，我們從那邊開始找吧。」琳達用手指了指閣樓另一頭，鑲了黃色玻璃的老虎窗底下放了一堆紙箱。

愛蜜莉幫琳達把最上面的一個紙箱搬下來放在地上，琳達打開之後快速翻找裡面的物品，愛蜜莉看見箱裡有兩個布娃娃和幾尊塑膠小玩偶，還有一本書的書脊。

琳達摺下紙箱上蓋，嘆了口氣之後又換開另一個箱子，接著用腳尖把第二個箱子推到一邊去，看來還是一無所獲。

愛蜜莉的手機響起，她眼睛盯著琳達接起電話，琳達則繼續有效率地檢視每個紙箱，完全沒有因為某樣物品勾起私人情感而稍作停頓。

艾蕾克希在電話另一端的聲音被周圍嘈雜的噪音淹沒。

「布亨瓦德集中營裡一位認識埃博納的囚犯聯絡我，埃博納曾經在集中營的醫學實驗營樓裡，和一位名叫『霍斯特．弗萊舍』的人一起工作，不確定他是納粹黨的科學家還是醫生。」

「埃博納是自願和這個人合作的嗎？」

「不是，他是被逼的，但那人告訴我，隨著時間經過，弗萊舍和埃博納變得越來越親近，他描述的情況和妳之前提到斯德哥爾摩症候群的理論幾乎一模一樣，妳已經到琳達．史泰納家了嗎？」

「對。」

「她找到照片了嗎？」

「還沒。」

「只要一找到，請妳馬上掃描給我，雖然不一定有用，不過試一試搞不好就……」

「妳在找什麼？」

艾蕾克希向愛蜜莉解釋了想法，愛蜜莉雖然有點驚訝，卻還是同意了，接著就掛上電話。

琳達為了方便跪著，她抽出一個鞋盒，把盒子輕輕放在地上，動作就像考古學家般小心翼翼。琳達打開盒蓋，思緒沉浸在內容物裡，愛蜜莉走近時還把她嚇了一跳，彷彿她根本忘了還有愛蜜莉的存在。琳達不發一語，把盒子推向愛蜜莉腳邊，神情十分嚴肅；愛蜜莉蹲下，從紙袋裡拿出一疊照片。

法爾肯貝里夏日的景色大為不同，照片裡的風光有如人間仙境：太陽高傲占據著湛藍的天空，閃耀光線親吻著油亮亮的海面。琳達當年應該是躲在草叢裡偷偷觀察亞當，因為每張照片的前景都是一大片野草。

第一張照片似乎是在日出時拍下，遠景裡可以認出卡爾・史文生的房子，房子當時還是藍色的，一個打赤膊的男人在海灘上散步。愛蜜莉快速瀏覽過照片，但沒有一張能引起她的注意，琳達拍照的位置都太遠了。

琳達一手抓起頸後的頭髮。

「我也不曉得這些照片怎麼還會讓我有這種感覺……明明都過去快三十年了……」琳達低聲說，看著愛蜜莉檢視自己的過去。

「因為妳把第一次給了他，但當妳發現心愛的男孩內心流露出虐待狂的一面，充滿柔情的記憶就被掩蓋，取而代之的是心靈受到巨大創傷的那瞬間。」

愛蜜莉開始瀏覽第二疊照片，琳達盯著愛蜜莉看，接著搖了搖頭，下巴顫抖。

忽然間，愛蜜莉停下動作，她從手上的那張照片裡找到了艾蕾克希說的東西。

愛蜜莉拍下照片，並且立刻寄給艾蕾克希。

英國倫敦

二〇一三年十一月

「厭倦倫敦的人就是厭倦了人生。」這是傑出文學家詹森[27]博士的名言，亞當一直到近幾年才能認同這句話。

亞當初到倫敦讀書時，這座不斷擴展的城市彷彿淹沒了他，那感覺有點像他背後所貼上的各種標籤：他是德國人、瑞典人、英國人——現在還身兼倫敦客。雖然父親給了不少建議，他還是很難找到自己在這裡的身分與認同感。

亞當靠著千禧橋，羊毛般厚重的雲層吐出濛濛細雨，加上凜冽的狂風亂吹，形成令人不快的天氣。然而從今以後，在亞當眼裡沒有任何事物能改變背信忘義的阿爾比恩[28]，在經歷初來乍到的種種困難之後，倫敦儼然已經成為亞當的家鄉。就和瑞典一樣。亞當一直不敢這麼對父親說，因為父親聽到可能會斥責他。倫敦馴養了亞當，甚至還誘惑著他；他在這裡找到歸屬，也享受著隱姓埋名帶來的好處。亞當遠離了母親的支配，建立起自己的生活，同時也遠離了父親。在倫敦，亞當有絕對的權力去選擇想做或不想做的事，這裡是他的地盤，只歸他所有，而且他愛死了這一點。

可是，今晚是亞當第一次感到被倫敦所束縛，湯瑪士．尼爾森還在瑞典等著他，但他走不開，還沒辦法去「照顧」湯瑪士。

亞當總是能根據狩獵和綁架的需求安排時間，而如果可以，他也會盡量避免傳統那套

「轉化」儀式，因為實在太枯燥乏味了，令人生厭；倒是父親好像從來沒意識到這點，可能是因為他們彼此完美互補吧——父親注重實驗室裡的工作，亞當則更偏好打獵和捕捉獵物。

一開始，亞當想到要改變父親嚴謹計畫時覺得非常驚慌，畢竟三十多年來，他都完全遵守父親訂下的每一項規矩。然而現在……現在……父親死了，他再也沒辦法擬訂計畫或指引方向，亞當也不再只是個沉默的拍檔了，他們的二人組合已經蕩然無存。

亞當轉頭注視雄偉莊嚴的聖保羅大教堂，這棟優雅的建築高一百一十公尺，當年統領著整座城市；幾百年以後，旁邊出現了高聳的大樓，樓頂直衝雲端，教堂與之相比，反而顯得渺小。

霎時間，亞當忽然感到頸後一陣發涼，這分寒意還往全身竄流，使他汗毛直豎，彷彿秋日的細雨將他身上的衣物扒個精光。

倫敦會是很棒的獵場。

這樣的念頭才起，亞當就立刻低下頭，這番可恥的慾望絕對會讓父親惱怒不已。

亞當轉向另一邊，背對聖保羅大教堂越過千禧橋，來到舊發電廠改建而成的泰特現代藝術館門口。

27 塞繆爾・詹森（Samuel Johnson，一七〇九—一七八四），英國最偉大的文學家之一。

28 Albion，大不列顛島的古稱，今日作為雅稱；「背信忘義的阿爾比恩」源自第二次百年戰爭，是法國人對英國人的稱呼。

「父親啊，父親、父親……」亞當一邊重複說道，一邊沿著泰晤士河緩緩前行。這個詞在他嘴裡變得模糊不清，亞當沉浸在回憶之中，裡頭有那麼多的影像和回憶，父親的死似乎讓他變得殘缺不全，父親一直以來都是他靈魂的「另一半」、「另一個『他』」，奇怪的是，失去父親的痛……

亞當的眼睛瞇成兩道細線，像在聽著什麼可疑的聲音一樣。

奇怪的是，失去「另一半」的痛……卻混雜著強烈的興奮感……

亞當的頭歪向一邊。

「『另一半』……『另一個』……『另一個人』。」

沒錯，這樣好多了，叫他「另一個人」聽起來就好多了。這幾個字說出口來非常流暢，又不會讓他覺得受傷。

奇怪的是，失去「另一個人」的痛，卻混雜著強烈的興奮感，既肉慾又感官的興奮感受。

在等著與湯瑪士·尼爾森在瑞典重逢的同時，亞當可以在這裡替自己選一兩個獵物，不是嗎？

噢，當然囉……倫敦絕對會是超棒的獵場……

亞當舔了舔落在嘴唇上的雨滴，加快腳步前進。

瑞典法爾肯貝里，警察局

二〇一四年一月二十四日，星期五，下午五點三十分

原子筆像指揮棒一樣在烏洛夫松指尖轉動，艾蕾克希才告訴他們朗格曼的故事，她每說完一句話都要用力吞一口口水，彷彿喉嚨裡有個結，讓她沒辦法好好說話。

朗格曼一定是超人，他當時才六歲，大部分的六歲小孩遇到相同情況絕對會嚇得屁滾尿流，接下來就是在逃跑時，從後方被一槍斃命。

烏洛夫松必須承認，他對集中營唯一的概念全來自電影《辛德勒的名單》，到現在他還會想到雷夫・范恩斯在陽臺上的那一幕：范恩斯飾演的角色在歷史上真有其人[29]，他把集中營的囚犯當成兔子，在陽臺上悠閒地抽著菸，同時朝他們開槍，如此瘋狂的人類和行動，的確讓人感到極度不可思議。希特勒請來全國各地的精神變態，一見不是雅利安人就大肆殺戮，把人命當螻蟻般恣意踐踏，這些黨衛軍既殘忍又病態，根本就是被賦予了隨機殺人大權的連環殺手大隊——希特勒的「傑作」，歷史上汙穢的一頁。

「搜尋亞當的結果怎麼樣了？」

貝斯壯的聲音像指甲刮在黑板上一樣刺耳，烏洛夫松有如大夢初醒，他用原子筆搔了搔

29 這裡指的是納粹黨衛軍官阿蒙・哥德（Amon Göth），他於一九四三年掌管普瓦舒夫集中營，據統計在哥德管理時期猶太人遇害人數達到高峰。

額頭。

「一九七〇年到七一年間出生的亞當，一共找到一百五十二個。」

「在布胡斯省和哈蘭省出生的有多少人？」

「十一個。」

「就從這十一個查起。」

貝斯壯還真的把烏洛夫松當白痴啊！

「局長，我已經這麼做了。」

貝斯壯忽略烏洛夫松語氣裡的諷刺。

「然後呢？」

「然後因為這樣，我才發了瘋似地一直按滑鼠，因為我一直在重新整理電子郵件的頁面，消息隨時會進來，我只好繼續等。其中兩個亞當已經死了，目前知道的就這麼多。」

這時電話響起，貝斯壯做手勢表示要烏洛夫松接電話，接著就走進局長辦公室。

烏洛夫松懶洋洋地接起電話，眼睛還盯著電腦螢幕，不過下一秒他馬上就挺直身體。來電的是人口統計部的埃蓮娜，對烏洛夫松來說，她的聲音帶來的效果，根本就像是她已經把手伸進了烏洛夫松的四角褲裡一樣。埃蓮娜有新消息了，比起冗長的電子郵件，她更偏好打電話溝通，幹得好！

「所以呢，排除已經去世的那兩個亞當，有另外三個亞當移居海外：第一個在一九九七年遷居澳洲，第二個在二〇〇七年搬到賽普勒斯，第三個在兩千年移居冰島。」

「這三個先暫時擱置不管，但我會記得之後先查住冰島那個。」

「好，這樣的話還有六個亞當，其中兩個住在斯德哥爾摩。」

「跟我說說這兩個。」

「亞當・喬韓森，已婚、育有四子、在保險公司上班；亞當・偉斯特伯格，已婚、育有兩子、理髮師。」

「聽起來不太對，不過還是請妳把他們的資料寄給我。」

鍵盤發出清脆的聲響，取代了埃蓮娜性感的聲音。

「寄了，我再繼續說：亞當・克拉克森，住在馬爾默、經營熟食店，已婚，育有三子；亞當・瓦倫，住在韋斯特維克、電工、已婚、育有五子。」

「天啊，生小孩還真是瑞典的國民運動……」

「你怎麼會這麼說？你沒有小孩嗎？」

埃蓮娜說，口氣聽來像是受到了冒犯。

「沒有，妳有嗎？」

「當然，有三個，還有四個孫子孫女。」

烏洛夫松對埃蓮娜的幻想頓時消失無蹤。

「最後兩個呢？」烏洛夫松生硬地問。

「什麼意思？」

「最後兩個亞當的情況啊，埃蓮娜。」

「噢……還有亞當・斯特蘭貝爾，住在哥德堡、已婚，育有兩子，他是記者。」
「斯特蘭貝爾……就是電視上看到的那個嗎？」
「我想應該是哦。」
烏洛夫松在椅子上搖晃身體，吹了一聲口哨。
「貝斯壯聽到一定不會高興的……那第十一個亞當是誰？」
「亞當・貝爾，我還沒找到……啊，有了，我一直找不到他的職業，照理來說，他應該沒有工作，不用努力就有收入真好，又是一個『靠爸族[30]』……咦……不對，他出生是登記在母親那邊，抱歉抱歉，亞當・貝爾，我錯怪你了！他單身、沒有孩子、財務自由、住在賽勒。」
「妳可以把這些資訊都寄給我嗎？」
烏洛夫松連道謝都來不及，掛上電話之後就直衝貝斯壯辦公室。

瑞典法爾肯貝里，警察局
二〇一四年一月二十四日，星期五，下午五點三十分

艾蕾克希的心狂跳不已，她點開愛蜜莉寄來的電子郵件，照片一出現在電腦螢幕上，她就發出一聲勝利的歡呼，略為沙啞的聲音裡帶著好戰的情緒。照片裡可以清楚看見兩個男人，琳達．史泰納已經確認過了，這兩個人就是安利希．埃博納和兒子亞當；他們沿著海岸線走在海灘上，身穿無袖背心和短褲。

艾蕾克希把照片轉寄給狄奧多．朗格曼，接著撥他的電話。

「朗格曼先生，我把照片寄給您了。」

朗格曼先對名叫奧利維耶的人交代了幾句話，然後才拿起話筒。

「我兒子去處理了，我不知道網路這玩意兒要怎麼弄，我一點也不想學……」

接下來是一陣沉默，無聲持續了好幾秒。

「朗格曼先生？」

「我……我不明白……」

朗格曼像是被痛苦的記憶絆了一跤，說起話來變得吞吞吐吐。

「卡斯泰勒小姐，我真的不明白……照片裡的男人……不是埃博納……」

艾蕾克希再次發出勝利的歡呼，她心想：「我就知道，我就知道！」

「安利希．埃博納有刺青，從右肩一直延伸到手臂，刺的是德國詩人狄奧多．史篤姆的詩句。有一天晚上，埃博納告訴我，他刺青是為了讓自己不要忘記德國除了納粹那些惡魔之外，也誕生了許多了不起的人，例如剛好和我同名的狄奧多．史篤姆，史篤姆是很偉大的詩

---

30 法文原字為「rentier」，指靠股票收入或房屋租金收益生活而不用工作的人。作者原意是他「應該要好好謝謝爸爸」，表示他因為父親的關係不用工作，例如富二代或是靠父親的不動產或積蓄過活。

人……」

朗格曼的舌頭在上顎彈了一下。

「但照片裡的男人……不是埃博納……」

「是霍斯特．弗萊舍吧，朗格曼先生，我說對了嗎？」

「沒錯，是霍斯特．弗萊舍，就是那個屠夫、那個劊子手霍斯特．弗萊舍。」

瑞典孔斯巴卡，琳達．史泰納家

二〇一四年一月二十四日，星期五，下午五點四十五分

愛蜜莉靠著車門，用力深吸一口寒冷的空氣。

她一直以來都搞錯了。

她吐出一口濃霧般的熱氣，同時品嚐著吹來的寒風。

愛蜜莉因為選了簡單的路走，所以一直以來都搞錯了，這樣的選擇太過懶散，筆直把她導向錯誤的一頭。雖然這錯誤和調查並無直接關聯，但還是錯了。

她早該懷疑的，艾蕾克希、貝斯壯和那名年輕的女警員都起了疑心，她早該這麼做的，早該對抗不合邏輯的事——從集中營地獄生還的流亡者安利希．埃博納，根本不可能變成嗜血成性的殺人狂魔；來自布亨瓦德集中營的流亡者安利希．埃博納，根本就不是後來成為瑞典公民的安利希・埃博納。

愛蜜莉早該審視事實、提出疑問，她以往都是這樣做的，但這次居然傻傻地接受了事實，還大言不慚地拋出斯德哥爾摩症候群的理論，讓和她意見相左的人都啞口無言；愛蜜莉不得不承認，她這麼做的同時，的確是帶著傲慢，以為自己智高一等，如此一來，明明在道德上不合邏輯的事實，她也就這麼接受了，認定這是已經解決的問題而不再多想。

還好艾蕾克希夠固執，她不只反對愛蜜莉的看法，還因此糾舉出「歷史上」的錯誤。

狄奧多・朗格曼曾解釋，他在集中營解放前一天還端了晚餐去給安利希・埃博納和霍斯特・弗萊舍，照他這麼說來，弗萊舍應該是在一九四五年四月十一日解放日當天殺了埃博納，然後盜用他的身分前往瑞典。

愛蜜莉的手機響起，她拉開派克大衣的拉鍊，從外套內袋裡拿出電話。

貝斯壯氣喘吁吁的聲音在愛蜜莉耳邊響起。

「找到了，愛蜜莉，我們找到他了！」

腎上腺素有如電流般在愛蜜莉體內竄流。

「他叫做亞當・貝爾，哥德堡到倫敦的飛機旅客名單上出現過他的名字很多次，他在賽勒有一棟房子，賽勒位在哥德堡南方二十五公里處，離孔斯巴卡約十五分鐘車程。」

愛蜜莉想到了琳達，扼殺琳達童年的男人就住得那麼近，儘管已經過了三十年，琳達還是沒辦法輕易說出他的名字，而且這男人應該深深影響了她後來與其他男人的交往。

「妳還在琳達・史泰納家嗎？」

「我剛走出來。」

「查到什麼了嗎？」

「什麼都沒有。」

琳達．史泰納照片裡的年輕男孩，看起來並不像莉內雅．比利克斯身邊任何一個朋友，其實愛蜜莉也已經做好了這結果的心理準備，畢竟過了快三十年，人們的長相和身材都會改變，但愛蜜莉不想輕易放棄這條線索。

「沒關係……答案很快就會揭曉了，我和烏洛夫松十分鐘之後上路，我已經打電話到哥德堡請求支援，但最快也要一個小時才會到，他們目前正在處理挾持人質的狀況和維持國王出訪安全，我們也是一個小時後會到；妳反正就在隔壁，最好直接往賽勒去，我把貝爾的地址用簡訊傳給妳。」

十分鐘之後，愛蜜莉在距離亞當．貝爾家兩百公尺的路肩停車。

她查看手機上的地圖，接著下車。愛蜜莉戴上毛帽，背上背包，然後快步走上覆滿白雪的道路，路燈只照亮了一小段路。

貝爾家位在下坡路上，靠左手邊，入口小徑到房子約二十公尺。愛蜜莉從背包裡拿出望遠鏡觀察房子，屋內黑漆漆一片，沒有燈光，車道上也沒有車，貝爾也許人在倫敦？

貝斯壯和烏洛夫松至少還要半小時才會到，最好先遠離道路，在這裡等著。

「Hej，愛蜜莉。」

愛蜜莉轉過身去。

她花了幾秒鐘才認出眼前這個蓄鬍的男人，他戴的是假鬍鬚，愛蜜莉大吃一驚。

「在這裡，我的名字叫亞當・貝爾，不過我想妳已經知道了。」

愛蜜莉看著指向她的槍口，那是一把貝瑞塔九二手槍。

「來吧，親愛的，我帶妳參觀房子，我很確定妳想進去想得要死。」

英國倫敦

二〇一三年十一月七日

三支手電筒的光線照亮了坑洞。

坑洞是完美的矩形，長一公尺三十公分、寬五十公分，完全量身訂作。

他拿起鏟子，挖了土往坑裡倒，才鏟一次，土就幾乎覆蓋了雙腿，唯一從土裡露出來的只剩腳趾頭；腳趾如卵石般光滑、如寒霜般冰冷，這讓他忍不住想用指尖摸一摸。又冰又滑。

他再次鏟起潮溼的土往腹部倒，一些土散落胸腔下方，就在肚臍周圍，其他的往兩邊滑落。只要再鏟個幾次就行了。

這一切輕而易舉。

忽然之間，他扔下鏟子，手套上還有泥土，他用戴著手套的手摀住雙耳。

「快閉嘴！」

他怒斥，因憤怒咬緊牙齒使得兩頰緊繃僵硬。

「閉嘴！閉嘴！閉嘴！不要再叫了！閉嘴！」

他在坑洞邊跪了下來，用雙手摀住那毫無血色的唇。

「噓、噓，我說了……」

他的鼻尖摩擦過冰冷的臉頰。

「好啦……好……我唱……我會唱你要聽的那首兒歌。我唱『Imse Vimse』給你聽，可是你要安安靜靜的，聽懂了沒？」

他站了起來，扯了扯褲子，抖掉上面的塵土。

「小小蜘蛛兒爬上排水管……」

他邊唱又拿起鏟子，鏟了土往上半身倒，土沉入下巴到鎖骨間的凹陷處。

「一場雨下來，沖下小蜘蛛……」

滿滿一鏟子的土往臉上倒，土散落在額頭上，蓋住了頭髮，陷進眼眶裡。

「太陽出來了，曬乾了雨水……」

土隨著兒歌的節奏如雨落下，落在大理石般蒼白的軀體上。

他填滿最後一層土，壓緊後又整平，然後以藝術家自負的姿態，誇張地用入冬落下的葉子覆蓋在上面。他倒退幾步，眼睛仍然直盯著墳墓看，接著轉過身，用腳尖踢開幾片落葉。

他清理鏟子，手上還戴著手套，他把手電筒放進專屬套子裡，脫下手套，晃一晃甩掉塵土，然後把工具一樣一樣放進背包裡。

就在背起背包時，他忽然聽到長尾小鸚鵡的叫聲。

他之前聽過，這種充滿異國風情的鳥曾逃離謝珀頓製片廠，攝影棚位在素里，據說鳥是在《非洲女王號》拍攝期間飛走的，而這部電影讓鮑嘉在一九五一年贏得奧斯卡獎。不過事實是片裡根本沒用到這種鳥，而且電影的拍攝地點其實是在埃爾沃斯。所以這隻該死的鳥到底是從哪裡來的？

他停了下來，在深夜裡尋找蘋果綠羽毛的蹤跡，但只聽到樹葉在不遠處沙沙作響。

他真的該買一副有夜視功能的望遠鏡，不能再繼續用手電筒，實在太危險了。他必須計畫得更周到，而且一定要避免再掉以輕心。

他從羽絨外套的口袋裡拿出一支手電筒，只開了弱光，接著就上路了。

「我剛剛開啟了新的篇章。」他心想，一邊在樹叢間開出一條小路，這是他第一次「寫下自己的篇章」，而且已經等不及要再次「提筆」了。

他照著「另一個人」的教導，仔細計畫了一切，而且過程中進行得非常順利。

找目標易如反掌，唯一的問題只有要選誰而已。他在勘查的第二晚就已經鎖定了三個家庭，這三個家庭完全符合他設定的條件。他選擇了安迪・彌多班克斯作為在倫敦第一次打獵的目標。安迪的母親離開之後，父親獨力扶養他；這個嘛，說「扶養」是言過其實了——安迪的父親白天固定光顧幾家酒吧，一整天在吧檯前度過，甚至懶得去接安迪下課；到了約莫晚上八點，他會出門上班，工作地點在倫敦北部的一家俱樂部，他出門前不但不會幫孩子準備晚餐，連再見也不說一聲。獵捕的過程因此非常短暫，亞當也沒享受到原先預期的快感，很快就綁到人了，簡直就是小菜一碟，接著用小卡車把男孩載到工作室，這輛車和從前瑞典那一輛很像。

然後，與自然的交流就這樣出其不意地降臨。

「另一個人」要是知道他埋葬獵物一定會非常生氣，可是這場捕獵愉快得不得了，他一點罪惡感都沒有。

他原本還在想該怎麼保存屍體，後來想通了，再也沒有人會要求他一定得這麼做。

在倫敦，他想怎麼做就怎麼做。

在倫敦，由他——亞當來制定規矩。

瑞典賽勒，亞當．貝爾家

二〇一四年一月二十四日，星期五，晚上六點

全身赤裸的愛蜜莉一碰到冰冷的金屬解剖桌，身上立刻爬滿雞皮疙瘩，就算躺到現在，仍覺得寒冷無比。

彼得．坦普頓背對她，正忙著準備金屬推車上的工具。

愛蜜莉的手腕和腳踝都被綁起來，她不作聲地動了動發疹的手指和腳趾。

彼得轉過身來，左手拇指和中指握住一個金屬圓盤，圓盤直徑約五公分。
他用眼神上下打量愛蜜莉的裸體。
「妳現在一定在想：『他們要多久才會找到我？』我說得沒錯吧？」
彼得左右擺頭。
「他們要先從法爾肯貝里過來、搜完整間屋子、找到加固的活板門、想辦法撬開門。又或者……他們也很有可能搜完房子就放棄了，因為沒看到人，以為我把妳帶到別的地方了……到時候……」
彼得閉上雙眼、深吸一口氣，吐氣的同時，眼神隨著手在面前畫螺旋。
「到時候，我就有充裕的時間好好『照顧』妳了，沒錯。」
他觀察愛蜜莉的眼神。
「我看得出來，這段話又讓妳想到另一個問題了：他要怎麼『照顧』我？」
彼得走向牆邊，牆上貼滿了素描草圖，他伸手指出其中一張：畫裡的女人平躺成大字型，手腳被綁住，男人一邊強姦她、一邊垂直割開她的喉嚨，原本該是眼睛的地方則由兩道深陷的黑色窟窿取代。
「妳想要這樣嗎？還是……」
彼得的食指像迷航的昆蟲一樣在牆上漫無目的遊走，接著停在另一幅畫上：畫裡的女人還是一樣平躺著、眼球已被挖出，不同的是她雙乳也被割下，一邊一只放在頭的兩側。
「像這樣……」

尿液從愛蜜莉的雙股間溢出，沿著大腿往下流。

彼得看著尿一路流到解剖桌下緣內側凹陷處。

「哎呦，這還是第一次有女人在這裡尿出來，流射的方向和我想的不太一樣呢。」

彼得又轉頭看牆上的圖畫。

「其實呢，愛蜜莉，老實說……我最想試的是這個……」

彼得用中指敲了敲另一幅畫：圖中女人的奶頭被割下，放在沒有眼球的眼眶裡。

「我知道妳心裡在想什麼，我和『另一個人』，也就是我和父親一起做的事和這些圖天差地遠，這是真的，這之中的確有著天壤之別。但妳應該比其他人都更了解，環境條件是如何壓抑住本能、限制了靈感。」

彼得轉向愛蜜莉，定睛觀察她狂亂的眼神。

「妳想知道我為什麼會和莉內雅在一起嗎？」

他把金屬盤放在推車上，接著拿起剃刀。

「因為我重感情。」

彼得把剃刀對準愛蜜莉的陰部，仔細地刮除陰毛。

「我很感情用事，我在倫敦遇到了一個女人，她名下的房子正好位於我出生的地方，我在那裡度過了人生中相當重要的時光，這根本……根本就像是上天替我的未來鋪好了路，而在我們的『作品』裡，這個女人理應扮演起關鍵的角色，這是再自然也不過的事。」

彼得用指尖刷去剃下的毛髮。

「我們在哥德堡巧遇的時候，我剛結束盯哨，身上沒有偽裝。雖然夜色昏暗，我還把帽子拉起來，莉內雅依然馬上就認出我了，所以我告訴自己這是命中注定，是時候敞開大門讓她進入我的世界。」

彼得噘起嘴，扭曲的嘴唇表現出失望。

「結果我完全搞錯了。」

彼得重新拿起金屬圓盤，並把盤緣放在愛蜜莉的手臂上，圓盤就像切奶油那樣刺進皮肉。

愛蜜莉從喉嚨裡發出一聲慘叫，她閉上雙眼，試圖把疼痛具象化：愛蜜莉把痛楚想像成一顆黑石頭，中心是炙熱的紅色，然後她用盡全力把石頭拋向遠方。

愛蜜莉試著掌握呼吸節奏，同時整理思路。

「鉤十字……是為了向你父親致敬嗎？」

愛蜜莉的聲音因為痛苦與恐懼而萎縮無力，連她自己聽了都認不出來。

彼得停下手，驚訝地看著愛蜜莉，眼神中閃過一絲愛慕。

「妳看出來了？妳知道我刻的是鉤十字裡的一道？」

彼得微笑著搖了搖頭，然後繼續動手。

「愛蜜莉，真希望我當初遇見的不是莉內雅而是妳，妳才是適合我的女人。」

膽汁溢上愛蜜莉的喉頭，她默想剛剛那塊紅心黑石頭，這次她把石頭放在腳下用力一踩，石頭就在她腳底裂開粉碎。

「每個小男孩身上都有一道……他們……他們合起來就變成了你的作品……」

「拆散的鉤十字，永遠不會再被拼湊起來，父親被強迫配戴的就是這樣的十字。」

愛蜜莉的腎上腺素再度激活全身、鎮壓了疼痛感——看來彼得並不知道父親的真實身分，沒錯，愛蜜莉想活命就要靠這一點。

「彼得，你錯了，你父親霍斯特．弗萊舍是自己選擇要配戴鉤十字。」

彼得的手頓時懸在愛蜜莉的手臂上方。

「什麼？妳說什麼？我父親叫做安利希．埃博納。」

愛蜜莉假裝表現出驚訝的樣子。

「你說安利希．埃博納？不對，彼得，安利希．埃博納是聽命於霍斯特．弗萊舍的囚犯，他是德國籍的醫學院學生，在弗萊舍手下工作；你父親弗萊舍醫生是納粹軍隊裡的高官。」

彼得挺起身，眨了眨眼。

「在布亨瓦德集中營解放那一刻，你父親霍斯特．弗萊舍殺了安利希．埃博納，然後盜用他的身分逃到瑞典。」

「不對，不對，妳弄錯了。」

彼得用力強調著每一個字，一手還握著沾了血的圓盤，薄而尖銳的金屬盤離愛蜜莉的臉只有幾公分的距離。

「父親對我說過布亨瓦德的事，他告訴過我解放日和之後的旅程，還說到他是怎麼來到了這裡。」

他轉過身去，背對愛蜜莉，整個人靠向貼滿畫的牆壁。

「父親應該會告訴我的，他一定會告訴我事實。」

彼得再次轉身，跨出兩大步便來到解剖桌旁。

愛蜜莉嚇了一跳，全身不由自主顫抖了起來，她應該要讓自己冷靜下來。愛蜜莉想著生長在漢普斯特德荒野的那棵夏櫟，就在肯伍德府旁邊，挺直的樹幹就像守衛的士兵，由內而外散發出從容沉穩的力量，堅定不移，深入地底蜿蜒交錯的樹根更是打穩了根基，使大樹屹立不搖。

彼得將額頭貼上了愛蜜莉的額頭，接著他把頭用力猛撞愛蜜莉的前額。

「妳騙人！妳騙人！妳騙人！」

「沒有，」愛蜜莉低聲呻吟，「彼得，我沒騙你，我說的全是實話，我以為你知情，對不起。」

彼得往後退，游移的眼神看起來就像是迷路的孩子。

「不，不，不，不！這不可能是真的。」

愛蜜莉得盡量爭取時間，一邊爭取時間，同時要建立起連結。

「彼得，你說得對，你說得對，可能是我搞錯了，你父親絕對不可能對你隱瞞事實，就像我父親從來沒騙過我一樣，但我母親……」

「我母親離開父親……她替自己找了一個上流社會的混帳，害我連放假都見不到父親，我活著就是為了這些時刻——和父親一起分享、度過的時刻。妳說啊，妳有什麼證據？」

當然，他一定會向愛蜜莉要求證據。

照片！愛蜜莉要對他說手上有照片！

「證據？」

「就是關於埃博納和弗萊舍的證據。」

「彼得，我有照片。」

「不要……不要再叫我彼得了！」

彼得口沫橫飛地說，口水甚至噴到了愛蜜莉。

很好，愛蜜莉心想，這樣刺激他奏效了。

「對不起……亞當……我只是……我還以為你比較喜歡大家叫你彼得……」

彼得的臉上流露出不理解的迷惑神情。

「因為『亞當』吃下知善惡樹的禁果，使得人類無法永生，亞當害了全人類；『彼得』則恰恰相反，他是耶穌建立教會的磐石，就像你一樣，你也是父親創造作品的基石……」

彼得先是閉上雙眼，隨後睜開同時搖頭，彷彿試圖對抗洶湧襲來的疲倦感。

「照片在哪裡？裡面有什麼？」

「我有安利希．埃博納被監禁在布亨瓦德的照片，」愛蜜莉騙了他，「他身上有刺青，圖案從右肩延伸到手臂，刺的是德國詩人狄奧多．史篤姆的詩句；亞當，你父親身上有這類刺青嗎？」

「刺青……？」

彼得瞪大雙眼，直直盯著愛蜜莉。

「照片在哪裡？妳帶著嗎？」

愛蜜莉懷疑自己被俘虜多久了，十分鐘？十五分鐘？半小時？

她可以告訴彼得照片在背包裡，但如果彼得去翻卻沒找到，就很可能會……

「我是在布亨瓦德紀念基金會裡看到的，照片在他們那裡……亞當，對不起……我還以為你知道……」

「德國的布亨瓦德紀念基金會是吧，好，我知道了，我會去找。」

彼得點了好幾次頭，接著拿起手術刀。

「妳躺好，像剛剛那樣不要亂動，不然我就從妳眼睛下手。」

彼得俯身，一手握住愛蜜莉左邊的乳房，拿著手術刀的另一手對準右邊乳頭外緣。

愛蜜莉嘴裡迸出動物般的嘶吼，痛楚穿透胸腔，擴散到整個背部。

她的招數已經用完了，沒辦法再繼續對抗眼前的禽獸，她必須讓自己保持距離，盡可能在精神上遠離肉體的痛苦，盡可能讓靈魂逃離這個房間。

手術刀順著乳頭的輪廓繼續前行。

愛蜜莉要想辦法逃往彼得到不了的地方，她要進入專屬於她的伊甸園裡。

血滴在愛蜜莉臉上，彼得拿著割下的乳頭，舉起至右耳的高度。

愛蜜莉閉上雙眼。

她想著專屬於她的伊甸園……就在兒子身邊……兒子是她的小天使……

愛蜜莉感覺到他小巧的嘴，嘴唇像半片橄欖葉一樣輕靠在她胸部上溫柔地吸吮著，有如蝴蝶的翅膀振動，他就是靠著這只乳房永遠地沉睡了，就在誕生兩個月之後，這只乳房有毒，愛蜜莉把他抱在懷裡，直到他小小的身體變得冰冷。

我的兒子。

我的兒子……他現在已經長大了，親愛的上帝，願他像他父親一樣擁有永恆的微笑，我的手撫過他的髮，他就和其他青少年一樣，把我的手推開，這樣母性的柔情讓他感到羞赧，但笑容掛在嘴角，一如他父親。我把手放在他光滑的臉頰上，他不再閃躲我的碰觸，還對我說話，眼神裡充滿活力、滿溢著對生命的渴望。

我看著他的嘴唇，橄欖葉的形狀描繪出脣型，漸漸形成陽剛氣息。「親愛的，大聲一點，說大聲一點，我聽不見你說話，這裡太吵了。」

「愛蜜莉，是我，貝斯壯，一切都結束了，愛蜜莉，我們來了。」

「賽巴斯蒂安，我聽不到你說話……大聲一點……親愛的……說大聲一點……」

「愛蜜莉，我是黎納，一切都結束了，我們要帶妳去醫院，妳已經安全了！」

瑞典厄勒布魯省，庫姆拉監獄
二〇一四年一月三十一日，星期五，上午十一點

愛蜜莉把手放在艾蕾克希的手上，艾蕾克希原本顫抖的手慢慢平穩下來，幾秒鐘之後就不再抖了。

彼得在她們面前坐下。

手銬碰撞金屬桌的聲音使他微笑。

「我的手環還真是漂亮。」

艾蕾克希仔細看著眼前這個男人從容放鬆的神情，試圖找出蛛絲馬跡——她早該看出卻沒看出來的跡象，本應讓她對彼得有所戒心，那些之前因為她不願承認而忽略的細節。但她什麼都沒發現。

彼得用手指撫順鬍鬚。

「艾蕾克希，妳不喜歡嗎？這就是亞當·貝爾的風格，畢竟我看起來還是得像我瑞典護照上的樣子吧，妳說對嗎？要留到像照片裡的假鬍鬚那麼長還要好一陣子，可是到開庭前我還有時間。」

他輪流看了看愛蜜莉和艾蕾克希。

「妳們知道最讓我高興的是什麼嗎？我成功汙衊了『坦普頓』這個姓——也就是我母親丈夫的姓。」

彼得舉起戴著手銬的雙手，在面前畫出漩渦狀。

「這個姓從此以後都會和屍體扯在一起。」

他裝出痛苦的神情。

「這絕對會讓他公司的股票一路下跌……」

「亞當，你母親的健康狀況好得不得了，」愛蜜莉打斷彼得的話，「根據媒體的報導看來，她和英國一家大出版社簽了合約，報酬非常優渥，她要出書敘述自己的生平故事，和你比起來，大家更常談論她的事。」

彼得的眼神頓時黯淡下來，隨即緩緩轉移到愛蜜莉胸前。

「愛蜜莉，妳的手臂還好嗎？」

彼得的頭歪向一邊。

「胸部也還好嗎？」

愛蜜莉脫下大衣掛在椅背上。

「亞當，我翻了你的相簿。」

他的雙唇向一邊揚起，露出歪斜的微笑。

「愛蜜莉，不要看扁我，妳說的是『日記』。」

「我翻了你的日記。」

他點點頭表示同意。

「我得承認編排方式在進行屍體浸漬之前都還滿制式的，在那之後呢，」他語帶嘲諷地模仿，「父親會強調用量、浸潤時間和風乾時間等等的詳細紀錄，我猜這應該就是來自納粹的紀律。」

艾蕾克希瞪大雙眼。

「幹嘛？我還能怎麼做？我又不能改寫歷史。他是邪惡的一方，事實就是如此，而且就算這樣，他還是活到了九十三歲，一輩子都活得很……豐富精采，安利希．埃博納本人的經歷絕對無法比擬。」

「安利希．埃博納是英雄。」

「英雄？艾蕾克希，妳是認真的嗎？就因為他被關過布亨瓦德？」

彼得突然大笑。

艾蕾克希憤怒不已。

「彼得，安利希．埃博納是英雄，他參與了布亨瓦德集中營解放的過程，正因為有他和其他流放者的壯烈行為，他們組織起抗爭網絡，才讓成千上萬的囚犯能在一九四五年四月十一日重獲自由。幸虧有這些了不起的人，納粹的計畫內容、德國軍隊、同盟國進展等資訊，都由他們暗中傳達給國際抵抗組織。他們冒著生命危險，在五十號樓地下煤窖的假隔層後面藏好武器，趕跑黨衛軍並解放了布亨瓦德。安利希．埃博納確實是英雄。」

彼得翻了一個白眼。

愛蜜莉把雙臂放在桌上，像是要劃出地盤，嘴裡還留有那令人不悅的滋味，因錯誤而產生的不悅——愛蜜莉錯誤引用斯德哥爾摩症候群來解釋埃博納和弗萊舍的關係；埃博納之所以會對「屠夫」弗萊舍表達效忠之情，和他們情感未分化的狀態毫無關聯，就是這樣沒錯，「囚犯」和「獄卒」之間從來就沒產生任何情感聯結，在埃博納看似順從的表面下，隱藏了更偉大的動機。

愛蜜莉身體前傾，像是準備好了要對彼得說什麼祕密似的。

「安利希．埃博納在四十六號樓的確做了了不起的事，不過和你父親——黨衛隊突擊隊大隊領袖弗萊舍——恐怖的實驗無關。在那漫長的幾個月裡，埃博納假裝與你父親合作進行冷血變態的計畫，他雙手沾滿鮮血、解剖還溫熱的屍體、與腐爛的死屍共枕而眠；事實上，他做這些事的動機只有一個，那就是『活下去』！唯有活下去，他才能協助抵抗運動的夥伴，為解放布亨瓦德做準備，同時用欽慕和崇拜換取你那禽獸父親的信任。多虧了狄奧多．朗格曼的指證，他也是布亨瓦德的囚犯，他幫我們找到另一位名叫史坦尼拉斯．勒瓊德的囚犯，當時勒瓊德每天中午都替埃博納和弗萊舍送午餐，而埃博納會偷偷在剩飯裡塞情資給勒瓊德，埃博納從你父親那裡獲取到所有的集中營內部資料和納粹情資，都是藉由這個方法傳達給抵抗勢力。

安利希．埃博納並不是你父親手下的犧牲者，他其實從來就不是犧牲者；相反地，他是協助解放布亨瓦德集中營的英雄之一，亞當，你聽清楚了嗎？」

彼得神情漠然，才低下頭又馬上抬頭，接著露出一個大大的微笑，笑容十分僵硬而絲毫不帶情感；就和所有的社會病態者一樣，彼得的情感光譜讓人難以解讀，深藏在他內心中的並非人性。

愛蜜莉湊近彼得的臉。

「亞當，就是因為這樣我們才來見你，」愛蜜莉不帶感情地說，「我要告訴你一個好消息，我們知道這裡沒有電視，你的獄友應該也不太熱衷歷史，我告訴你：『你父親被耍了』。」

彼得跳起衝向愛蜜莉，同時張大了嘴，一副要吃掉她的模樣。愛蜜莉反射地往後退，同時抓住艾蕾克希的手臂，將她一起往後拉。

兩名警衛立刻捉住彼得，強力壓制他回原位坐好。

愛蜜莉做了個手勢，表示話還沒說完。

她走向前，雙手撐在桌上。

「亞當，是你說自己很感情用事的，因為這樣你才會和莉內雅交往，不是嗎？如果你沒誤判情勢殺了她，我們可能永遠都抓不到你，讓你一輩子逍遙法外。果然『有其父必有其子』啊，你父親也因為感情用事，才讓埃博納有機會解放囚犯。但『感情用事』只是你的說法，就我看來，這樣的字眼並不適合形容具有病態人格的人。我個人會說，你就和你爸一樣，只用『下半身的小頭』思考。」

彼得發出了野獸般的狂吼，駭人的聲音在牆壁間迴盪。

愛蜜莉穿上外套，領著艾蕾克希走出會見室。

英國倫敦，漢普斯特德村，愛蜜莉・洛伊家

二〇一四年二月一日，星期六，下午四點

施泰倫在玄關放下行李箱。

愛蜜莉淺淺一笑向他道謝，她的傷口癒合得很快，但目前仍無法提重物。

艾蕾克希輕撫愛蜜莉的背，看著她的眼神裡混雜了擔心與感激之情，愛蜜莉沒說什麼，只是不斷點頭回應，接著就關上門。

艾蕾克希和施泰倫這對小戀人接著就搭上計程車往艾蕾克希家去，這兩人將一起展開人生的新篇章。儘管過程中一定會有妥協、爭執與受傷，有些人還是喜歡兩個人一起面對。

大門才剛關上，愛蜜莉就趕緊走到廚房，接著又走上露臺，她穿上塑膠靴越過花園。在花園最深處靠近磚牆的地方，有塊約一平方公尺大的泥土地，四周用石頭圍起。

愛蜜莉蹲下，從派克大衣內袋中拿出一個黑色小盒子，她打開盒子，定睛往裡看，盒子裡什麼都沒有，但感覺上也什麼都有；裡面滿是記憶的包袱，還有與回憶相連的影像，這些都太過沉重而無法承擔，愛蜜莉要放下過往的回憶與思緒，讓自己不再沉浸其中，才有辦法繼續前行。

愛蜜莉出神地想著安迪・彌多班克斯、柯爾・哈利威爾、羅根・曼菲爾德、湯瑪士・尼爾森、莉內雅・比利克斯等人的遺體，還有弗萊舍父子的地下室裡那十多具屍體，她看見了自己手臂和胸部上的刀傷。

愛蜜莉關上小盒子。

然後她把小盒子埋進土裡，和其他四十七個埋在一起。

【Mystery World】MY0018
46號樓的囚徒
BLOCK 46

作　　者❖喬安娜・古斯塔夫森 Johana Gustawsson
譯　　者❖林琬淳
封面設計❖許晉維
排　　版❖張彩梅
總 編 輯❖郭寶秀
特約編輯❖周奕君
行銷業務❖許芷瑀

發 行 人❖凃玉雲
出　　版❖馬可孛羅文化
10483台北市中山區民生東路二段141號5樓
電話：(886)2-25007696
發　　行❖英屬蓋曼群島商家庭傳媒股份有限公司城邦分公司
10483台北市中山區民生東路二段141號11樓
客服服務專線：(886)2-25007718；25007719
24小時傳真專線：(886)2-25001990；25001991
服務時間：週一至週五9:00～12:00；13:00～17:00
劃撥帳號：19863813　戶名：書虫股份有限公司
讀者服務信箱：service@readingclub.com.tw
香港發行所❖城邦（香港）出版集團有限公司
香港灣仔駱克道193號東超商業中心1樓
電話：(852)25086231　傳真：(852)25789337
E-mail：hkcite@biznetvigator.com
馬新發行所❖城邦（馬新）出版集團【Cite (M) Sdn. Bhd.(458372U)】
41, Jalan Radin Anum, Bandar Baru Seri Petaling,
57000 Kuala Lumpur, Malaysia
電話：(603)90578822　傳真：(603)90576622
E-mail：services@cite.com.my
輸出印刷❖前進彩藝股份有限公司
初版一刷❖2021年8月
初版四刷❖2024年2月
定　　價❖380元

ISBN：978-986-0767-14-8（平裝）
ISBN：978-986-0767-15-5（EPUB）

城邦讀書花園
www.cite.com.tw

國家圖書館出版品預行編目（CIP）資料

46號樓的囚徒／喬安娜・古斯塔夫森（Johana Gustawsson）作；林琬淳譯. -- 一版. -- 臺北市：馬可孛羅文化出版：英屬蓋曼群島商家庭傳媒股份有限公司城邦分公司發行, 2021.08
336面；14.8×21公分 --（Mystery world；MY0018）
譯自：Block 46
ISBN 978-986-0767-14-8（平裝）

876.57　　110010042